KB184400

공주기사님의 기둥서방

He is a kept man
for princess knight.

"수고했어. 힘들었지? 수확은 있었어?"

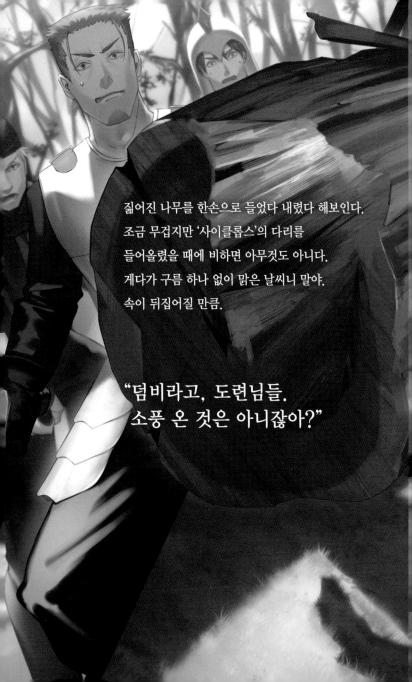

짊어진 나무를 한손으로 들었다 내렸다 해보인다.
조금 무겁지만 '사이클롭스'의 다리를
들어올렸을 때에 비하면 아무것도 아니다.
게다가 구름 하나 없이 맑은 날씨니 말야.
속이 뒤집어질 만큼.

"덤비라고, 도련님들.
소풍 온 것은 아니잖아?"

"내 무기는 이거야."

"말도 안 돼. 네놈한테 그런 힘이 있을 리가."

"문제 없어."

주정뱅이는
싫어.
친한 척하는
것도 싫고.

바네사

1류 감정안을 가진 길드 소속의 감정
사. 하지만 남자를 보는 눈이 없어서
현재의 남친도 술에 빠진 쓰레기 화
가지망생이다. 매쉬는 연애대상이 아
니라고 한다.

하지만 얼굴은 좋았어. 그늘이 있는 느낌이라든지.

데즈

엄청난 실력을 가진 모험자 길드 전
속 모험자. 까탈스러운 드워프지만
매쉬와는 잘 아는 사이로, 그의 과거
를 알고 있는 몇 안 되는 인물.

나에게 있어서는 소중한 생명줄이야.

말했잖아, 나는 네 기둥서방이라고.

앨윈 메이벨 프림로즈 맥터로드

마물에게 멸망당한 조국의 재건을 위해 비보를 찾아 던전 공략에 힘쓰고 있다. 매쉬의 앞에서만은 어린아이같은 일면을 보이는 듯 하다.

매쉬

경력을 알 수 없는 전직 모험자, 거리에서는 입만 산 겁쟁이로 무시받고 있지만 어떤 비밀을 가지고 있다.

매쉬는 형편없는
녀석이니까
상대하지 말라고
할아부지…,
아니,
할아버님이 그랬어.

에이프릴

길드 마스터의 손녀. 모험
자들에게는 경원시되고 있
지만 양호시설에서 고아들
을 보살펴주는 자상한 소
녀. 무슨 까닭인지 매쉬와
사이가 좋다.

공주기사님의
기둥서방

He is a kept man
for princess knight.

CONTENTS

제1장 흔한 기둥서방의 일상

"너와 산 지 벌써 1년 가까이 되는데."

손바닥에 올려진 은화의 가벼움을 느끼면서 나는 깊은 한숨을 쉬었다.

"설마 다섯 살 아이로 보고 있을 줄은 몰랐어."

"뭐가 문제지? 매쉬."

앨윈은 조금 짜증난 어조로 되물었다. 허리까지 내려오는 붉은 머리, 비취색 눈동자, 아름다운 나의 공주님. 운명의 여자.

이 도시에서도 손꼽히는 모험자 파티 '이지스'의 리더다.

"겨우 3일이야. 그러니까 그 정도면 충분하잖아."

현관 앞에서 건네받은 것은 아르나 은화 3개. 그녀 말대로 아르나 은화, 통칭 대은화 1개면 하루 세 끼에 에일 2잔을 마시고도 돈이 남는다.

"내가 그 정도로 세상물정을 모르는 건 아니라고."

풀네임은 앨윈 메이벨 프림로즈 맥터로드. 일찍이 대륙 북부에 있었던 맥터로드 왕국의 공주님이었다.

"알고 있어. 지금은 한 사람의 모험자니까."

대량으로 발생한 마물 탓에 왕국은 궤멸. 국왕과 왕비도 죽고 말았다. 살아남은 그녀는 이곳저곳에 있는 친척에 의지하려 했지만 좋은 대답은 듣지 못했다. 마물의 숫자는 수천 만으로도, 수천 억으로도 알려져 있다. 게다가 드래곤과 베히모스 같은 전설이나 신화

급 마물까지 있다. 그 녀석들을 일소하는 것은 대륙에 있는 모든 나라들이 총력을 결집해도 불가능할 것이다.

"그렇다면 쓸데없이 귀찮게 하지 마. 너의 욕망을 채워주기 위해 목숨 걸고 싸우고 있는 게 아니니까."

유일한 희망은 뭐든 소원을 들어준다는 전설의 비보 '성명결정'이었다. 그것을 입수하기 위해 뜻을 같이 하는 동료들과 대미궁 '천년백야'에 도전하고 있다.

"물론이야. 그 숭고한 뜻은 이해하고 있지. 마음 같아선 너와 함께 싸우고 싶을 정도라고. 나 자신의 무력함이 안타깝기 짝이 없어."

대미궁으로 불리는 만큼 '천년백야' 내부는 가혹하다. 평범한 지하실이나 동굴과는 사정이 다르다. 무서운 마물들이 우글대고 있고 함정은 이곳저곳에 설치되어 있다. 그것 자체가 '미궁'이라는 이름의 거대한 마물인 것이다. 게다가 라이벌 모험자들도 발목을 잡는 등 수많은 곤란이 앞길을 막고 있다.

"그렇다면 얌전히 기다리고 있어. 공략이 길어지면 그만큼 국토 탈환은 늦어지니까. 남은 시간은 그리 많지 않아."

하지만 아름다운 공주는 걸음을 멈추지 않았다. 사랑하는 백성을 위해, 왕국 재건을 위해. 그래서 붙은 별명이 '진홍의 공주기사'다. 맥터로드 왕국의 생존자들은 여신이나 발키리처럼 숭배하고 있다고 한다. 그런 공주님을 옆에서 모시고 있는 게 지금의 나다.

"네 뜻은 너무도 잘 알고 있지. 그럼에도 부탁하는 거야. 지금 가장 필요한 건 무엇보다 돈이거든. 돈이 없으면 식재료도 살 수 없고, 비보도 입수할 수 없어. 그리고 오늘 내일 사이에 공략할 수 있는 것도 아니잖아?"

오늘은 지하 17층에 들어간다고 들었다. 물론 몇 층까지 있는지는 아무도 모른다. '천년백야'가 발견된 후로 최하층까지 도달한 사람은 아무도 없었다.

공략하기 위해서는 최하층에 있는 심장부를 파괴하거나 제거할 수밖에 없는데, 그 심장이 바로 '성명결정'이다. 과거에는 사막을 한순간에 녹색의 대지로 바꾸거나 죽은 사람조차 되살렸다고 한다.

"무엇보다 너는 착각을 하고 있어."

"뭘 말이지?"

"남자의 자존심이라는 것을 말야. 나 혼자라면 그래도 괜찮겠지. 하지만 그렇지 않아. 오늘은 마시러 갈 약속이 있거든."

"가면 되잖아."

시덥지 않다는 걸 표정이 대변하고 있다.

"하지만, 뭐냐, 남자에게는 인간관계가 중요하잖아. 술만 홀짝홀짝 마실 순 없다고."

"그렇다면 물어볼게."

앨윈의 눈이 날카롭게 좁혀졌다.

"네가 다른 여자한테 쓸 돈을 어째서 내가 대신 내줘야 하는 거지?"

내가 하는 일은 세간에서는 기둥서방이라 불리고 있다. 그밖에도 남첩, 지골로, 제비, 바람둥이, 호색한, 플레이보이, 남자 망신, 인간쓰레기 등, 호칭은 여러가지 있지만 요컨대 일은 안 하고 여자가 벌어온 돈으로 살면서 따분과 퇴폐와 싸우는 인간을 말한다. 가끔 술을 마시고 도박도 한다. 다른 여자한테 손을 대는 경우도 있다. 경멸받으면서도 부러움을 사는 그런 직업이다.

"그런 일은 안 해. 정말 술만 마시러 가는 거라니까."

어르고 달래는 듯한 목소리로 얼버무린다. 내가 생각해도 나는 다부진 미남이다. 짧게 깎은 암갈색 머리카락과 다갈색 눈동자도 과거엔 사모님들을 홀딱 빠지게 만들었다. 뭐, 지금은 모든 것을 공주기사님께 바치고 있지만.

지금 입고 있는 감색 튜닝에 헐렁한 검정색 바지도 앨윈의 돈으로 산 것이다.

"거짓말 마. 내가 아무것도 모른다고 생각하면 큰 오산이야."

"그렇게 화내지 마."

"응석부려도 소용없어."

어깨로 뻗은 손을 찰싹 쳐서 떨쳐낸다. 여기서 포기한다면 기둥서방이 아니다. 다시 한번 손을 뻗으려고 했지만 역시나 거부당했다.

"정말로?"

그 틈에 반대편 손으로 머리카락을 쓰다듬는다. 상처 입거나 빠지지 않도록 정중하고 부드럽게, 질 좋은 비단실이라도 만지는 것처럼 기분이 좋다. 평소 싸움 속에 몸을 담고 있는 것치고는 윤기도 좋다. 타고난 것인지 곱게 자란 탓인지. 고귀한 분들은 벌꿀과 약초와 향료를 섞은 액체로 씻는다고 들은 적이 있지만 앨윈은 좀더 좋은 재료를 썼던 것일지도 모른다. 공주님이었으니 말야.

"이, 이봐."

미약한 항의를 무시하고 빨개진 귓볼에 닿을락말락 손을 밑으로 내려 목덜미와 등까지 붉은 머리카락을 빗어간다. 완만하게 굴곡진 허리를 지나 작은 엉덩이 부근까지 오자 다음엔 엉덩이에서 등으로 반대로 빗어간다. 동시에 반대편 손으로 마찬가지로 머리카락을 빗어준다. 이쪽은 가마를 중심으로 바깥쪽을 향해 손끝으로 더듬어간다. 언제나 노력하고 있으니 말야. 착하다, 착해.

"이봐, 그만둬."

"이런 거 좋아하잖아."

귓가에서 속삭이듯 말한다.

"음."

얼굴을 붉히며 기분 좋은 듯한 목소리를 낸다. 참고 있는 모습이 귀엽다.

얼굴이 잘생긴 것만으로는 기둥서방을 계속할 수 없다. 당연히 그쪽 기술도 필요해진다. 하지만 육체적인 관계만으로는 오래 가지 못한다. 싫증 내고 버려지면 그것으로 끝이다. 비위를 맞추는 화술과 나름의 배려도 필요하다. 어떨 때는 달래고, 어떨 때는 매달리고 응석 부린다. 질이 안 좋은 녀석은 폭력을 휘둘러 강제로 돈을 빼앗는 경우도 있지만 나는 그런 건 사양이다. 무엇보다 앨윈과 정면으로 싸워서 이길 수 있을 거라 생각하지 않는다.

"그만, 둬."

앨윈은 내 양손목을 붙잡고 몸을 뒤로 뺐다.

"그런 뻔한 수법에, 당하지 않는다고, 나는."

뜨거운 숨결을 내쉬며 자신의 머리카락을 정리하더니, 원망스런 눈으로 나를 노려본다.

실패인가? 역시 몇 번씩이나 똑같은 수법은 통하지 않는 듯하다. 이제 어떻게 하지? 다른 방법을 생각하고 있자니 문 두드리는 소리가 들렸다.

"공주님, 이제 그만 떠나지 않으면 해가 떠버리고 맙니다."

전사 랄프다. '이지스'의 멤버로 아직 20세 남짓의 애송이지만 앨 윈에게 심취되어 있다. 딸랑이 녀석이 응석부리기는.

"것 봐. 네가 시시한 걸로 떼를 쓰니까 벌써 마중하러 와버렸잖아."

"그래. 이제 시간이 없어."

나는 마음을 굳히고 그녀의 손을 잡으며 말했다.

"그러니까 어서 결정해. 네가 금화 한 개를 줄 건지, 나를 동료한 테 술도 못 사주는 불쌍한 남자로 만들 건지."

"공주님."

문이 열렸다. 금발의 도련님이 눈 깜짝할 사이에 얼굴을 붉힌다.

"너, 이 자식, 뭐 하고 있는 거야!"

내 멱살을 잡으려 한다. 본래라면 무서워서 벌벌 떨 장면이겠지만, 나는 덩치가 좋아서 랄프 도련님보다 머리 하나 정도는 더 크다. 그런 탓에 원숭이가 먹이를 가로채려고 위협하고 있는 것으로 밖에 보이지 않는 게 난점이었다.

"아무것도 안 하고 있잖아."

나는 고개를 저었다.

"어제는 조금 격렬했으니 말야. 키스 마크가 남아 있지 않은지 확인하고 있던 참이야."

휘파람 소리가 들렸다. 돌아보니 네 명의 남녀가 우루루 들어오고 있다. 모두 앨윈의 파티 멤버다. 거기에 랄프 도련님을 추가한 여섯 명이 매일처럼 '미궁'을 탐색하고 있다.

"까불지 마, 이 자식."

"까불다니 무슨 소리를. 너나 나나 아름다운 공주기사님을 위해 할 수 있는 일을 하고 있는 거잖아. 너는 매일 '미궁'에서 검을 휘두르고 있고, 나는 침대에서 허리를 놀리고 있고. 즉 우리들이 하는 일은 동등한 셈이야."

눈 깜짝할 사이에 내 뺨에 주먹이 박혔다. 머리가 어찔해져서 바닥에 쓰러진다. 일어서려고 했지만 랄프 도련님이 배와 허리를 몇 번이고 짓밟았다.

"너같은 쓰레기가! 죽어! 죽으라고!"

"그쯤 해둬."

말린 것은 마찬가지로 '이지스'의 멤버인 라토비치였다. 백은색 플레이트 메일을 입고 있고, 백발에 주름이 깊은 얼굴. 시종장으로도 어울릴 듯한 아저씨다. 원래는 맥터로드 왕국의 기사였다고 한다.

"지금부터 '미궁'에 들어가야 하는데 쓸데없는 곳에 힘을 쓰지 마. 네놈도 마찬가지다, 매쉬. 헛소리는 작작해."

"그래 그래, 잘못했어."

발자국투성이의 몸을 털면서 일어선다. 랄프 도련님의 주먹과 발차기는 별로 아프지 않다. 튼튼한 것은 나의 몇 안 되는 장점이다. 다소의 발차기나 주먹따윈 간지러운 수준이다.

"놀려서 미안해. 사탕 줄까? 내가 만든 건데."

"필요 없어!"

맛있는데.

매쉬, 라며 앨윈이 쓰러져 있는 나에게 손을 내밀었다.

"나는 이만 가봐야 되니까 더 이상 떼쓰지 마."

"알았어."

그 손을 잡고 일어선다. 그 기세를 이용해서 껴안듯 그녀의 귓가에 입술을 붙인다.

"그보다 그것은 아직 괜찮아? 견딜 수 있을 것 같아?"

"…문제 없어."

"필요해지면 언제든 돌아와도 돼. 너무 참다가 집중력이 흐트러지면 본전도 못 찾으니 말야."

"걱정 없어. 나는 괜찮아."

휙 고개를 돌리더니 랄프 도련님 등을 떠밀 듯해서 밖으로 나가 버렸다. 고집부리긴.

"무운을 빌게."

손수건을 든 채 손을 흔들자 랄프가 노골적으로 혀를 차며 문을 닫았다. 50 정도 세고 나서 손안을 본다.

기대했던 금화의 광채에 씨익 웃으면서 녹색 사탕을 입안에서 굴린다.

아무래도 오늘밤은 2번관에서 창부와 함께 보낼 수 있을 것 같다.

이 도시의 이름은 '그레이 네이버'라고 한다. 대륙 서부, 망령 황야 한복판에 있는 성새도시다. 세간에서는 '미궁도시'라 불리고 있다.

이유는 간단하다. 도시 한복판에 대미궁 '천년백야'의 입구가 있기 때문이다. 보다 정확히 말하면 '천년백야' 입구를 중심으로 마을

이 형성되어 확장되었다.

　먼 옛날에는 '미궁'이 수도 없이 많아서 이곳 같은 '미궁도시'가 세계적으로 셀 수 없이 만들어졌다고 한다. 하지만 세월이 지남에 따라 하나, 또 하나 공략되어, 역할을 마친 '미궁도시'는 쇠퇴해갔다. 이곳이 세계 최후의 '미궁도시'라고 한다.

　'천년백야'를 답파하기 위해 매일 모험자라는 이름의 개미떼들이 굴로 들어간다. 그리 되자 모험자 상대의 장사꾼도 늘어갔다. 잡화점에는 비상식과 밧줄, 나이프, 랜턴 같은 모험자의 필수품이 진열되었고, 여관을 비롯한 무기점, 방어구점, 대장간, 그리고 술집과 창관까지 들어서게 되었다.

　모험자는 매일 죽음과 맞닥뜨리는 직업이다. 호탕하게 돈을 쓰지만 운 없는 녀석은 목숨을 잃는다. 그래도 명성과 보수를 손에 넣기 위해 스스로 위험 속으로 뛰쳐들어간다.

　이런 나도 과거엔 그중 한 명이었다.

　지금은 공주기사님의 기둥서방이지만.

　일을 치르고나서 침대에 드러누워 있자니 알몸의 여자가 나른하게 몸을 기대왔다. 창부인 신시아다. 단골 창부가 이미 예약된 상태였기에 대신 부른 거였지만 제법 궁합이 잘 맞았다. 주전자로 물을 따라 주는 배려도 나쁘지 않다.

　"너도 참 별난 사람이구나."

　"갑자기 왜?"

　"그렇게 멋진 공주기사님이 옆에 있는데도 이런 곳에 오니 말야. 화내지 않으려나?"

"너도 충분히 멋져."

검고 긴 머리카락이라든지, 손에 착 달라붙는 피부와 가슴도 훌륭했다.

"관대한 분이니 말야. 여러모로 자유롭게 살고 있어."

앨윈은 지금쯤 '미궁' 안에 있을 것이다. 미노타우르스라든지 오거 같은 걸 상대로 검을 휘두르고 계시겠지.

"공주기사님만으로는 부족하다는 거야?"

"그렇진 않아. 우리 공주기사님은 세계제일이거든."

그녀의 명예를 위해 딱 잘라 부정해둔다.

"다만 너무 훌륭하다보니 나 같은 건 상대가 안 돼. 그래서 항상 훈련을 해둘 필요가 있는 거지. 옆에서 모시는 사람의 기본이야."

"어머, 나는 연습상대라는 거야?"

"부정은 안 해."

"밉살스럽긴."

내 옆구리를 꼬집는다. 반사적으로 아프다고 하자 신시아는 작은 목소리로 사과하면서 자신이 꼬집은 곳을 쓰다듬었다.

"공주기사님은 그쪽도 굉장하나 보네. 있잖아, 어떻게 사귀게 된 거야?"

함께 살게 된 이후로 그런 질문을 자주 받는다. 정말로 자주 받는다. 어떻게 차지할 수 있었어? 라든지, 그곳 상태는 어때? 라든지. 하지만 그것에 관해서는 함구령이 내려져 있다. 이야기할 생각도 없다. 그래서 나는 이렇게 대답하기로 하고 있다.

"아무것도 특별한 것은 없어. 그녀도 인간이라 울 때도 있고 배고플 때도 있는데 주위가 멋대로 특별시하고 있을 뿐이지."

"꼬셔봤더니 성공했다는 거야?"

"뭐 그런 셈이지."

"헤에." 신시아가 흥미롭다는 듯 내 얼굴을 들여다 보았다.

"공주기사님은 너 같은 사람이 타입인가 보네."

"그럴지도."

"확실히 몸 하나는 좋으니 말야. 얼굴은 취향이 아니지만."

신시아의 손이 이번엔 내 배로 뻗었다. 갈라진 복근을 손끝으로 더듬어간다.

"이렇게 좋은 몸을 하고 있는데, 정말 너는 싸움도 못 하는 겁쟁이인 거야?"

"요전번에 열세 살짜리 여자아이한테 팔씨름으로 진 참이야."

"너도 과거엔 모험자였다면서?"

"그래."

답례로 배꼽 언저리를 쓰다듬는다. 신시아는 간지럽다는 듯 몸을 비틀었다.

"어째서 그만둔 거야? 다친 것처럼은 안 보이는데."

"오거같은 건 한주먹감이었지. 너무 쉽다보니 시시해져서, 다음엔 사모님들과 검을 겨루기로 했어."

"그래서 이쪽은 지금도 실력자인 거구나."

신시아가 쿡쿡 웃었다.

"그보다 어떻게 할래?"

대화에 싫증이 났는지 신시아가 사이드 테이블에 올려둔 접시를 보았다. 적자색 향초가 연기를 내고 있다. 창관에 따라 시간을 재는 방식은 다르지만 여기서는 향초에 불을 붙이고 있다. 이게 재가 될 때까지가 즐길 수 있는 시간이다. 참고로 말하면 이 향초에는 기분을 고양시키는 효과도 있다고 한다. 타고 남은 재를 보건데 아직 절반 정도는 더 남았다고 해야 할까.

앞으로 한 번 정도는 더 할 수 있을 것 같다. 그렇게 생각해서 신시아의 어깨를 안았을 때 창밖에서 소리가 들렸다.

창밖을 내다보니 가게 앞에서 서른은 넘어 보이는 남자가 머리를 감싸안고 소리를 지르고 있었다. 아니, 그게 아니다. 저건 비명이었다.

"얼레, 아란이네?"

신시아가 옆에 나란히 서서 말했다.

"아는 사람이야?"

"반 년쯤 전까지 다니던 사람이야. 모험자인데, 꽤 씀씀이도 좋았어."

"그렇게는 안 보이는데."

소매와 팔꿈치가 헤져 있고, 멀리서도 알 수 있을 만큼 지저분했다. 적어도 거친 일을 척척 해내는 모험자의 그것은 아니었다. 자세히 보니 목덜미와 손목에 검은 반점이 보인다.

"얼마전에 큰 부상을 입었어. 목숨만은 건졌지만 그 이후로 '미궁'에도 안 들어가고 시내를 저렇게 어슬렁대고 있대."

"'미궁병'인가."

모험자는 죽음과 가까운 직업이다. 조금만 잘못해도 저세상행이다.

특히 '천년백야' 같은 '미궁' 안은 최악이다. 어둠 속에서 갑자기 나타나는 마물, 곳곳에 설치된 함정, 다른 모험자들의 방해와 동료들의 내분까지 있다. 죽음은 엄마보다 가깝다. 사선을 방황하다 살아남았다고 해도 모든 것이 원래대로 돌아가는 것은 아니다. 지옥에 한 발을 내디딘 공포는 마음에 계속 강하게 남는다. 그렇게 되면 더 이상 '미궁'에는 들어가지 못한다. 뿐만 아니라 목숨을 걸어야 하는 거친 일은 아무것도 할 수 없게 된다. 종국에는 언제나 공포에 사로잡혀 일상생활조차 보낼 수 없게 되어버린다. 그것이 '미궁병'이다. 모험자의 고질병이라 해도 좋다.

"그런 것치고는 날뛰는 모습이 심상치 않은데?"

"'약'이 다 떨어진 것 아냐?"

'미궁병'에 특효약은 없다. 있다고 해도 어지간한 모험자가 입수할 수 있는 물건은 아닐 것이다. 대개의 모험자는 '약'으로 기분을 진정시키려 한다. 특히 많이 유통되고 있었던 게 '릴리스'라는 약이었다. 겉보기엔 평범한 가루약이지만 이것을 먹으면 기분이 고양되어 이 세상이 마치 낙원이나 이상향처럼 생각된다고 한다. 하지만 한 번 먹으면 끊을 수 없게 되고, 감정을 억누를 수 없게 되어 툭하면 화를 내거나 울고 웃는다. 종국에는 환청이나 환각을 보고 착란까지 일으킨다. 피부에 떠오른 검은 반점은 전형적인 중독자의 증상이다.

"전에는 '트라이 히드라' 같은 조직이 배포하고 있었지만 최근에는 유통되고 있지 않아서 저런 사람들이 늘고 있어."

이 도시뿐만 아니라 대륙 대부분의 나라에서는 이런 종류의 '약'을 금지하고 있다. 금지되면 더 가지고 싶어지는 게 인지상정. 무서운 녀석들과 조직이 '약'의 제조부터 판매를 맡아 '미궁병' 환자나 생활고를 잊고 싶은 빈민들에게 판매해서 폭리를 취하고 있다. 1년쯤 전에 망해버린 '트라이 히드라'도 그런 조직의 하나였다.

창밖에서는 아란이 험상궂은 남자들에게 붙잡혔다. 이 창관의 경호원들이다. 제대로 저항 한 번 못 해보고 근처 골목으로 끌려간다. 운이 좋으면 뼈 두세 개 정도로 끝나겠지만 잘못하면 쓰레기와 토사물 위에서 시체로 발견되게 될 것이다. 이곳은 그런 도시다. 불쌍하다고는 생각하지만 나로선 어떻게 해볼 수 없다.

창문을 닫자 신시아가 불쌍하다는 듯 쳐다보았다.

"혹시 너도 '미궁병' 이야?"

"그럴 리가."

어둠속에서는 화장실도 못 가는 꼬맹이 같은 게 아니다. 그저 살아서 돌아갈 수 없을 뿐이다. 고블린 한 마리라도 만나면 그것으로 끝. 쥐똥보다 별볼일 없는 인생이긴 하지만 자살할 생각은 요만큼도 없다. 지금의 나에게는 공주기사님만이 유일한 삶의 낙이다.

"내가 싸울 수 있다는 걸 보여줄게."

선언과 함께 신시아의 가슴을 덮치자 굉장히 요염한 신음소리가 들려왔다. 2회전인 만큼 익숙해졌는지 반응도 나쁘지 않다. 시트를 움켜쥐면서 끊임없이 소리를 질렀다. 준비도 끝난 듯해서 슬슬 해볼까 생각하고 있을 때 가벼운 절정에 도달했는지 하얀 다리로 사이드 테이블을 걷어찼다. 향초가 놓여진 접시가 요란한 소리를 내며 나뒹군다.

"이크."

나는 신시아에게서 떨어져 사이드 테이블을 일으켜세웠다. 다행히 접시는 깨지지 않은 듯하지만 만에 하나 불이라도 나면 큰일이다.

"음?"

문득 침대 밑을 들여다본다. 신시아의 것으로 보이는 상자 안에 여성용 의복이 들어 있고, 그 위에 괴상한 형상의 목걸이가 소중하게 올려져 있다.

"자기 뭐해? 얼른 와."

신시아는 똑바로 누운 채 응석부리는 목소리로 나를 불렀다. 나는 목걸이를 집어들었다.

"이거 네 거야?"

"그래, 맞아. 전에 요 뒤에 있는 교회에서 받았어. 부적 같은 거야."

"혹시 태양신 종파 아냐?"

"응. 언젠가 나도 '계시'를 받을 수 있지 않을까 해서."

달아오른 몸이 어느 정도 진정되었는지 신시아는 힘겹게 몸을 일으켰다.

신화에 따르면 태양신은 이 세계를 만든 신 중 하나다. 신들 중에서도 최강에 가까운 힘을 가지고 있었지만 그런 까닭에 다른 신들의 시기와 질투를 받아 자신의 궁전째 봉인되어 버렸다고 한다. 꼼짝할 수 없게 된 탓에 신자들에게 '계시'를 내린다고 한다. '계시'를 받은 사람은 기적의 힘을 얻는데, 지혜를 얻는다든지, 새로운 기술을 발견한다든지, 초인적인 체력을 얻기도 한다고 들었다. 기적을 위해 신앙하는 사람도 많다. 이 도시에도 두 개 정도 교회가 있다.

"'솔 니아 에베크타스(태양신은 모든 것을 보고 있다).'"

신시아가 작게 중얼거린 것은 태양신 신앙에서 곧잘 쓰이는 기도의 말이었다. 다른 대륙의 고대어로 말하는 게 정식이라고 한다.

"정말로 보고 있으면 무섭겠네. 엿보는 거잖아."

신시아는 쿡쿡거리며 웃었다. 나는 웃지 않았다. 주섬주섬 벗은 옷을 챙겨 입는다.

"어, 왜 그래?"

"미안한데 볼일이 좀 생각나서. 또 올게."

"하지만 아직 시간이."

안타까운 듯 접시 위의 향초를 본다. 거의 재가 되어버렸지만 아직 연기가 피어오르고 있다. 나는 주전자 물을 그 위에 부었다. 치익, 소리를 내며 불은 꺼졌다.

"시간이 다 됐어."

어리둥절한 신시아를 두고 밖으로 나간다. 문을 닫은 후 나는 한숨을 쉬었다. 나쁜 아이는 아니었지만 아마 다시는 안 올 것이다. 여자와 할 때까지 그 빌어먹을 놈을 떠올리고 싶지 않으니까.

돌아갈 때 뜰에 있는 우물에서 물을 뒤집어 쓴 후 창관을 나선다. 이미 날이 저물어 캄캄해져 있었다. 후드가 달린 코트를 입고 있어도 몸이 부르르 떨린다. 회색 후드를 뒤집어 쓰고 몸을 웅크린 채 귀갓길에 오르다가 문득 골목을 들여다보았다. 아란은 아직 그곳에 있었다. 만신창이가 되어 있지만 아직 숨은 붙어 있다.

"괜찮아?"

"…시끄럿, 제비 녀석."

내 정체를 아는 듯하다. 나도 많이 유명해졌군. 욕설을 할 기운이 있다면 괜찮겠지.

"너, 고향은 어디야?"

"뭐?"

"이 지방 사람은 아닐 거잖아. 어디냐고 묻고 있어."

어차피 일확천금을 꿈꾸고 이 도시를 찾았을 것이다.

"…바라데일이야."

"뭐야, 바로 옆이잖아."

'그레이 네이버'가 있는 레이필 왕국 바로 남쪽에 있는 나라다. 농업과 양조가 성해서, 이 도시에도 일부는 그곳에서 수입하고 있다.

나는 주머니 안에 넣어두었던 종이를 꺼냈다. 떨어져 있던 석탄 조각으로 대충 휘갈겨쓴 후 그것을 검은 반점이 떠오른 손에 쥐어준다.

"동쪽에 있는 '파란 개 골목'에 토비라는 할아버지가 있어. 너 같은 얼간이를 밖으로 꺼내주는데 명수지. 매쉬의 소개로 왔다고 하면서 그 종이를 보여주도록 해. 그러면 이 도시에서 빠져나갈 수 있으니까."

이 '그레이 네이버'는 주위가 높은 벽으로 둘러싸여 있다. 밖으로 나가려면 반드시 문을 통과할 필요가 있지만, 당연히 문지기가 지키고 있다. 아무리 무능한 놈들뿐이라 해도 한눈에 중독자라는 걸 알 수 있는 녀석을 그냥 놓아줄 만큼 무르지는 않다. 돈이 없다면 더더욱.

"무슨 짓이야?"

"고향으로 돌아가. 그리고 천천히 몸을 치료하라고. 이곳은 네가 있을 곳이 아니야."

"쓸데없는 참견이야."

그렇게 말하고 힐끔 손안에 있는 종이를 보았다. 쓰여 있는 것은 단 한 마디. '내보내'.

아란은 힘없이 벽에 몸을 기댔다.

"돈이 아니잖아."

"내가 그런 얼간이로 보여?"

약 중독자에게 돈을 줘봤자 바로 '약'으로 소비되고 만다. 내기꺼리도 되지 않는다. 토비 할아버지는 투계 도박에서 도와준 적이 있고, 내 글씨도 알 테니까 이것이면 통한다.

"덤으로 이것도."

품속에서 작은 주머니를 꺼내 내용물을 반대편 손에 쥐어주었다. 아몬드다. 어차피 아무것도 안 먹었을 것이다. 배가 고프면 제대로 된 생각은 떠오르지 않으니 말야.

"그럼 가볼게. 목숨을 낭비하지 말라고."

그곳을 떠난다. 살아있으면 아직 역전할 기회는 있을 것이다. 길바닥에서 죽는 것보다는 낫겠지.

"너는….."

"착각하지 마. 딱히 선의로 하는 일은 아니고, 너 같은 녀석이 어슬렁거리는 걸 보고 싶지 않을 뿐이니까."

나는 돌아보면서 말했다.

"우리 공주기사님의 눈을 더럽히니 말야. 배알할 영예를 하사받고 싶다면 좀더 제대로 된 인간이 되고나서 와."

'그레이 네이버'의 술집에 휴일은 없다. 새벽녘까지 모험자가 들이붓듯 술을 마시고 술통에 머리를 처박는다. 무사히 돌아온 기념인지, '미궁'의 무서움을 잊기 위한 것인지.

술집과 창관이 늘어선 길을 몸을 웅크린 채 나아간다. 통칭 '노상

강도 골목'이라 불리는 환락가이다. 느긋하게 지나가다간 탈탈 털리고 만다. 호객꾼과 창관 선전꾼을 피해 빈민가로 들어선 순간 곧바로 고요해진다. 집으로 가려면 동쪽에 있는 큰길로 나가는 것보다 이곳을 돌파하는 게 더 빠르다.

사람의 왕래도 확 줄었다. 외등과 창문으로 새어나오는 불빛만으로는 조금 부족하다. 노상에는 거지로 보이는 녀석들이 모포를 뒤집어쓴 채 이곳저곳에 누워 있다. 그런가 싶으면 생업에 열심인 녀석도 있어서 주정뱅이에게 까마귀처럼 덤벼들어 신발과 바지를 벗기고 있다. 안됐군.

하품을 참으면서 머릿속으로 내일 예정을 구상하기 시작한다.

그때였다.

3층 건물 사이에 있는 골목 부근에서 안 좋은 낌새가 났다.

싸움 실력은 꽝이지만 모험자 시절부터 남아 있는 것도 있다. 튼튼한 몸과 육감이다. 사람의 낌새를 감지하는 것은 철저히 단련했다. 약간 흐트러진 공기의 흐름이라든지, 희미한 옷소리, 근육의 삐걱임, 눈깜빡임, 그런 것들을 피부로 느낀다. 이론이 아니라 감성이다. 이것 덕분에 몇 번이나 목숨을 건졌다.

덕분에 숨바꼭질 술래 역할에는 자신이 있다. 특히 상대가 살의를 노골적으로 드러내고 있을 경우는.

단순 강도인지, 원한인지. 유감스럽게도 둘 다 짚히는 게 있다. 오늘 아침 경애하는 공주기사님에게 하사받은 돈이 아직 품속에 남아 있다. 원한 쪽도 뭐, 그럭저럭 있다. 여자를 빼앗긴 녀석이라든지, 카드 사기를 간파당한 녀석이라든지.

걸음은 멈추지 않는다. 말도 걸지 않는다. 상대에게 군이 눈치채고 있다는 것을 가르쳐줄 필요는 없다. 자살행위다. 잊어버린 물건을 떠올린 척 천천히 몸을 돌린다.

이것으로 피할 수 있으면 좋겠다고 생각했지만 안일한 생각이었던 듯하다.

길가에 누워 있던 거지가 벌떡 일어났다.

모포를 집어던진다. 나타난 것은 30세 정도로 보이는 얼굴이 길쭉한 남자였다. 듬성듬성 난 수염과 창백한 피부가 초라한 풍체로 보이게 하지만 눈초리만은 썩은 진흙처럼 탁해져 있었다. 틀림 없이 사람을 죽인 경험이 있는 눈이다. 가죽 갑옷에 장갑, 무엇보다 손에는 단검을 들고 있다.

뒤를 이어 등 뒤에서도 움직이는 낌새가 났다.

시야 한 켠에 비친 것은 골목에서 키 작은 남자가 몸을 내밀고 있는 모습이었다. 역시 가죽 갑옷을 입고 있고, 손에는 무언가 무기를 들고 있는 듯하다. 이쪽은 얼굴을 천으로 가리고 있지만 눈초리에 역시 끈끈한 살의가 서려 있다.

"그 차림으론 자기 힘들지 않겠어?"

나는 말대가리 남자에게 시선을 되돌리며 말했다. 아직 사태를 파악하지 못했다는 것을 최대한 어필한다.

"얼른 돌아가지 않으면 마누라한테 야단맞으니까, 볼일이 있으면 얼른 말해주지 않을래?"

대답은 없었다 수염 남자는 시선만을 내 팔과 다리에 쏟았다. 내 이야기를 흘려들으면서 빈틈을 살피고 있는 듯하다.

"알았어." 나는 천천히 품속에 손을 찔러넣어 지갑을 집어던졌다. 남자의 발밑에 툭 떨어진다.

"그걸 원한 거지? 줄게. 가져가라고."

수염 남자가 움직였다. 성큼성큼 다가가더니 몸을 숙이고 지갑으로 손을 뻗는다.

그 순간 등 뒤의 남자가 움직였다. 돌아보니 왜소한 몸으로 거미처럼 뛰어올라 나에게 단검을 내리치고 있다.

나는 옆으로 몸을 날려 바닥에 뒹굴었다. 돌바닥 위를 구르다가 돌을 때리는 칼 소리를 들었다. 잽싸게 벽가에서 일어서자 이번엔 수염 남자가 공격해 왔다. 단검을 허리 언저리에서 꼬나쥔 채 몸으로 들이박는다.

은색 칼날이 번쩍 빛났다. 뱀처럼 달려드는 그것을 나는 타이밍을 맞춰 옆으로 몸을 미끄러뜨렸다. 무딘 소리가 났다. 피하면서 곁눈으로 보니 돌을 쌓아 만든 담장에 단검이 뿌리까지 박힌 게 보였다. 수염 남자는 짜증이 난 듯한 표정으로 벽에 발바닥을 대고 단숨에 뽑았다.

엇갈리게 쌓여 있던 돌벽 일부가 후두둑 떨어진다. 노상에서 자고 있던 거지들이 엮이는 건 싫다는 듯 도망치기 시작했다.

"불이야! 불이 났어!"

나는 소리쳤다. 사람을 부르는데는 이게 제일이다. 강도다! 살인자다! 라고 소리쳐봤자 다들 집에 틀어박혀 나오지 않는다. 자신의 꽁무니에 불이 붙어야 비로소 움직이는 것이다.

아니나 다를까 이곳저곳의 집에서 술렁이는 낌새가 났다.

호각 소리가 들렸다. 짧은 소리를 되풀이해서 내면서 이쪽으로 다가오고 있다. 도시 위병이 쓰는 호각이다.

꼬맹이 눈에 망설임이 생겨났다. 그 틈에 두 사람과 거리를 벌린다. 호각 소리가 커졌다.

수염 남자가 분한 듯 혀를 차더니 몸을 돌려 골목 안으로 달려갔고, 꼬맹이도 그 뒤를 쫓았다. 멀어져가는 발소리를 들으며 나는 벽에 등을 기댄 채 주저앉아 한숨을 쉬었다. 그 두 사람과 교대하듯이 두 명의 위병이 달려왔다. 둘 다 회색 투구에 철판 갑옷을 입고 있다. 안에는 사슬 갑옷도 입고 있기에 움직일 때마다 금속이 마찰되는 소리가 난다.

40대의 콧수염 남자와 20세 정도의 거무튀튀한 남자다. 이름은 모르지만 몇 번 본 적 있다.

"또 너냐?"

콧수염 남자가 성가신 듯 얼굴을 찡그렸다. 요전번 술에 취해 녀석의 발에다 토한 것을 아직도 기억하고 있는 듯하다.

"뭐야? 무슨 일 있었어?"

거무튀튀한 남자가 물었다. 특징 있는 걸걸한 목소리였기에 기억에 남아 있다.

"별일 아니야."

나는 어깨를 으쓱했다.

"아무래도 나를 대극장의 배우로 착각한 모양인지, 금발 여자가 배를 내밀고 거기다 사인해달라고 보채더라고. 겨우 오해가 풀려서 배를 가리고 저쪽으로 가버렸는데, 혹시 발견하면 전해줄래? 배탈 날 수 있으니까 잘 때는 복대를 하는 편이 좋다고."

거무튀튀한 남자가 노골적으로 얼굴을 찡그렸다.

"아까 불이 났다고 소리친 건 너지?"

"글쎄?"

콧수염 남자의 질문에 태연하게 시치미를 뗀다. 거짓 통보를 했다는 구실로 감방에 들어가고 싶지는 않다. 위병들은 시내의 경비와 방범, 범죄 단속 등을 하고 있다. 뭐 직무 태도는 이 도시의 참상을 보면 알 수 있듯 개판이지만.

"아까 저기서 노상에 있는 신사분들이 발정해 있던데, 여러모로 불타지 않았을까?"

콧수염 남자는 거기서 흥미를 잃은 듯 고개를 돌렸다. 주정뱅이의 헛소리라고 생각한 듯하다. 실제로 술도 좀 먹긴 했다.

"얼른 꺼져."

"알았어."

나는 일어나서 등에 묻은 먼지를 털고 돌바닥에 떨어져 있는 지갑으로 손을 뻗었다.

"아니, 이건 내 꺼 맞아. 아까 떨어뜨렸거든. 진짜로."

위병 제군들로부터 나무라는 듯한 시선을 느꼈기에 변명한다. 이것저것 캐묻기 전에 품속에 넣고 몸을 웅크린 채 달렸다.

우리집은 북부 상류층 지구에 있다. 이웃은 귀족의 별채나 상인의 저택들뿐이다. 당연히 교류는 없다.

집은 석조 2층 주택이다. 벽을 하얗게 칠한 덕분에 연수는 좀 되었지만 언뜻 보기에는 깨끗해 보인다. 대문은 없다. 높이가 낮은 돌벽에 둘러싸여 있을 뿐이다. 주변 집들과 비교하면 아담하지만 살기에는 나쁘지 않다. 물론 공주기사님의 지위와 명예와 벌이 덕분에 구입이 가능했다. 나 혼자였다면 돈이 있다 해도 문전박대 당하는 게 고작이었을 것이다. 그녀에게 있어서는 하인의 집처럼 초라한 것이겠지만 불평불만을 한 적은 한 번도 없다.

문을 연다. 촛대의 초에 불을 붙이자 은은한 불빛이 현관을 비춘다.

입구 바로 옆에는 2층으로 올라가는 계단과 안쪽으로 이어지는 통로가 뻗어 있다. 옆에 있는 문은 별채 창고와 화장실로 통한다. 통로를 지나면 부엌과 식당. 하지만 공주기사님은 요리따윈 안 하시고, 나도 밖에서 해결할 때가 많다. 남쪽으로 가면 모험자 상대의 음식점이 늘어서 있다. 앨윈은 '미궁' 공략에 가 있으니 당연히 오늘은 밖에서 해결하고 돌아왔다.

요리를 하는 것은 그녀가 집에 있을 때다. 특히 '미궁'에서 돌아왔을 때는 직접 요리를 해주고 있다. 계획에도 없던 운동에 배가 조금 출출해졌지만 찬장을 뒤질 기력도 없어서 계단을 오른다.

2층은 세 개의 방으로 구성되어 있다. 앨윈의 침실과 나의 침상, 그리고 창고겸 무기고. '미궁'에서는 진귀한 무기와 광석이 발견된다. 대개는 그냥 팔아치워버리지만 그 일부가 이곳에 보관되어 있다. 열쇠는 공주기사님이 보관하고 있다. 전에 아는 장물상에 팔아치운 이후로 출입을 금지당했다.

자신의 방으로 들어간다. 나무 창문이 달린 방에는 침대와 의자, 바닥에는 오늘 아침 벗어놓은 옷이 널부러져 있다. 아침이 되면 세탁꾼이 순회하니 그 녀석에게 부탁하면 된다. 의자 위에 촛대를 놓고 침대에 쓰러진다. 오늘은 지쳤다. 이런 날은 얼른 자버리는 게 좋다. 앨윈도 없으니 봉사할 필요도 없다. 눈을 감으니 금방 잠이 쏟아졌다.

눈을 떠보니 아직 캄캄했다. 창문 틈새로 새어든 빛과 바깥 공기의 온도로 추측컨데 아직 동이 트기 전일 것이다. 옛날부터 잠은 푹자는 편이다. 특별한 봉사가 없으면 아침까지 푹 자는데, 이렇게 깨어난 것은 아래층에서 소리가 났기 때문이다. 눈을 감고 귀를 기울여본다. 역시 집 앞에 누군가가 있다. 내 지인은 이 집에 안 오고, 애당초 손님이 올 시간도 아니다.

도둑인가? 경계한 순간 문을 노크하는 소리가 났다.

"모험자 길드에서 보낸 사람이야. 열어줘."

대답을 하지 않고 있자 다시 한번 문을 노크하며 같은 말을 되풀이 한다. 나는 한숨을 쉬었다. 소리가 나지 않게 조심하면서 나무 창문을 연다.

내 방에서는 현관 문이 비스듬한 각도에서 보이도록 되어 있다. 눈을 가늘게 뜨고 손님을 확인한다. 검은 후드를 완전히 뒤집어쓴 남자 두 명이 현관에 서 있다. 한 명은 랜턴을 손에 든 채 문을 노크하고 있다. 목소리를 바꾸기는 했지만 아까의 2인조라는 걸 바로 알 수 있었다. 나는 앞으로의 방침을 생각했다. 계단을 내려가서 문 너머로 말한다.

"무슨 일인데?"

"큰일이야. 공주기사님이 '미궁'에서 다치셨어. 너를 만나고 싶어 하시길래 부르러 온 거야. 바로 와줘."

"알았어." 나는 말했다.

"바로 준비할 테니까 거기서 기다려."

나는 계단을 달려올라가서 공주기사님의 방으로 향했다. 문은 잠겨 있지 않다.

양초를 들고 방 안을 뒤져서 잃어버리면 곤란한 것, 보이면 안 되는 것을 자루에 담았다. 가벼워서 힘이 약한 나도 짊어질 수 있었다. 빠뜨린 것은 없는지 확인한 후 밑으로 내려가 부엌 문을 통해 밖으로 나간다.

조심했다고 생각했는데 의외로 감이 좋은지, 현관 쪽에서 달려오는 발소리가 났다. 나는 다리도 느림보가 되어버린 상태다. 정석대로 추격전을 한다면 눈 깜짝할 사이에 따라잡힐 것이다. 허나 승산은 있었다. 이 부근은 높으신 분들이 다수 살고 있는 탓에 위병이 중점적으로 순찰하고 있다. 아까도 거무튀튀한 남자에게 발견된 것을 생각하면 너무 오래 쫓아오지는 않을 것이다. 아니나 다를까 모서리를 두세 개 정도 돌자 발소리는 끊겼다.

하지만 방심은 금물이다. 아직 잠복하고 있을지도 모른다. 오늘 밤은 돌아가지 않고 술집에서 밤을 보내도록 하자.

지금쯤 집 안 수색을 하고 있을지도 모른다. 얼굴과 오크 고환을 맞바꾼 듯한 그 두 마리가 공주기사님의 침실로 들어가서 시트의 냄새를 맡으며 사타구니로 손을 뻗고 있을 거라 생각하니 가슴이 찢어질 것 같다. 다른 방도 억지로 열지 모르지만 그쪽은 별로 걱정하지 않는다. 지하실로 가는 문은 일반인이 발견할 수 없을 테고, 창고에는 돈이 될 만한 것이 별로 남아있지 않다. 절반 이상은 이미 몇 푼 안 되는 고물로 바뀌친 상태. 이런 일이 있을까 해서 몰래 열쇠를 만들어 잠입한 보람이 있었다. 술값, 창관비, 기타 등등으로 소비되고 말았지만 도적들 손에 들어가는 것보다는 나을 것이다.

날이 밝았다.

거리에 인파가 돌아왔다. 감시하는 사람이 없는 것을 확인하고 나는 집으로 돌아왔다.

화풀이로 집을 엉망진창으로 만들었을 거라 생각했지만 2층까지 들어온 흔적은 없었다. 현관 문에 상처가 몇 개 나 있을 뿐이다. 근성 없는 놈들. 창고 문까지 부숴줬다면 바꿔친 것들까지 놈들 탓으로 돌릴 수 있었는데.

하품을 삼키며 졸음기가 가시지 않는 머리로 앞으로의 대책을 짠다.

녀석들은 내 목숨을 노리고 있다. 하룻밤에 두 번이나 습격해 왔다. 3번째도 반드시 온다. 그렇다고 도망칠 생각은 없다. 나에게는 집을 지켜야 하는 사명이 있다. 누군가에게 도움을 요청할 생각은 없지만, 언제 올지도 모르는 것을 잔뜩 긴장한 채 기다리는 것도 신경을 마모시킬 뿐이다. 예정대로라면 모레 저녁에는 공주기사님이 돌아온다. 가능하면 그때까지 끝내고 싶다.

다행히도 짚히는 건 있었다.

내가 향한 곳은 시내 중심부였다. 그곳에는 '천년백야' 입구와 모험자 길드가 있다.

모험자의 주거래처이자 관리단체, 그것이 모험자 길드이다.

길드에 소속된 모험자는 그 실력과 공적에 따라 별이 주어진다. 최고가 7성. 별의 숫자가 많을수록 모험자 사이에서 대접을 받는다.

요컨대 주인없는 개에 목줄을 달고, 목줄이 얼마나 더 좋은지 서로 경쟁시키고 있는 것이다.

누가 생각했는지는 모르지만 잘 만들어져 있다. 분명 나와 비슷한 수준으로 머리가 잘 돌아가는 녀석일 것이다.

모험자 길드 '그레이 네이버' 지부 문을 통과하자 정면에 성처럼 튼튼해 보이는 3층 건물이 보였다. 실제로 위급상황에는 농성을 할 수 있도록 되어 있다. 그 옆에는 직원 대기소, 창고, 매집장이 늘어서 있다. '미궁'에는 가끔 요상한 물건들이 떨어져 있는데, 지상에서는 입수할 수 없는 그런 귀중하고 희소한 물건들을 여기서 매집한다. 길드에서는 이런 희귀품과 귀중품을 모험자로부터 사들여 호사가나 업자에게 팔아 녀석들의 자존심을 세워준다. 그 이익이 길드의 수입원이다.

정면 건물로 들어갔다.

입구 오른쪽에는 긴 카운터가 있다. 접수처에는 우락부락한 아저씨와 얼굴에 상처가 있는 남자가 모험자를 쏴죽일 것처럼 노려보고 있다.

그 성질상 모험자의 대부분은 남자다. 길드도 그것을 알고 있는지 접수처에는 부드러운 분위기의 여자를 두는 경우가 많다. 하지만 개중에는 접수처 아가씨를 자기 여자로 착각해서 저속한 말을 하거나, 업소 여자와 착각해서 당당하게 꼬시려 하는가 하면, 몰래 뒤를 밟아 어떻게 해보려고 하는 녀석까지 있다. 그런 질 나쁜 지역에서는 우락부락한 사내들에게 접수처를 맡기고, 몇 안 되는 여자들에게는 사무와 회계 같은 일을 맡기고 있다. 그 부분은 길드를 관리하고 있는 길드 마스터의 재량이다. 슬프게도 이곳 접수처에는 우락부락한 남자들뿐이다. 카운터는 비어 있지만 말을 걸기만 해도 두들겨 맞을 것 같기에 솔직히 사양하고 싶다고 생각하던 참에 마침 좋은 녀석을 발견했다.

"여, 꼬맹이."

카운터 안쪽에 말을 걸자 은발 소녀가 돌아보았다. 검정색 원피스에 허리를 가죽 벨트로 묶어 굴곡을 만들고 있다. 나이는 열셋, 아니 열넷이었나? 이목구비가 반듯한, 장래유망한 소녀다. 지금도 충분히 귀엽지만 딱히 그쪽 취미가 있어서 말을 건 것은 아니다. 다만 가장 가까운 곳에 있었고 가장 만만했기 때문이다.

꼬맹이는 나를 힐끔 보았다. 일순간 뺨을 부풀리더니 다시 편지로 눈길을 되돌린다.

"무시하지 마, 이봐."

나는 손톱만 한 돌맹이를 집어던졌다. 등에 맞았다.

"야, 그만해."

언성을 높히면서 카운터까지 달려왔다.

"보면 몰라? 나 지금 바쁘니까 방해하지 말라고."

의자에 앉아 편지를 읽고 있었을 뿐이잖아.

"누구한테 온 편지인데?"

"매쉬 씨랑은 관계 없어."

차갑기는. 뭐, 듣지 않아도 누구한테서 온 건지는 알고 있다. 히죽대는 얼굴만 봐도.

"그리고 꼬맹이도 아니고."

"알았어, 에이프릴. 미안해."

소녀의 자존심을 상처 입힌 것에 대해선 순순히 사과한다. 거친 녀석들밖에 없는 모험자 길드에 어울리지 않는 소녀지만 마음만 먹으면 모험자들의 목을 날려버릴 수 있는 힘을 가지고 있다. 길드 마스터의 귀여운 손녀니까 말이다.

"요전번에 너한테 팔씨름으로 진 게 분해서 말야. 그래서 어린애 같은 짓을 하고 말았어. 미안해. 어른스럽지 못했어. 용서해줘."

어쩔 수 없네, 라며 에이프릴이 쓰게 웃었다.

"소란을 피우지 마. 나도 매번 덮어줄 수 있는 건 아니니까."

"그래 그래."

할아버지의 직장을 놀이터로 착각했는지 툭하면 얼굴을 내민다. 직원으로 일할 수 있는 연령은 아니지만 가끔 글자를 못 읽는 모험 자에게 글자를 읽어준다든지 대필 같은 것도 해주고 있다. 도와줄 요량이겠지만 다른 직원들은 그때마다 얼굴이 창백해졌다. 사랑스 런 얼굴에 흠집이라도 나면 자신들의 목이 날아가기 때문이다. 어 느 쪽의 의미로 날아가는 건지는 상상에 맡기겠다.

"그거 편지지? 나중에 나도 읽게 해줘."

"에~, 어떻게 할까나."

짐짓 시선을 애먼데로 돌린다.

"이건 나한테 온 편지라서 말야~."

"뭐 어때. 나에 대해 무언가 쓰여 있지 않아? 만날 수 없어서 외 롭다든지, 장래엔 매쉬 씨처럼 멋진 어른이 되고 싶다든지."

"그런 게 쓰여 있을 리 없잖아!"

바보 같은 소리 말라며 내 귀를 잡아당겼다.

"아프잖아."

"아까의 답례야."

흥, 하고 안으로 들어가버리려는 걸 허둥지둥 멈춰 세운다. 정작 중요한 용건을 잊을 뻔했다.

"미안한데 데즈 좀 불러줄래?"

에이프릴이 역시, 라며 중얼거렸다.

"그래, 이 길드에서 가장 키가 크고, 다리가 길고, 날씬한데다 피부가 매끈매끈한 데즈 말야. 진귀한 장면을 볼 수 있다고. 너는 잘 모르겠지만 녀석은 내가 오면 너무나도 좋아서 헐레벌떡 달려와 내 뺨에 뽀뽀를 하거든."

"데즈 씨라면 바깥 해체장에 있어. 한창 바쁠 때니까 방해하지 마."

내 말을 무시하고, 밖을 가리키나 싶더니 다시 편지를 읽어내려 간다.

"불러주지 않을래? 피비린내가 좀 고역이라 말이지."

"기다리고 있으면 언젠가는 올 거야."

쌀쌀맞게 말하고 카운터 안에 있는 칸막이 저편으로 사라졌다. 안에서 편지를 읽기로 한 듯하다. 애교고 뭐고 없다. 할아버지의 교육이 잘못되었군.

"어쩔 수 없지."

내 쪽에서 갈 수밖에. 그렇게 생각하고 카운터를 떠나려 했을 때 내 뒤에서 무거운 것이 떨어지는 소리가 났다. 돌아보니 눈앞에 검은 대머리가 서 있었다. 잘못 말한 게 아니다. 거뭇거뭇한 피부의 대머리 남자가 서 있었던 것이다.

"여, 매쉬, 웬일이야?"

이름은 빌, 이라고 했던가. 나보다 키는 조금 작지만 체격이 좋은 남자다. 허리에는 두꺼운 검을 차고 있다. 검게 칠한 갑옷은 상처투성이고, 도료도 군데군데 벗겨져 있다. 목에는 모험자 길드의 조합증을 걸고 있다. 4성이다.

모험자의 등급 상승에는 정해진 규정이 있다. 자세한 조건은 잊어버렸지만 4성 이상으로 가려고 하면 갑자기 조건이 엄격해진다. 그래서 대개의 모험자는 3성까지다. 그 이상은 가기 전에 죽거나 은퇴한다. 4성인 이상 이 대머리 양반도 그럭저럭 실력자일 것이다.

발밑에는 다리 여섯 개 달린 검은 곰이 똑바로 누워 있었다. 다크 그리즐리다. 2유르(약 3.2미터)는 될 것이다. '천년백야' 8층이나 9층에서 곧잘 출몰한다. 초심자라면 금방 잡아먹히고 마는 위험한 녀석이다. 아직 죽은 지 얼마 안 되었는지 등 부분에서 검붉은 얼룩이 길드 바닥으로 번져나오고 있다. 이 녀석은 모피가 비싸게 팔린다.

굳이 이런 큰 놈의 시체를 직접 들고 왔을 것으로는 생각되지 않으니까 '운반꾼'에게 운반하게 했을 것이다. '미궁'에 들어가는 것은 모험자뿐만이 아니다. 마물의 시체를 운반해주는 '운반꾼'과, 회복약이나 랜턴 같은 소모품을 '미궁' 안에서 판매하는 '노점상'도 있다. 모두 모험자 길드의 일원이다.

"이곳에 애완동물을 가지고 오는 건 금지 아니었나?"

"여전히 주둥이는 살았구나. 응?"

빌이 내 멱살을 붙잡아 들어올리더니 이번엔 우월감에 가득한 미소를 떠올렸다.

"모험자도 아닌데 이런 곳에 얼굴을 내밀다니, 쓰레기라도 뒤지러 온 거냐? 버러지 같은 놈."

"천박한 말투는 삼가는 게 좋아."

나는 진심으로 친절하게 주의해 주었다.

"이곳에는 젊은 처자들도 출입하고 있거든. 이상한 말투라도 옮으면 무서운 할아버지한테 혀를 잘리고 말 거야."

"흥, 할아범이 무서우면 '미궁' 같은 델 들어갈 수 있겠냐?"

할짝할짝, 내 코앞에서 붉은 혀를 날름거린다.

"아무래도 좋지만 입냄새가 심하군."

주먹이 날아왔다. 피할까도 생각했지만 거리가 너무 가깝다. 주먹이 내 뺨에 박혔다. 질풍처럼 움직였다고 생각했지만 진흙 속에 파묻혀 있는 것처럼 느리게밖에 못 움직이니 답답하기 짝이 없다.

"건방진 소리 하지 마, 제비 녀석."

똑바로 쓰러진 내 배에 부츠가 올려졌다. 체중을 싣고 있기에 호흡하기 힘들다.

"너따윈 공주기사님이 없으면 그냥 쓰레기잖아. 안됐구나, 그 여자는 지금쯤 '미궁' 안에 있다고."

"알고 있어."

나는 코를 막았다.

"네 발에서 씻지 않은 들개 냄새가 난다는 건 방금 알았지만 말야."

들어올린 부츠의 발끝이 이번엔 명치에 박혔다. 숨이 막혔다.

주위에 모험자는 잔뜩 있었지만 아무도 말리려고 하지 않았다.

기질이 사나운 녀석들에게 있어서 싸움은 당연한 일이다. 만에 하나 죽더라도 시체는 '천년백야'에 던져버리면 된다. 길드도 모험자간의 싸움에는 관여하지 않는다. 한두 사람 죽는다고 해도 대신할 사람은 얼마든지 있다. 반대로 모험자가 시내에서 일으키는 말썽에는 민감하다. 모험자 길드는 마물 퇴치와 경호원 같은 거친 일을 맡아 모험자에게 소개하는 중개업자이기도 하다. 의뢰인과 모험자, 양쪽에서 수수료를 이중으로 받아 배를 불리고 있으니 참으로 열받는 일이다. 그래서 일반인의 평가에는 아주 신경을 많이 쓴다. 시비를 걸어 무기점 점원을 폭행했다든지, 돈이 아깝다고 창관에서 알몸으로 도망쳤다든지 하는 바보에게는 엄격한 처벌이 내려진다. 최악의 경우 목이 날아간다. 물론 이중의 의미로.

그래서 모험자는 기본적으로 도시 안에서 폭력 사건을 일으키는 걸 피하고 있고, 일반인에게 시비를 거는 일도 없다.

다만 나는 예외다.

나는 모험자 길드에서 엄청나게 미움을 받고 있다.

이유는 단순하다. 길드의 최고 스타이신 공주기사님이 '걸레'니 '음란'이니 하는 소리를 듣고 있는 게 내 탓이라고 생각하고 있기 때문이다.

다른 모험자가 시비를 걸어도 실실 웃을 뿐 아무것도 안 한다. 카운터 안에서 힐끔힐끔 곁눈으로 볼 뿐이다.

나는 일반인이라고는 하기 힘들고, 배후에 부자나 권력자도 없다. 공주기사님때문에 대놓고 공격하지는 않지만 그렇다고 도와주지도 않는다. 정말 정이 많은 조직이시다.

"야, 일어나. 위세가 좋은 것은 주둥이뿐이냐?"

빌이 내 머리를 붙잡고 들어올렸다. 게다가 침까지 뱉었다.

눈 윗부분에 맞아 눈꺼풀 위로 흘러내린다.

"무슨 짓을 하고 있는 거야?"

안에서 달려온 것은 에이프릴이었다. 길드 말고도 구호시설에서 가족이 없는 아이들을 보살펴주거나 공부를 가르쳐주는 자상한 아이인 것이다.

"싸움은 안 된다는 할아버지 말 못 들었어? 특히 약한 사람을 괴롭히는 건 최악의 행위라고. 그러고도 모험자야?"

빌이 망설였다. 손을 대면 어떻게 될지 판단할 정도의 지혜는 있는 듯하다.

"안 돼요, 위험합니다."

"매쉬와 엮이면 안 된다고 했잖아요."

"자자, 안으로."

성가신 일에 말려들면 위험하다고 판단한 것인지, 길드 직원들이 모두 나와 에이프릴을 안고 안으로 데려갔다.

"잠깐만! 이대로 놔두면 매쉬 씨가…."

에이프릴의 목소리는 허무하게 멀어져갔다. 원군은 곧바로 철수. 이로써 매쉬 군은 고립무원의 상태가 되었다.

"안됐구나."

빌이 씨익 웃었다.

"목숨이라도 구걸해봐. 신발 바닥이라도 핥아볼래? 아니면."

빌은 거기서 씨익 웃었다.

"나도 공주기사님과 하게 해주든가."

그게 다트나 댄스를 의미하지 않는다는 건 바로 알았다.

"어떤 식으로 신음을 내? 몇 번 정도나 했어?"

"별 다를 건 없어."

나는 말했다.

"네 엄마와 했을 때랑 비슷했거든."

충격이 왔다. 이번엔 코를 얻어맞았다. 콧속이 찡 하고 아파온다.

그렇게 느끼고 있을 때 이번엔 내 머리를 길드 바닥에 들이박았다. 공처럼 몇 번이고 바닥에 튕긴다. 현기증이 날 때쯤 빌은 내 머리를 짓밟았다.

"잠꼬대하지 마, 이 자식!"

빌이 격앙된 모습으로 소리치더니 체중을 실었다.

"다시 한번 말해봐, 엉."

"그게 아냐."

나는 양손을 저었다.

"오해라고. 말이 조금 부족했어. 반성하고 있으니까 용서해줘. 부탁할게."

길드에서 폭소가 터졌다. 빌의 발에서 힘이 풀렸다.

나는 주저앉으면서 더러워진 얼굴을 닦았다.

"원래는 이렇게 말하고 싶었어."

나는 빌의 얼굴을 바라보며 말했다.

"지금쯤 네 엄마는 오크와 고블린 상대로 난교 파티를 벌이고 있는 중이라 녀석들의 거시기를 물고 열심히 허리를 흔들고 있을 거야. 얼른 돌아가서 너도 참가하지 그래? 뿔 달린 동생이 맞아줄 거야, 형이라며."

갑자기 길드가 고요해졌다. 아무래도 내 농담은 멋지게 빗나가버린 듯하다. 힐끔 카운터 안을 보니 에이프릴은 눈을 깜빡거리고 있었다.

여성 길드 직원이 그 뒤에서 귀를 막고 있다. 좋은 판단이다.

유일하게 내 농담을 이해해준 빌이 얼굴을 검붉게 물들였다. 말문이 막힌 채 허리춤의 검으로 손을 뻗는다.

그 순간 빌의 몸이 허공을 날았다. 꽝음과 함께 머리부터 천장에 박혔다. 다시 길드가 정적에 휩싸인다.

후두둑 떨어진 천장의 파편을 손으로 털어내면서 녀석은 언짢은 듯한 얼굴로 말했다.

"피도 안 뺀 짐승을 내부에 반입하지 마."

다리가 짧고 키도 내 명치 정도밖에 되지 않는다. 민소매 셔츠에 가죽 조끼와 갈색 바지. 얼굴 절반은 검고 긴 수염으로 덮여 있다. 드워프의 특징 그대로이다.

"또 너냐?"

드워프 데즈는 몹시 싫은 표정으로 말했다.

"그래서 이곳에는 오지 말라고 했잖아. 올 때마다 말썽만 일으키니까."

나는 뻗어온 손을 붙잡고 일어섰다.

"그 반대야. 말썽이 나한테 달라붙는다고. 무슨 발정난 개처럼 말이지."

"잠꼬대는 됐고, 무슨 용건이야?"

"너한테 묻고 싶은 게 있는데, 시간은 괜찮아?"

데즈가 힐끔 바닥에 뻗어 있는 다크 그리즐리 시체를 보았다.

"위에서 기다려. 이 녀석을 해체하고나서 갈 테니까."

데즈는 자신의 몸 세 배는 될 것 같은 마물을 공벌레처럼 둥글게 말더니 가볍게 짊어졌다. 모험자들이 숨을 삼켰다. 이 드워프 아저씨가 자신들을 새끼손가락 하나로 으스러뜨릴 수 있다는 것을 비로소 떠올린 듯하다.

모험자 길드는 지부마다 전속 모험자를 고용하고 있다.

모험자라는 거친 녀석들을 통괄, 감독하기 위해서는 폭력장치가
필요하다. 규칙을 위반하는 바보, 명령을 따르지 않는 바보는 어디
에나 있다. 주먹에 자신 있는 모험자라면 더욱 그렇다. 그런 바보
들을 따르게 해야 하니 전속 모험자에게는 나름의 실력이 요구된
다.

　특히 데즈의 실력은 엄청났다. 혼자서 화룡을 잡았다든지, 좀비
대군과 밤새 싸웠다든지 같은 일화가 끊이지 않는다. 말 그대로 살
아 있는 전설이었다. 데즈가 없었다면 나도 이미 이 세상 사람이 아
니었을 것이다.

　나도 데즈 뒤를 따라 밖으로 향했다.

　"이봐, 거기."

　문밖으로 나가면서 데즈가 돌아보았다. 말을 건 상대는 빌의 동
료다.

　"아, 예!"

　움찔하며 자세를 고친다.

　"이 녀석은 해체해 둘 테니까 돈은 나중에 수령하러 와."

　"알겠습니다!"

　"그리고, 거기 바닥도 좀 닦아두고."

　분주하게 고개를 끄덕이더니 바닥에 엎드려 자신의 망토와 옷자
락으로 다크 그리즐리의 혈흔을 닦기 시작한다.

　"아, 나도 전언 하나 부탁할게."

　천장에 박혀 있는 빌 군을 보면서 말했다.

　"네 엄마는 네 작은 물건으로는 이제 만족하지 못 한대. 안됐구
나."

"얼른 오기나 해."

데즈에게 정강이를 걷어차이며 나는 밖으로 나갔다.

"그래서, 듣고 싶은 게 뭐야?"

여느 때의 무뚝뚝한 얼굴로 데즈가 말했다.

우리들이 있는 곳은 길드 직원의 대기실이다. 돌로 된 방에 멋대가리 없는 의자와 테이블, 계절에 어울리지 않는 난로, 그리고 채광창이 있을 뿐 풍취고 뭐고 없다. 일이 없을 때 데즈는 이곳에서 대기하게 되어 있다. 하지만 이 무뚝뚝하고 인간관계가 서툰 데즈에게 친구가 있을 리 없기에, 어쩔 수 없이 내가 가끔 이야기 상대가 되어주고 있다.

집은 길드 남쪽에 있는 '쇠망치 길'에 있는데, 작은 2층 건물에 아내와 아이 셋이서 살고 있다.

"어제 조금 성가신 일에 말려들어서 말야."

내가 두 번 연속 습격을 받은 것에 대해 이야기하자 데즈의 눈썹이 희미하게 움직였다.

"뭐 아는 게 있을까 싶어서 말이지. 녀석들은 모험자였거든."

"근거는?"

"기억을 더듬어봤지만 녀석들과는 초면이었어. 그렇다고 암살자 같지도 않았지. 발소리를 내면서 기습을 할 만큼 시끄러운 녀석들이었으니까. 하지만 흔히 볼 수 있는 건달들도 아니었어. 무기의 사용법도 제대로였고 나를 속여서 기습하려는 지혜도 있었거든. 거친 일에 익숙하다는 거야."

사람을 죽인 경험도 있을 것이다. 어느 정도는 험한 일들을 해왔다고 본다.

"게다가 피부가 하얬어. 몸은 단련되어 있는데 햇볕에 그을리지 않았다고. 이 도시에서 햇볕에 그을리지 않고 거친 일을 하는 녀석이라고 하면 모험자잖아? 적어도 가장 먼저 의심해봐야겠지."

"'뒷면'에 손을 댄 녀석들이 있다는 건가."

모험자 길드는 무뢰한들의 모임이지만 명목상으로는 일반 사업이다. 절도나 암살 같은 범죄행위는 받지 않는다. 허나 돈만 준다면 다소 위험한 다리를 건너고 싶어하는 바보가 많은 것도 사실이다. 길드를 거치지 않고 모험자가 불법적인 일을 맡는 것을 길드에서는 '뒷면'이라 부르고 있다. 모험자 길드에서는 의뢰를 종이 앞면에 써서 게시판에 붙이고 있기에, 그곳에서 파생된 은어다. 당연히 들키면 처벌받는다. 최악의 경우 제명 후 '처형'도 있을 수 있다.

"내가 봤던 인상착의로, 그런 의뢰를 맡을 만한 녀석들을 알고 있을까 해서 말야. 너라면 짚이는 게 있을 거 아냐."

"만약 그게 사실이라면 네가 나설 자리가 아니야. 상부에 보고한 후 내가 처리하도록 하지."

'뒷면'에 손을 댄 바보들을 붙잡아서 다시는 손을 대지 못하게 하는 일 정도는, 데즈라면 간단히 해낼 수 있을 것이다.

"그렇게 말할 줄 알았어. 그래서 오늘 이곳에 직접 온 거야."

나는 말했다.

"이번 건은 나한테 맡겨주길 바라."

"뭐라고?"

데즈가 눈을 부릅떴다.

"뭣 때문에?"

"일이 알려지는 걸 원하지 않거든."

내 예감이 확실하다면 앨윈의 명예와 관련된 일이다.

"제대로 싸우지도 못하는 네가 어떻게 해결할 생각인데?"

데즈는 내 사정을 알고 있다. 모험자로서도, 전사로서도 퇴물이라는 것도.

"일단 생각은 있어. 검을 들지는 못 해도 어떻게든 될 거야."

"찌그러져 있어."

"그러지 말고, 부탁해."

나는 몸을 앞으로 내밀고 데즈의 턱수염을 쓰다듬었다.

"길드의 박봉으로 목숨을 걸 생각이야? 뭐 어때, 너와 내 사이잖아."

"그만둬!"

데즈가 내 손을 떨쳐내더니 조그만 손가락으로 내 코끝을 가리켰다.

"잘 들어. 너에게는 두 가지 정도 말해두고 싶은 게 있는데, 첫 번째는 '내 수염을 만지지 마!'이고, 두 번째는, '내 수염을 만지지 마, 얼간아!'야."

"그래, 잘못했어."

나는 양손을 들었다.

"솔직히 말하면 너한테 질투를 하고 있었어. 아무리 수염을 길러도 너처럼 덥수룩하게 자라지 않았거든."

데즈의 분노는 사그라들 낌새가 없이 어깨를 들썩거리며 주먹을 꼭 움켜쥐고 있다.

용서해줬음 한다. 지금 데즈한테 전력으로 언어맞으면 분명 죽을 테니까.

"부탁할게, 데즈."

나는 방침을 바꾸기로 했다.

"네가 미인 아내랑 귀여운 아이와 함께 있을 수 있는 것은 누구 덕분이지? 매일 아침 길드에 출근하기 전에 뽀뽀를 받을 수 있는 것은? 따뜻한 빵을 매일 아침 먹을 수 있는 것은? 집에 돌아가서 귀여운 아이를 안을 수 있는 것은?"

데즈는 옛날부터 실력도 배짱도 발군이었지만 여자에 관해서는 완전 꽝이었다. 반한 여자가 있어도 제대로 말을 걸지 못했다. 그저 그 아이가 일하는 철물점에 매일같이 다니면서 쓰지도 않을 냄비나 식칼, 낫 같은 것들을 구입할 만큼 쑥맥이었다.

이대로 가면 백 년이 지나도 진전이 없을 거라 생각한 내가 중매를 서준 것이다.

데즈의 얼굴이 붉어졌다. 화가 난 것이 아니라 쑥스러운 것이다. 차마 때리지는 못하고 주먹을 펴더니 커다란 손바닥에 자신의 턱을 올려놓는다.

"옛날 이야기를 언제까지고 주절주절."

"그 말은 헤어지고 나서 해."

그럴 생각은 요만큼도 없겠지만.

데즈는 혀를 차더니 의자에 고쳐앉았다. 다리가 바닥에 닿지 않아서 어린애처럼 대롱대롱 흔들리고 있다.

"아스톤 형제야."

말의 의미를 이해하는데 조금 시간이 걸렸다.

"나를 습격한 녀석들 말이지?"

"네 이야기가 확실하다면 말야."

데즈는 불쾌한 마음을 진정시키려는 듯 자신의 수염을 쓰다듬었다.

"언제나 형제가 같이 돌아다니고 있어. 꼬맹이가 장남인 네이선, 다박수염이 차남인 닐이지."

쪼그만 녀석이 형이었나.

"길드에서도 평판이 안 좋은 녀석들이야. 툭하면 다른 모험자들에게 시비를 걸거든. 내 사냥감을 가로챘다느니, 태도가 건방지다느니 하면서. 녀석들에게 당한 신참들도 많아. 성격은 거지같지만 실력은 그럭저럭 되는지 전원 3성이로군."

3성이라는 건 모험자로써 1인분은 한다는 소린가.

"최근 '미궁'에도 안 들어가는데 씀씀이는 나쁘지 않았어. 폭력배들과 교류가 있다는 이야기도 있으니까 네 목을 노리는 것 말고도 여기저기에 손을 대고 있는 거겠지."

"거기까지 알면서도 못 붙잡는 거야?"

"증거가 없어."

데즈는 난감한 듯 고개를 저었다.

"강도 소동은 최근 일으키지 않고 있고, 장물상도 여럿 돌아보았지만 그런 녀석들은 안 왔다더군. 그렇다고 하면 살인 쪽이겠지만 이 도시에서 갑자기 모습을 감추는 녀석은 드물지 않아서 말이지. 빚 때문에 야반도주 한 건지, 토막 나서 '미궁'에 버려진 건지 알 방도가 없어. 모아둔 돈이 있었다고 하면 할 말이 없고 말야."

수염이 덥수룩한 것치고는 이것저것 조사한 듯하다. 짧은 다리로 여기저기 뛰어다닌 것이리라. 돈도 많이 못 받는데 성실한 녀석이다.

"오케이, 수고했어. 협력에 감사해."

나는 일어섰다.

"녀석들의 숙소는?"

"'쌍둥이 금양정'이로군."

모험자 상대의 싸구려 여관이다. 지저분하고 웃풍도 센 곳으로, 길드가 있는 큰길에서 뒷골목으로 들어가 복잡한 길을 2백보쯤 걸으면 도착한다.

"고마워."

나는 지갑에서 꺼낸 은화를 손가락으로 튕겼다. 투박한 손바닥에 들어간 것을 확인하고나서 나는 말했다.

"부탁한 김에 하나만 더 부탁하고 싶은데, 혹시 녀석들이 이곳에 얼굴을 내밀면 한 명을 적당히 잡아두도록 해. 이유는 뭐든 좋으니까 어느 정도 시간만 벌어주면 돼. 그럼."

"이봐, 나는 수락한다고는….”

끝까지 듣지 않고 나는 방을 나섰다. 어차피 들어줄 게 뻔하다. 데즈는 그런 녀석이니까.

'쌍둥이 금양정'은 1층이 식당 겸 술집이고, 2층 방 여섯 개가 여관으로 쓰이고 있다. 주인은 70을 넘은 노인이다. 머리카락이 완전히 회색으로 변했고 등도 소 엉덩이처럼 휘어 있다. 귀도 잘 안 들리는지 다소의 소음에는 반응조차 하지 않고 언제나 카운터 안에서 꾸벅꾸벅 졸고 있다. 덕분에 숙박일지를 엿보는데 불편은 없었다.

닐과 네이선의 방은 2층 끝자락에 있었다. 2인실을 쓰고 있어서 다행이다. 지금은 낮 시간이라 한산하지만 밤이 되면 '천년백야'에서 돌아온 모험자들로 시끄러워진다. 여관 주인의 귀가 멀어진 것도 그 때문일 것이다.

방에는 열쇠가 채워져 있었다. 나는 품속에서 철사를 두 개 꺼내 열쇠 구멍에 쑤셔 넣었다. 전에 알고 지낸 도적한테서 배운 자물쇠 따는 기술이다. 숙련되었다고는 말하기 힘들지만 싸구려 여관의 열쇠라면 나 정도의 실력으로도 어떻게든 된다.

방은 침대 두 개와 목제 테이블, 그리고 의자 두 개뿐인 간소한 구성이었다. 천장에는 커다란 들보가 그대로 노출되어 있다.

녀석들의 짐으로 보이는 마대 자루가 두 개. 내용물은 랜턴과 밧줄, 나이프, 부싯돌 같은 모험용 도구였다. 돈이 될 만한 것은 없었다. 이런 싸구려 여관에 방치해둘 만큼 부주의하지는 않은 모양이다. 내심 혀를 차면서 준비를 한다.

일단 그들의 밧줄을 이용해서 한쪽 끝으로 커다란 고리를 만들고, 그것을 집어던져 들보 위로 넘긴다. 다른 한쪽은 길이를 조절하면서 내 허리 부분에 감고 풀리지 않도록 꽉 묶는다. 그리고 의자를 문 바로 옆으로 이동시킨 후 그 위에 올라탔다. 이제 돌아오는 것을 기다리기만 하면 된다.

날이 저물고 '미궁'에서 모험자들이 하나둘 돌아올 때쯤 '쌍둥이 금양정' 계단을 오르는 발소리가 났다. 문틈새로 들여다보니 다박수염의 남자가 언짢은 듯한 표정으로 계단에 침을 뱉고 있었다. 틀림 없다. 어제 나를 습격한 녀석이다. 이름은 닐이라고 했던가.

"그 땅딸막한 드워프 녀석, 별것도 아닌 걸로 주절주절 설교를 하기는."

역시 데즈는 약속대로 붙잡아준 듯하다. 고마워, 친구.

나는 고개를 뒤로 빼고 숨을 죽인 채 그가 오는 것을 기다렸다.

문 손잡이를 잡는 낌새가 났다.

"이봐, 네이선, 오늘은 좀 마시자고. 녀석들도 불러서."

문이 열리고 닐이 들어왔다.

걸음이 멈추었다. 방 한복판에 은화가 떨어져 있다. 내가 놓아둔 미끼다.

"뭐지?"

닐이 몸을 수그리고 팔을 뻗자 나는 그 목에 밧줄을 걸었다. 완전히 목에 걸린 것을 곁눈으로 확인하고 의자에서 뛰어내린다. 흐릿한 비명소리가 났다.

돌아보니 닐이 공중에 매달려 있었다. 성공이다.

완력은 버러지 수준일지라도 나에게는 평균보다 조금 큰 덩치와 체중이 있다. 정확한 무게는 모르지만 아마 공주기사님의 두 배는 될 것이다.

지금 닐의 목에는 내 체중이 전부 걸려 있다. 인간을 교살하기엔 충분한 무게다.

닐이 짐승 같은 신음소리를 냈다. 밧줄과 목 틈새로 손가락을 끼워넣으면서 발판을 찾기 위해 바둥대고 있다. 나는 그 목소리를 들으면서 문을 발로 닫았다.

"여, 잘 지냈어? 멋대로 들어와서 미안해."

내가 말을 걸자 닐의 눈에 핏발이 서는 게 보였다.

"너 이 자식!"

닐의 발차기가 날아오자 나는 즉시 뒤로 쓰러졌다.

내 몸이 아래로 잠긴 만큼 닐의 몸이 약간 위로 떴다. 다시 비명 소리가 난다.

"시간이 없으니까 용건만 짧게 말할게."

나는 걷어차이지 않도록 경계하면서 닐의 등 뒤로 돌아간 후 허리띠에서 나이프를 뽑았다.

"나를 습격하라고 명령한 게 누구지?"

"무슨 소리야?"

"시치미 떼는 건 좋지 않아."

나는 등 뒤에서 닐의 오른쪽 허벅지를 나이프로 그었다. 잘 연마되어 있어서 나 정도의 완력으로도 옷 위에서 상처를 낼 수 있었다.

검붉은 피가 뿜어 나온다. 별로 깊은 상처는 아니었을 텐데 굵은 혈관을 건드린 건지 피는 멈출 낌새도 없이 바지를 타고 흘러내려 바닥에 반점을 새겼다.

"살려줘! 누구 없어?"

"소용 없어."

이 여관에 사람이 없는 것은 이미 확인해둔 상태다. 귀가 잘 안 들리는 할아버지 외엔.

그리고 이 도시에서 모험자들간의 싸움은 일상다반사다. 돈도 안 되는 성가신 일에 엮이려 하는 순진한 사람은 우리 공주기사님 정도밖에 없다.

"이대로 가면 목이 졸려 죽든지, 출혈 과다로 죽든지 둘 중 하나야. 다 부는 게 어때? 너도 죽고 싶지는 않을 거 아냐."

뒤에서 들여다보니 닐의 얼굴이 검붉게 물들어 있었다. 분노 때문일까 호흡곤란 때문일까.

"당연한 걸 묻지 마."

닐은 씨익 웃었다.

"그 공주기사님이야. 네가 거추장스러워져서 해치워달라고 부탁하더라고."

"그래?" 나는 동정하듯 말했다. "유감이야."

이번엔 왼쪽 허벅지를 그었다. 아까 같은 기세는 없었지만 피는 바지를 붉게 물들여갔다.

"이것으로 네 수명이 더 짧아졌군."

"죽여버릴 테다!"

"보라고. 네가 솔직하게 대답하지 않은 탓에 바닥이 젖어버렸잖아. 하지만 이건 아직 괜찮은 편인가? 이대로 가면 너는 질식사해서 이곳에 오줌을 지리게 될 테니 말야. 알고 있어? 그거 꽤 청소하기 어렵다고."

"죽여, 버, 릴."

닐이 계속 몸부림쳤다. 저항은 하지 않게 되었지만 목숨을 구걸하려는 낌새는 없다. 아무래도 의뢰인의 이름을 무덤까지 가지고 갈 생각인 듯하다. 의뢰인에 대한 의리라기보다는 나에 대한 반발심 때문이겠지. 좋은 배짱이다.

"참는 건 별로 안 좋아. 보라고."

내가 가리키자 닐의 얼굴이 흠칫 했다. 두 개 있는 침대 중 시트가 부풀어올라 있는 침대를 발견한 듯하다. 베개 부근에는 작은 뒤통수가 보인다.

"네, 네이선?"

"네가 오기 전에 약으로 재워놨어. 말하지 않는다면 형한테 물어봐야 되는데 어떻게 생각해?"

피가 묻은 나이프로 푹 찌르는 시늉을 한다.

"이, 악마 같은 놈."

"자기소개라면 나중에 해."

돈을 받고 생판 모르는 사람을 죽이려고 한 녀석이 할 소리는 아닐 것이다. 닐은 눈을 붉게 충혈시키면서 이를 악물었다. 아직 이야기할 낌새는 없다. 여기서 이야기를 해도 내가 약속을 지킬 리 없다고 의심하고 있는 듯하다.

"망설이고 있을 틈이 없을 텐데?"

흘러나온 피가 닐의 발밑에서 웅덩이를 만들고 있다. 이대로 가면 앞으로 천을 세기도 전에 과다출혈로 죽을 것이다.

"……."

"걱정할 것 없어. 네가 이야기해준다면 나는 이대로 방을 나갈게. 저기 있는 형씨에게는 흠집 하나 안 내고 말야. 물론 동료도 없으니까 나 이외의 누군가가 찾아와서 너희들을 해치우는 심술궂은 짓도 안 해."

나의 진지하고 정중한 설득에 마음이 움직인 것이리라.

닐이 비로소 무거운 입을 열었다.

"역시 그랬군."

아니나 다를까 예상했던 이름이 나왔다.

"수고했어."

여기서 "어리석은 놈, 너희들에게 더 이상 볼일은 없다"며 혓바닥을 내밀고 숨통을 끊는 게 분명 올바른 선택일 것이다. 하지만 나는 망설여졌다.

나는 나이프로 허리를 묶고 있는 밧줄을 끊었다. 무거운 소리가 나며 닐이 바닥에 쓰러졌다. 피를 너무 흘린 탓인지 피웅덩이에서 버둥대고 있다.

"이래선 금방 죽겠군."

너무 오래 버틴 탓에 일어설 기력도 없어 보였고, 이제 와서 상처를 묶으려 해보지만 손이 잘 움직이지 않는 듯했다.

"네, 네이선."

닐이 바닥을 기면서 피투성이의 손을 뻗었다.

"아, 깜빡했는데."

나는 시트를 벗겼다. 작은 남자가 흰자위를 드러낸 채 죽어 있었다. 목에는 밧줄에 의해 생긴 자국이 나 있다.

"조금 힘조절에 실패해서 말야. 너한테 한 것처럼 목을 졸랐더니 목뼈가 부러져버린 것 같아. 뭐, 고통 없이 죽은 것 같으니 그 점은 안심해도 돼."

닐의 새하얀 얼굴이 절망으로 물들었다.

"지, 지옥에나 떨어져라."

"아, 그래?" 나는 창문을 열고 바지에서 꺼낸 방울을 울렸다.

"그럼 먼저 가서 기다리고 있어. 나도 나중에 갈 테니까. 아마, 백 년쯤 후에?"

얼마 동안 기다리고 있자니 문에서 작은 노크 소리가 들렸다. 나는 문을 열었다.

나타난 것은 챙이 넓은 모자를 쓴 검은 옷의 남자였다.

"여, 기다리고 있었어. 브래들리."

나는 새카만 장갑 위에 은화를 여섯 개 올렸다. 브래들리는 말없이 고개를 끄덕이고 나서 희고 길쭉한 천을 네이선 옆에 펼쳤다. 네이선의 시체를 그 위로 이동시키더니 둘둘 만 후에 밧줄로 묶어간다.

당연히 일반인은 아니다. 본업은 관짝 만드는 직인이지만 지금은 부업 쪽이 훨씬 벌이가 많다. 이 도시에서 거지와 외지인의 시체는 '천년백야'에 버려진다. 묘는 없다. 높으신 분들도 묘지를 만들 바엔 도박장이나 창관을 하나라도 더 짓는 게 돈벌이가 된다고 생각하고 있는지 묵인상태다.

버려진 시체는 어느 틈엔가 옷만 남기고 사라진다. '천년백야' 같은 '미궁'은 그 자체가 거대한 마물이라 먹이로 삼고 있기 때문이다.

그래서 관짝을 따로 만들려는 녀석이 별로 없었고, 그래서 대신 시작한 것이 시체 처리였다. 시내라면 어느 곳에든 나타나서 타살이든 자살이든 상관없이 성가신 시체를 '미궁'에 버려준다. 모험자가 아니기에 길드 규약에도 걸리지 않는다.

수요도 많다. 이 도시에는 거친 녀석들이 많기에 매일처럼 성가신 시체들이 양산되고 있다. 그 덕분에 붙은 별명이 '그레이브 디거'이다. 돈만 주면 다른 문제는 아무것도 없다. 발설당할 걱정도 없다. 애초에 그는 말을 하지 못한다.

네이선의 포장이 끝나자 다음엔 닐 옆에 천을 펼쳤다. 천이 붉게 물드는 것에도 개의치 않고 양쪽 겨드랑이를 잡고 이동시키려 했을 때 신음소리가 났다. 닐은 아직 살아 있었다.

브래들리는 한 손을 떼고 등 뒤로 손을 돌려 나이프를 뽑더니 닐의 심장을 두 번 찔렀다. 완전히 움직이지 않게 된 것을 확인한 후

원망스러운 눈으로 나를 바라본다.

"그래 그래, 추가요금말이지?"

은화 두 개를 건네자 그제야 고개를 끄덕이고 조용히 작업으로 돌아갔다. 일에 너무 몰입하는 게 그의 장점이자 단점이다.

작업을 끝마치자 브래들리는 양어깨에 유체를 짊어지고 밖으로 나갔다. 밖에는 마차가 세워져 있어서 '미궁'까지 운반해준다. 입구는 위병이 항상 감시하고 있지만 그들에게 있어서도 좋은 용돈 벌이가 되고 있다.

"문제는 청부한 녀석인가."

이 녀석들은 결국 말단 심부름꾼들이다. 실패했다는 것을 알면 제2, 제3의 자객을 보낼 것이다. 그래서 그전에 이쪽에서 선수를 칠 필요가 있다.

그것을 위해서도 군자금은 필요하다. 다행히 방금 선의의 제3자에게서 자금을 제공받은 참이기에 별문제는 없다. 그들 자신의 장례비를 제외하고도 아직 돈이 남는다. 텅 빈 두 개의 지갑이 피웅덩이에 떨어져 검붉게 물들어가는 것을 보면서 문을 닫았다.

다음날 해질 무렵, 나는 '만종정'에서 에일을 마시고 있었다. 별로 맛도 없는 싸구려 술뿐인 가게지만 좋은 점이 딱 하나 있다. '미궁'의 문이 이곳에서는 잘 보인다. 모험자 길드에서도 잘 보이지만 요전번에 소동을 일으킨 참이기에 쓸데없이 눈에 띄고 싶지는 않다.

나는 이곳에서 공주기사님 일행이 나오기를 기다리고 있었다. 마중 나가서 축복의 키스를 하기 위해서가 아니다. 그래도 좋지만 목적은 따로 있었다. 예정대로라면 슬슬 나올 무렵이다.

두 잔째가 슬슬 비워져갈 무렵, '미궁' 문이 반쯤 열리며 공주기사님 일행이 나왔다. 탈락한 멤버는 없는 듯하다. 다들 사흘만에 보는 태양에 눈을 가늘게 뜨고 지상으로 무사히 귀환한 행운을 기뻐하고 있는 듯 보인다.

보통이라면 일단 길드로 돌아가서 귀환 보고를 한 후에 해산. 각자 자유 행동을 하는 흐름이지만 오늘은 조금 달랐다. 그들에게 열 살 정도의 아이가 달려가더니 공주기사님 옆에 있는 녀석에게 편지를 건넸다. 무슨 일인가 싶은 얼굴로 받아들고 천천히 편지를 펼친다. 자연스러운 동작으로 다른 사람이 보지 않도록 이동하는 것을 잊지 않는다. 녀석의 얼굴이 굳어졌다. 바로 편지를 접어서 품속에 넣는다. 안색이 안 좋다. 충격을 받은 듯하다. 쓰여져 있는 내용은 알고 있다.

내가 쓴 거니 말야.

말로 하면 한 마디지만 문자화하는 것에는 애를 좀 먹었다. 좀더 글자 공부를 하는 게 좋으려나?

닐에게서 이름을 듣긴 했지만 그것이 마지막으로 남긴 거짓말일 가능성도 있었다. 확인을 위해 이런 번거로운 일을 한 거지만 언뜻 보였던 이 세상이 끝난 것 같은 얼굴이 녀석이 흑막이라는 것을 명백하게 알려주었다. 아까까지는 안도하고 있던 얼굴이 지금은 창백하다.

앨윈 일행과 두세 마디 대화를 나눈 후 녀석은 느릿한 걸음걸이로 파티에서 이탈했다. 아마 향후의 대책을 세우기 위해서일 것이다. 그렇다면 이러고 있을 때가 아니로군. 나도 준비를 하기 위해 일어서려다가 등 뒤에서 무언가와 부딪혔다.

"이봐, 아프잖아."

술잔을 들고 시비를 걸어온 것은 붉은 얼굴의 주정뱅이였다. 갈색 가죽 갑옷과 허리춤의 검, 그리고 허리에 차고 있는 것은 모험자 길드의 조합증이다.

사과하고 지나치려 했지만 주정뱅이는 내 멱살을 붙잡았다.

"잠깐 나 좀 보자고, 기생오라비. 너한테 조금 부탁하고 싶은 게 있거든."

아무래도 우연이나 사고가 아니라 일부러 부딪혀서 시비를 건 모양이다. 내가 공주기사님의 기둥서방이라는 것을 잘 알고 있는 눈치로군.

"그만두는 게 좋을 거야."

나는 친절한 마음으로 충고를 했다.

"너로는 우리 공주기사님을 상대할 수 없거든. 아직 날도 밝은데 물이라도 마시고 진정하는 게 어때?"

"까불지 마, 이 자식."

주정뱅이는 분개한 기색으로 나를 질질 끌면서 밖으로 데리고 나갔다.

도착한 곳은 가게 뒤에 있는 뒷골목이었다. 어른 두 명이 어깨를 붙이고 겨우 걸을 수 있을 만큼 좁은 골목이다. 서쪽에서 햇살이 달구어진 검처럼 비치고 있다. 나는 해를 등진 채 주정뱅이와 마주했다.

"기분 나쁘게 했다면 사과할게. 하지만 너도 '미궁'에 들어가야 할 것 아냐. 여기서 다치면 곤란하지 않아?"

"다쳐? 핫, 다친다고?"

주정뱅이는 실실 웃으면서 내 머리를 붙잡고 억지로 숙이게 했다.

"너같은 겁쟁이 상대로 어떻게 다친다는 거지? 그저 허우대만 멀쩡한 놈인데 말야."

내가 타이르려고 하자 겁을 먹은 것으로 착각한 듯하다. 내 얼굴을 벽에 들이밀고 위협적인 목소리를 낸다.

"됐으니까 너는 그 여자랑 시켜주기만 하면 돼. 어차피 그 여자도 음란한 걸레일 거 아냐. 얼마전까지 '야광첩 길' 언저리를 어슬렁댔다고 하던데 그런 곳을 어슬렁대는 건 여자를 사는 녀석이나 창녀뿐이라고."

"그러니?"

나는 비어 있는 손으로 주정뱅이의 목을 붙잡았다.

"혓바닥이 너무 길었구나."

무딘 소리가 났다.

붙잡은 목이 갑자기 무거워졌다. 주정뱅이의 몸에서 힘이 빠졌다. 내가 손을 놓자 주정뱅이는 무릎을 꿇고 그대로 무너져내렸다. 목뼈가 부러진 것은 좋지만 근육으로 부풀어오른 목 언저리에 손자국이 선명하게 남아 있다. 완전히 죽어 있는 것을 확인한 후 서둘러 그곳을 떠났다. 또 브래들리에게 줄 지출이 늘고 말았다. 난처하구만.

골목을 빠져나간 순간 석양 빛이 확산되며 눈부시게 내리쬐기 시작했다. 저물어가는 태양에 혀를 차면서 나는 공주기사님보다 빨리 집으로 돌아가기 위해 빠른 걸음으로 집을 향했다.

앨윈은 모험자 길드에 보고를 해야 하니까 먼저 돌아가는 것 자체는 쉽다. 필요한 것은 접대 준비였다.

요리를 위한 사전 준비는 이미 끝마쳐둔 상태였다. 다시 데우고 가볍게 굽기만 하면 된다. 오늘밤 메뉴는 향초와 시금치 샐러드, 버섯과 향신료가 들어간 수프, 찜닭, 와인은 랑베르 지방의 25년산이다. 어려운 요리는 만들지 못하지만 용병 시절부터 야영과 노숙 기회가 많았기에 가지고 있는 재료로 만드는 것에는 능했다. 적당한 고기와 야채를 썰어서 냄비에 때려넣고 소금과 후추를 넣으면 대개는 먹을 수 있게 된다. 마음만 먹으면 빵도 구울 수 있지만 이 집에는 돌가마가 없기에 이웃 빵집에서 구입하고 있다.

테이블에 차리고 있는 도중에 현관을 노크하는 소리가 났다. 우리 공주기사님의 귀환이다.

"여, 어서 와."

껴안고 환영의 키스라도 해줄까 했는데 앨윈은 내 옆을 지나쳐서 자신의 방으로 냉큼 가버렸다.

"어머나, 쌀쌀도 하시긴."

손수건을 깨물며 뒤를 쫓는다. 앨윈의 갑옷은 특별제인 만큼 벗는데 손이 많이 간다. 혼자서도 탈착은 가능하지만 옆에서 거들어 주는 편이 훨씬 빠르다.

노크를 하고 나서 방으로 들어간다. 그녀는 자신의 방 한구석에 우뚝 서 있었다. 내가 오자 돌아보지도 않고 양팔을 든다.

"수고했어. 힘들었지? 수확은 있었어?"

등 뒤에서 망토를 벗기고 갑옷 잠금쇠를 푼다. 가슴 보호대가 앞 뒤로 분리된다. 지금의 나로서는 드는 것도 힘들기에 바로 옆에 전용 거치대를 두고 있다.

"순조로워."

"그거 잘됐군."

마찬가지로 장갑과 다리보호대를 풀고 갑옷 옆에 놓아둔다. 마지막으로 검을 벽에 세웠다. 검정색 상하 속옷에 롱 슬릿의 원피스. 심플한 차림이지만 그런 만큼 좋은 몸매가 더 두드러진다. 교회 여신상 같은 것보다 이쪽이 훨씬 더 은혜롭고 껴안고 싶어진다. 석상은 만져봤자 딱딱할 뿐이고 좋은 소리로 울어주지 않으니 말야.

"그럼 만찬을 들도록 할까?"

앨윈은 대답을 하지 않았다. 어딘지 삐친 듯도 보인다. 언짢은 듯 중얼거렸다.

"기분 나빠."

"나, 지금 울어도 돼?"

"너 때문이 아니야."

조금 미안한 듯 정정했다.

"돌아오는 길에 가름 무리와 마주쳐서 난전을 벌였는데, 덕분에 짐승 냄새가 배겨서 견딜 수 없었어. 돌아오는 도중에도 비린내 때문에 코가 비뚤어질 것 같았지."

"그렇지도 않은데?"

목덜미에 코를 갖다대고 심호흡. 여느 때의 향긋한 냄새다. 아, 하지만 조금 땀 냄새가 나는군.

"먼저 몸을 씻고 싶어."

앨윈은 나를 밀쳐내며 말했다.

"그럼 목욕탕부터 갈까?"

이 집에 욕조는 없다. 대개의 경우 뜰에 있는 우물 물을 뒤집어 쓰거나 물에 적신 천으로 몸을 닦는다. 나는 전자이고 앨윈은 후자였다. 추워지면 더운 물을 쓴다. 욕조에 들어가고 싶다면 시내에 있는 공중목욕탕에 갈 수밖에 없다. 지금이라면 아직 열려 있을 터였다. 앨윈은 언제나 돈을 더 주고 개인용 욕실을 이용하고 있다.

"아니, 됐어. 요리도 식을 것 아냐."

그렇게 말하고 앨윈은 나에게 등을 돌린 채 옷을 벗기 시작했다. 어깨와 등의 부드러운 피부가 드러나더니, 그 하얀 피부에 붉은 머리카락이 겹쳐진다.

"닦아줘."

"그건 좋지만 벗을 거면 말하고 나서 벗으라고."

매번 심장에 안 좋다. 고귀하신 분은 수치심이라는 게 별로 없어서 곤란하다. 언젠가는 밖에서도 벗기 시작하는 것 아닐까 불안해지고 만다.

"잠깐만 기다려. 대야를 가져 올 테니까."

바닥이 젖어버리니 말야.

"그럼 머리카락도 부탁할게."

"분부대로 합죠."

노력한 보상으로 새로 산 샴푸도 꺼내오기로 하자. 물도 끓여야겠군.

낑낑대며 들고 온 대야 한복판에 앉힌 후 위에서 미지근한 물을 끼얹는다. 물소리와 함께 물방울이 머리카락과 주옥 같은 피부를 타고 밑으로 흘러내렸다. 손으로 샴푸로 거품을 낸 후 마침내 공주님의 머리카락을 씻겨드리기 시작했다. 두피가 다치지 않도록, 머리카락이 빠지지 않도록, 손끝으로 정중하게 마사지한다. 머리카락도 손가락으로 천천히 빗으면서 씻어간다. 모처럼 아름다운 머리카락인데 더러운 것은 씻어내야지. 내가 살아 있는 한 갈라진 머리카락따윈 용납할 수 없다.

"음."

표정은 보이지 않지만 기분 좋은 듯하다. 양손으로 대야를 붙잡고 등을 비트는 모습이 마치 고양이같다. 작은 엉덩이가 부르르 떨리며 대야의 수면에 파문이 생겼다.

"정말 머리카락 만져주는 걸 좋아하는구나."

"네 기술이 좋은 거야."

"내가 만져줘서 그런 건 아니고?"

"바보."

돌아본 앨윈의 얼굴은 귀까지 새빨갛게 물들어 있었다.

머리가 끝나자 다음은 목줄기부터 등으로 이행한다. 진홍색 머리카락 한 묶음 한 묶음을 거품 묻은 손가락 틈새에 끼우며 씻어간다.

흘러넘친 거품이 어깨에서 앞쪽으로 호를 그리며 떨어져내렸다. 부럽군. 나도 거품이 되고 싶어. 가능하면 앞쪽으로 돌아가서 닦아주고 싶다. 겨드랑이 밑으로 손을 뻗어 마음껏 주무르고 싶다.

앨윈이 고개를 좌우로 흔들었다. 거품이 튀어 눈에 들어갔다. 아프다.

"갑자기 움직이지 마."

"미안, 거품이 눈에 들어가서."

울 것 같은 목소리로 사과한다.

"괜찮아. 그럼 다음은 등이야."

이번엔 조금 뜨거운 물로 거품을 씻어낸다. 머리카락을 앞쪽으로 넘기자 상기된 목덜미가 드러났다. …역시 눈에 띄는군. 나중에 분이라도 발라둘까.

"앞도 씻을까?"

"됐어."

"사양하지 않아도 되는데. 기분 좋게 해줄게."

"필요없다고 했잖아!"

더 이상 놀리면 얻어맞을 것 같아서 얌전히 등을 닦는다. 언젠가는 기회가 오겠지.

"좀더 세게 밀어줘. 네 손길은 왠지 어린애같아서 답답하니까."

"그래 그래."

완전히 시종이지만 이런 생활도 나쁘지 않다고 생각하고 있다. 언제까지 계속될지 알 수 없지만 그걸 위해서도 성가신 일은 끝내두고 싶다.

—최대한 사상자가 적게 나면 좋겠군. 그런 기대를 품으면서 나는 아름다운 등을 계속 씻었다. 나중에 보상으로 사탕도 줘야겠다.

'그레이 네이버'는 황야로 둘러싸인 도시지만 예외도 있다. 남쪽으로 조금 가면 키 작은 초원으로 바뀌고 작은 숲이 점점이 펼쳐져 있다.

숲 근처에서는 위험한 마물이 나오기도 하고, 바라데일로 가는

가도와도 떨어져 있는 탓에 사람의 왕래는 없는 거나 다름 없다.

그 숲 한복판, 작게 트인 초원으로 나간다. 푸르게 우거진 나무들과 주위보다 조금 지대가 낮은 탓에 초원에서는 완전히 사각이 되고 있다.

원래는 키가 큰 풀이 우거진 수풀이었지만 내가 정기적으로 베고 있다.

정원사도 아니고 누군가에게 부탁받은 것도 아니지만 키가 큰 풀은 나에게 불리하게 작용한다. 3개월 만에 와보니 내 허리 정도까지 자라나 있어서 낫을 들고 풀베기를 해야 했다. 약속 시간을 낮으로 잡길 잘한 것 같다.

어제는 늦게 자기도 해서 앨윈은 아직 자고 있을 것이다.

그 공주기사님의 파티 멤버와 지금부터 대결해야 한다. 경우에 따라선 목숨을 건 싸움이 될 것이다. 그녀의 슬픔을 생각하면 마음이 아프지만 가만히 죽임을 당할 만큼 나도 성자는 아니다. 죽이려 하는 녀석은 죽인다. 옛날부터 그래왔다.

풀베기를 끝내고 쓰러진 나무에 걸터앉아 한숨 돌리고 있자니 인기척이 났다. 숲속에서 낙엽을 밟으며 접근하고 있다. 이윽고 숲을 빠져나와 그 녀석은 나타났다.

"여, 기다리고 있었어. 동정 성기사 나리."

라토비치 루스터 경이 성대하게 얼굴을 찡그렸다.
"온전히 죽지도 못한 놈이 까불지 마라."
라토비치는 적개심을 드러낸 눈초리로 나를 노려보았다.

투구는 옆구리에 끼고 있지만 그것 이외엔 완전무장이다. 백은색 갑옷에 두꺼운 대검, 붉은 외투, 음유시인의 사가에라도 나올 것 같은 기사님이다.

"우연은 그렇게 몇 번씩이나 계속되지 않아. 이번에야말로 내 손으로 확실히 해치워주마."

라토비치는 열 발짝 정도 거리에서 멈춰 서서 나와 상대했다.

"대화의 여지는 없는 건가."

나는 일어섰다.

"유감이야."

"그건 내가 할 말이다."

꽉 주먹을 쥐자 장갑에서 삐걱이는 소리가 났다.

"네놈 같은 무능한 겁쟁이가 우리 공주님에 접근하는 건 신물이나."

"남을 위하는 척은 하지 않는 게 좋아, 나리."

나는 어깨를 으쓱했다.

"내가 눈치채지 못할 거라 생각하고 있는 거야? 댁은 앨윈에게 반해 있잖아. 나를 죽이고 싶은 것도 신분이나 명예 같은 대의명분 때문이 아니라, 자신이 좋아하는 여자를 옆에서 채간 게 분해서야. 안 그래?"

"아냐!"

"언제 그 갑옷을 벗어던지고 앨윈을 덮칠지 몰라 내심 조마조마했어. 예의바른 척하면서 머릿속에선 여자와 할 생각으로 가득하니 말야. 아~, 싫다 싫어."

"닥쳐!"

"그야, 나도 남자니까 기분은 이해해. 그래서 지금까지 댁이 망상 속에서 그녀를 희롱하고 있는 것을 못 본 척해온 거야. 하지만 이번 일은 좌시 못 해. 나한테 말했다면 그녀를 닮은 창부 정도는 소개해줬을 텐데."

"닥치라고 했잖아!"

라토비치가 포효했다. 들고 있던 투구를 나에게 집어던진다. 은 색 투구는 회전하면서 내 오른팔을 스쳐 숲 저편으로 빨려들어갔다.

"네놈 같은 저질이 더 이상 공주님 근처를 얼쩡거리는 건 참을 수 없다. 이곳에서 끝장내주마. 설사 공주님의 노여움을 사더라도 상관할 것 같으냐!"

라토비치는 검을 높이 쳐들더니 발을 세 번 굴렀다.

그러자 열을 세기도 전에 숲 쪽에서 인기척이 다가왔다. 다섯 명, 아니 여섯 명인가?

나타난 것은 모두 모험자풍의 남자들이었다. 동정 성기사님에게 돈으로 고용된 것인지, 뒷골목을 배회하는 생쥐 같은 초라한 분위기의 녀석들뿐이다. 철제 가슴 갑옷과 사슬 갑옷, 그리고 강철 투구. 도적풍 남자는 자세를 낮춘 채 양손에 단검을 들고 고양이처럼 습격할 기회를 살피고 있다.

"이제는 도망 못 친다. 원군도 복병도 없는 것은 이미 확인했어."

"없어. 그딴 건."

나 혼자서도 충분하다.

"살아서 돌아갈 수 있을 거라 생각 마라, '와이즈크랙(주1)'."

머리에 붕대를 감은 빌이 검을 뽑아들고 말했다.

주1) 와이즈크랙: Wisecrack. 툭하면 비꼬거나 빈정대는 말을 하는 사람.

"여. 너였냐?"

아무래도 동정 성기사님의 권유에 넘어가버린 것 같다. 불쌍하게도.

"아스톤 형제에게서 살아남은 것도 그 드워프 소행이겠지? 허나 오늘은 이곳에 오지 못해. 지금쯤 '미궁'에서 얼빠진 신참의 뼈라도 줍고 있을 테니…."

"비켜."

뒤에서 떠밀린 빌이 앞으로 고꾸라졌다. 항의의 목소리를 내려고 했지만 상대의 얼굴을 보고 입을 다물었다.

"네놈이 매쉬냐?"

빌을 밀쳐내고 앞으로 나온 것은 상당한 거구였다. 키는 나와 비슷한 정도지만 어깨폭은 나보다 팔 하나 정도 두껍다. 특주품인 듯한 커다란 도끼를 어깨에 얹으면서 개암나무색 눈을 분노로 불태우고 있다.

"나는 내쉬. 네이선과 닐의 원수를 갚으러 왔다."

"그 두 사람의 동료인가?"

데즈에게 다른 동료는 없었다고 들었는데.

"동생이다!"

나는 말을 잇지 못했다.

"그제부터 형님들 모습이 보이지 않길래 여관으로 가서 형님들 방을 들여다봤더니 혈흔이 남아 있었어. 네가 한 짓이지?"

나는 신음하면서 하늘을 올려다봤다. '3형제'라면 진작에 그렇게 말했어야지. 하여간 수염만 덥수룩한 녀석이라니깐.

"사정따윈 아무래도 좋아. 허나 너만은 반드시 죽인다."

"아니, 잠깐만 기다려봐."

내쉬가 앞으로 나왔기에 나는 손을 뻗어 멈추라는 의사표시를 했다.

"오해야. 분명 이야기를 해보면 알 수 있을 거라고. 그 두 사람에 대해선, 뭐냐, 사고였어. 죽일 생각따윈 없었다고. 진짜야. 하늘에 맹세해도 좋아."

"천장 들보에 걸려 있는 밧줄에 교살당한 게 '사고'라고?"

"……."

"들보에 밧줄 자국이 남아 있었어. 의자에도 거지같이 큰 발자국이 남아 있었고 말야. 그렇게 큰 신발을 신고 있는 녀석은 이 도시에서도 그리 많지 않지. 그리고, 여관 할아범을 추궁했더니 다 불더라고. 네가 여관 2층에서 쿵쾅거렸다고 말야."

"헤에."

나는 솔직하게 감탄했다. 용케 거기까지 조사했다. 보기와는 달리 관찰력은 있는 듯하다.

"하지만 위병에게 신고하지 않고 직접 내 목을 베기 위해 거기 있는 동정 성기사님의 계획에 편승한 건가."

"안됐구나. 너는 여기서 능지처참이다."

"아니, 감사하고 있어."

나는 말했다.

"네 덕분에 위병을 적으로 돌리지 않아도 되었으니 말야. 요컨대 여기 있는 녀석들의 입만 막으면 나는 무사하다는 말 아냐?"

"태평스런 녀석이군."

옆에서 듣고 있던 빌이 침을 뱉었다.

"이 인원 수를 상대로 살아남을 수 있을 거라 생각하고 있는 거냐? 그런 낫 하나로?"

그 말을 듣고 비로소 자신이 아직 낫을 들고 있는 상태라는 것을 깨달았다.

"생각하고 있어."

나는 낫을 뒤로 집어던졌다. 녹이 슨 낫은 호를 그리며 숲속으로 사라졌다. 나중에 회수하기 위해 집어던진 장소는 기억해둔다. 내쉬가 의아한 듯 미간을 좁혔지만 다른 책략따윈 없다. 그 낫은 정말로 풀베기만을 위한 것이었다.

그리고 무기라면 이미 준비해두었다.

"너희들을 어째서 이곳으로 불러냈다고 생각해? 너희들과 똑같아. 위병에게 들키지 않고 너희들을 해치우기 위해서야."

나는 몸을 수그려서 앉아 있던 나무를 양손으로 붙잡았다. 길이는 5유르(약 8미터), 굵기는 어른 한 명분은 될 것이다. 정수리에 햇살을 느끼면서 나무를 들어올려 어깨 위에 얹는다. 묵직하게 어깨를 찍어누르지만 별것 아니다. 거친 나무 껍질이 어깨를 쿡쿡 찌르는 것 외엔.

"내 무기는 이거야."

"말도 안 돼."

라토비치가 눈을 부릅뜨면서 뒷걸음질 쳤다.

"네놈한테 그런 힘이 있을 리가."

"문제 없어."

짊어진 나무를 한손으로 들었다 내렸다 해보인다. 조금 무겁지만 '사이클롭스'의 다리를 들어올렸을 때에 비하면 아무것도 아니다.

게다가 구름 하나 없이 맑은 날씨니 말야. 속이 뒤집어질 만큼.

스윽, 빈 손으로 손짓한다.

"덤비라고, 도련님들. 소풍 온 것은 아니잖아?"

당황하면서도 녀석들이 움직였다. 가장 민첩해 보이는 도적풍 남자가 손안의 단검을 휘두르며 내 등 뒤로 돌아간다. 왼쪽 오른쪽으로 페인트를 걸면서 거리를 좁혀오는 것을 느꼈다.

"영차." 일단 낌새가 나는 쪽으로 나무를 휘두르자 그 직후 무딘 소리가 들렸다.

돌아보니 도적풍의 왜소한 남자가 숲의 나무에 머리를 쳐박고 붉은 꽃을 피우고 있었다. 뇌도 보이고 있으니 따로 숨통을 끊을 필요는 없을 것 같다.

"일단 한 명인가."

느닷없이 동료를 잃은 모험자들이 일제히 술렁거렸다.

"조, 조심해라! 이 녀석, 터무니 없이 힘이 세."

빌의 경고에 고개를 끄덕이고 나를 멀리서 에워싼다. 일격에 동료가 당한 것을 보고 동요한 듯했지만 회복도 빨랐다.

갑주와 투구를 차려입고 방패까지 든 남자가 정면에서 거리를 좁혀왔다. 그 등 뒤에는 역시 검을 든 모험자가 두 명.

그 시선이 향하는 곳, 다시 말해 내 등 뒤에는 빌과 내쉬가 커다란 무기를 겨누고 있다.

정면의 방패꾼이 공격을 막아내면 그 틈에 등 뒤에서 해치울 생각이다. 만약 등 뒤에 있는 녀석을 먼저 해치우려 한다면 그틈에 정면에 있는 녀석들이 습격해올 것이다. 단순하지만 그만큼 깨뜨리기 힘든 작전이다.

나는 들고 있던 나무를 크게 치켜들고 정면의 방패꾼을 향해 내리쳤다. 녀석의 반응은 빨랐다. 얼굴이 창백해지더니 방패를 내던지고 옆으로 몸을 던졌다. 그도 그럴 것이다. 베어낸 나무를 몸으로 받아내는 방패꾼은 없다.

　좋아. 판단은 잘못되지 않았다. 상대가 내가 아니었다면.

　내리친 나무가 땅을 파헤치기 직전 나는 팔에 힘을 주어 각도를 바꾸었다. 미끄러지듯 옆으로 휘둘러진 나무는 정확하게 방패꾼의 머리를 날려버렸고, 그 기세 그대로 반회전해서 공격하려던 빌의 팔을 강타했다. 빌의 몸이 마치 황소에게라도 받힌 듯이 허공을 날아서 풀숲에 무너져 내렸다. 떨어진 기세로 목뼈가 부러진 듯하다. 신음소리를 내는가 싶더니 그대로 움직이지 않게 되었다.

　방패꾼은 절반 가까이 찌그러진 투구를 쓴 채 나뭇가지에 걸려 있었다. 이쪽도 죽었는지 어떤지 확인해볼 필요는 없을 듯하다.

　방패꾼 뒤에 있던 두 사람의 안색이 창백해지더니 몸을 돌려 달리기 시작했다.

　"잊은 물건이야."

　나는 들고 있던 나무를 양손으로 휙 집어던졌다. 옆으로 눕혀진 채 허공을 날아간 나무는 두 사람의 등에 명중해서 그대로 찌부러트렸다.

　"오거다….."

　"이봐 그건 좀 실례잖아."

　내쉬의 중얼거림에 나는 못마땅한 표정을 지었다.

　"이렇게 잘생긴 남자의 어디가 오거로 보인다는 거야?"

　완벽한 논리였음에도 내쉬는 납득한 기색 없이 전투도끼를 곰인

형처럼 껴안으며 뒷걸음질 쳤다.

"덤벼. 이쪽은 맨몸이라고. 형님의 원수를 갚는다고 안 했어? 아니면 팬티 안에다 지리기라도 한 건가?"

하지만 내쉬가 공격해올 낌새는 보이지 않았다. 이대로 가면 시간이 너무 많이 걸린다. 나는 헛기침을 하고나서 마음에도 없는 소리를 했다.

"얼른 덤벼, 겁쟁이. 네 형들이 마지막에 뭐라고 했는지 말해줄까? '살려줘, 엄마'였어. 목숨이 아깝다면 엄마한테 가서 젖대신 오줌이라도 얻어먹고 와. 개똥도 못 주워먹을 부랄 없는 녀석아."

내쉬가 포효했다. 격앙된 표정으로 전투도끼를 높이 치켜든다.

날카롭지는 않지만 맞으면 머리가 쪼개질 것이다. 바람을 가르며 내리쳐진 그것을 훌쩍 피함과 동시에 내쉬 옆으로 돌아가 뺨에 라이트 훅을 날렸다.

견제할 생각으로 가볍게 때린 것이었는데 내쉬의 반대쪽 뺨이 땅바닥과 키스를 했다. 얼굴 형태로 땅바닥이 푹 패였다.

"정열적이잖아. 한눈에 반한 거야?"

내쉬는 눈을 희번덕거리며 경련하고 있다. 아직 의식은 있는 듯하다.

"너, 너, 정체가, 뭐냐?"

"네가 알 필요는 없어."

나는 땅바닥에 나뒹굴고 있는 전투도끼를 훌쩍 집어들었다.

"기, 기다려!"

"그럼, 잘 가. 저승에 가서도 형제들끼리 잘 지내라고. 그리고, 뭐냐, 아, 맞다. 내가 저승에 갔을 때 귀여운 아이를 소개해주면 고맙

겠는데, 아, 이건 앨윈에게는 비밀로 부탁해. 그리고, 어랍쇼?"

오래 생각하는 사이에 무거워져서 나도 모르게 도끼를 내리쳐버린 모양이다. 내쉬의 목은 이미 동체와 작별해 있었다.

이제 누가 남았지? 하고 주위를 돌아보니 나무 밑에 깔린 남자들 쪽에서 신음소리가 들렸다. 한쪽 남자는 등뼈가 부러져서 죽은 것 같지만 다른 한쪽의 남자는 깔려 있는 다리를 뽑으려고 하는 참이었다.

"여, 많이 기다렸지?"

내쉬의 유품인 전투도끼를 어깨 위에 얹으면서 나는 웃음을 떠올렸다. 고통을 오래 주는 것은 좋아하지 않는다.

"기, 기다려줘."

나무 반대편으로 몸을 굴리면서 남자는 피를 토하는 듯한 목소리로 말했다. 오른쪽 눈에 화상 자국 같은 음영이 있다.

"항복이야. 내가 졌어. 너한테는 두 번 다시 얼씬대지 않을게."

검을 집어던지더니 무릎을 꿇고 양손을 든다.

"어떻게 할까?"

저항 않는 사람을 죽이는 것은 내 취향이 아니다. 전투도끼를 땅바닥에 내려놓는다.

"그래, 졌다고 했으니 너는 포로야. 대가를 치른다면 봐줄 수도 있어."

"아, 알았어."

품속으로 손을 뻗는다. 나는 손가락 마디 정도 크기의 돌맹이를 엄지로 튕겼다. 비명 소리가 났다. 화상 자국이 있는 남자가 손을 억누르며 웅크렸다. 그 품속에서 종이로 싸맨 구슬이 튀어나왔다.

"오랜만에 보네, '연막 구슬'인가."

나한테 집어던져 시야를 차단한 후 죽일 생각이었을 것이다.

"다행이야."

'연막 구슬'을 집어던진다. 숲속에서 검은 연기가 피어오른 것을 보고나서 나는 안도했다.

"이로써 맘 놓고 죽일 수 있겠어."

"사, 살려줘."

다친 다리로는 도망칠 수도 없어서 눈물이 맺힌 채 주춤주춤 뒤로 물러난다.

"나는 부탁받았을 뿐이야. 저기, 가족이 있어. 나한테는 아내와 아직 여덟 살밖에 안 된 딸이 있다고! 내가 죽으면 녀석들은 길바닥에 나앉고 말아."

"그럼 네 가족을 만나면 전해줄게."

나는 다시 한번 전투도끼를 들어올렸다.

"너희들의 아빠는 완전히 헛되고 무의미하게 죽었다고 말야."

목숨을 구걸하는 목소리는 무딘 소리에 의해 지워졌다. 남은 것은 생일 케이크처럼 머리부터 쪼개진 시체뿐. 원한은 없지만 살아 있으면 곤란하다.

"어떡할래? 이제 남은 건 댁뿐인데."

돌아보려고 한 순간 등에 차가운 바람을 느꼈다. 곧바로 도끼를 버리고 뒤로 물러서자 그 직후 성기사님의 대검은 땅바닥을 파헤치고 있었다.

"경고도 없이 등 뒤에서 기습인가. 최근의 성기사님은 그런 게 유행인가 보네."

"닥쳐!"

라토비치가 정돈된 수염을 진동시키며 소리쳤다.

"네놈이야말로, 잘도 정체를 숨기고 있었구나."

"무슨 소리야?"

"시치미 떼지 마라! 그런 괴력의 소유자가 그리 흔할 것 같으냐!"

그 목소리에는 분노와 공포가 섞여 있었다.

"네놈은 '자이언트 이터'…, '밀리언즈 블레이드'의 마듀커스가 맞지?"

"정말 오랜만에 그 이름을 듣는군."

여기서 바다를 건넌 곳에 있는 동쪽 대륙에 7인조 모험자 파티가 있었다. 완력과 마법, 지력 등 각자 뛰어난 능력을 가지고 막대한 공적을 올렸다. 그리고 7인 전원이 7성을 획득했다. 당시 최강으로 불리웠던 모험자 집단. 그것이 '밀리언즈 블레이드'다.

그중에서도 마듀커스는 초인적인 체력과 완력으로 수많은 공적을 올렸다. 미노타우르스를 목졸라 죽였고, 흡혈귀의 목을 물어뜯어 죽였으며, 바포메트(염소머리 악마)의 머리를 박치기로 부쉈고, 드래곤의 송곳니를 부러뜨렸는가 하면, 철거인의 배에 맨손으로 바람구멍을 뚫었다. 그래서 붙은 별명이 '자이언트 이터'. 당시엔 이 이름을 들은 것만으로도 다른 모험자들이 쫄아서 도망쳤을 정도였다. 게다가 잘생기고 키가 큰데다 이야기도 재밌게 하고 그쪽 기술도 달인급이니 여자들한테 인기도 많았다. 학식이 부족한 것을 빼면 말 그대로 완벽한 남자였다.

"파티를 해산한 후에는 모습을 감추었다고 들었는데…, 정체를 감추고 공주님에게 접근해서 무슨 짓을 꾸미고 있는 거냐!"

"사람 잘못 봤어."

나는 고개를 으쓱했다.

"녀석은 죽었거든. 밴댕이 소갈머리 같은 태양신 때문에 말야. 이곳에 있는 것은 너도 알다시피 공주기사님의 귀여운 기둥서방이라고."

"잠꼬대는 작작 해라!"

라토비치는 성질을 내며 검을 땅바닥에 내리쳤다. 칼끝이 바위를 버터처럼 가르고 땅바닥에 박혀 있다. 그러고보니 녀석의 무기는 무슨무슨 마법의 검이었던가. 앨윈에 따르면 마법의 힘으로 짧은 시간 칼날이 예리해져서 철이든 바위든 베어버릴 수 있다고 했다.

"여기서 네놈을 죽일 테다. 네놈 같은 끔찍한 버러지는 살려두면 안 돼."

검을 뽑더니 가슴 높이로 꼬나들고 주춤주춤 다가왔다.

신중하게, 그리고 확실하게 숨통을 끊을 생각인 듯하다.

상대해줄 의리는 없지만 구름도 끼기 시작했으니 이쪽도 별로 시간이 없다.

얼른 끝내는 게 상책이다.

나는 양팔을 벌리고 포옹을 구하듯 성큼성큼 다가갔다.

라토비치의 표정은 딱딱했다. 갑옷을 입고 있는 만큼 움직임은 무뎌질 수밖에 없다. 붙잡고 쓰러뜨리면 그것으로 끝이다. 관절을 꺾든 목뼈를 부러뜨리든 내 마음대로다.

몇 발짝만 더 접근하면 대검의 사정거리에 들어가겠다 싶었던 순간, 라토비치가 포효했다. 땅을 미끄러지듯 거리를 좁히며 대검을 내리친다. 나는 양손을 들었다.

엄청난 기세로 내리쳐진 대검은 내 머리 위에서 멈추었다. 칼날이 내 양손바닥 사이에 끼인 상태로.

"아닛!"

"미안해. 내 목적은 처음부터 이쪽이었어."

양손으로 검을 고정한 상태에서 자세를 바꾼다. 몸을 90도로 돌리면서 라토비치에게 파고들 듯 몸을 밀착시키자, 내 완력에 의해 고정된 마검은 그대로 라토비치의 손에서 쑥 빠져나왔다. 검을 빼앗긴 여파로 동정 성기사 나리는 균형을 잃고 앞으로 고꾸라졌다. 두세 발짝 헛걸음질을 하다가 앞으로 쓰러지자, 자연스럽게 내 쪽으로 엉덩이를 내민 자세가 되었다.

"아, 저기, 뭐냐."

나는 쓰게 웃으며 머리를 긁었다.

"미안하지만 내 '마검'은 공주기사님에게 바쳐서 말야. 아무리 댁이 유혹해도 상대해줄 만큼 절조가 없진 않아. 최소한 갑옷을 벗고 나서 그래주지 않겠어? 맨 엉덩이를 보여주면 혹시 마음이 변할지도 모르잖아."

"너 이놈!"

돌아본 라토비치의 얼굴은 검붉게 물들어 있었다. 수염과 얼굴이 흙투성이가 된 채 나에게 주먹을 휘두른다.

"그만둬."

나는 마검을 뒤로 집어던지고 그 주먹을 막았다.

"차였다고 해서 폭력을 쓰는 건 좋지 않다고."

힘을 주자 성기사님의 비명이 터졌다. 은색 장갑 틈새로 붉은 액체가 번져나오고 있다. 통증에서 도망치려는 듯 라토비치가 이번에는 왼손을 휘둘렀다.

얻어맞는 것은 싫기에 나는 잡고 있던 손을 머리 위로 들어올렸다. 잡아당겨진 기사님의 몸이 내 몸과 밀착되며 허공에 뜬다. 자연스럽게 라토비치의 얼굴이 접근했다.

"키스라도 해주길 바라는 거야?" 나는 씨익 웃었다. "하지만 사양할게."

나는 등을 돌리며 팔을 힘껏 잡아당겼다. 라토비치의 몸이 갑옷째 내 등을 넘어가더니 큰 소리를 내며 땅바닥에 엉덩이로 착지했다.

"자, 다시 한번."

같은 요령으로 팔을 붙잡고 라토비치를 휘두른다. 다음엔 등, 그다음엔 배로 땅바닥과 키스한다. 다시 한번 들어올리려고 했지만 저항이라 할 만한 움직임은 없었다. 온몸의 통증을 견디는 게 고작인 듯하다. 아무래도 세 번이나 땅바닥과 키스를 하면서 허리나 척추를 다쳐버린 모양이다.

"너무 정열적이잖아. 좀더 나이와 횟수를 생각하는 게 어때?"

"죽여라."

헛소리를 하듯 말했다.

"이런 굴욕을 당하고도 더 살 수 있을 것 같으냐. 그리고 네놈이 공주님께 일러 바치면 어찌됐건 나는 끝장이다."

달관한 듯한 발언에 나는 부아가 치밀어 올랐다.

"저기 말야, 아저씨."

엎드려 쓰러진 성기사님의 얼굴을 들어올린다.

"그 정도 각오로 앨윈을 호위하고 있었던 거야? 응석 부리지 마.

그녀가 어떤 각오로 미궁에 임하고 있는지도 모르는 건가?"

"물론 알고 있지." 라토비치는 자랑스럽게 말했다.

"마물에게 멸망당한 고국을 구하기 위해, 젊은 몸으로 항상 우리들의 선두에 서셨다. 전설의 발키리 같은 그 모습에 우리들은."

"그것뿐이야?"

내가 듣고 싶은 것은 음유시인의 영웅담이 아니다.

"나도 처음엔 '미궁' 공략따윈 꿈 같은 소리라고 생각하고 있었다. 하지만 공주님은 포기하지 않으셨지. 빛이 닿지 않는 암흑 속에서도 언제나 솔선해서 마물과 맞서 싸우며 우리들을 인도하셨어. 왕국 부흥을 위해, 땅을 잃은 백성과 가신들을 위해, 승하하신 국왕 폐하와 왕비님의 복수를 위해, 목숨을 걸고 싸우신 거다. 동료를 잃어도 그 걸음은 멈추지 않았지. 모든 것이 순조로웠어. 네놈이 나타날 때까지는 말이다!"

"그만 됐어."

나는 손을 놓았다. 쿵 하고 성기사님이 턱으로 땅바닥과 네 번째 키스를 했다.

이 아저씨는 결국 아무것도 모르고 있었던 것이다. 자신이 지켜야 할 여성이 어떤 사람인지. 중요한 것은 '공주기사'라는 간판이었을 뿐 사람 자체에는 별 흥미도 없었던 것이리라. 그렇게 생각하니 화를 내는 것도 바보같아졌다.

나는 마검을 주워 라토비치의 눈앞에 꽂았다. 땅바닥에 깊숙이 박히다가 자루에 걸려 멈추었다. 자루 장식에 얼빠진 얼굴이 반사된다.

"잘 들어. 앞으로 내 목숨을 노릴 생각따윈 일절 하지 말도록 해.

그렇게 한다면 오늘 일은 비밀로 해줄 수도 있으니까. 허나 만약 다시 내 목숨을 노리거나 오늘 일을 누군가에게 이야기한다면 나는 전부 공주기사님에게 일러바칠 거야. 모든 것을 말이지."

"죽이지 않는 거냐?"

"그럴 생각이었다면 진작에 그랬어."

나는 한숨을 쉬었다. 어째서 이렇게 이 성기사님은 눈치가 없는 건가.

"댁을 죽이면 누가 '미궁'에서 앨윈을 지키지?"

"네가."

"바보 같은 소리 마."

나는 고개를 저었다.

"나에게는 나의 사명이라는 게 있어. 그 도련님에게도 말했잖아. 우리들이 하는 일은 같은 가치라고. 아무튼 댁은 아무것도 생각하지 말고 앨윈을 지키는 것에만 전념하도록 해."

라토비치는 아직 멍한 얼굴로 쓰러져 있다. 뭐 좋아. 용건은 끝마쳤다.

"그럼 난 이만 실례하도록 하지. 아, 뒷처리는 잘 부탁할게."

나는 등을 들리고 아까 집어던진 낫을 주우러 숲으로 들어갔다. 그 순간 온몸이 납의 늪에라도 빠진 것처럼 무거워진다. 손끝 하나 움직이는 것도 힘들다. 늘 있는 일이라고는 해도 정말 진절머리가 난다. 하지만 비틀거리는 듯한 한심한 모습은 보일 수 없었다. 아직 등 뒤로 시선을 느끼니 말야. 그렇게 내 엉덩이가 맘에 걸리는 건가, 그 동정 성기사님은.

예상보다 멀리 날아간 낫을 줍고나서 숲을 빠져나와 황야로 나온다. 풀도 만족스럽게 자라지 않으며 바위와 마른 땅바닥이 일그러진 문양을 새기고 있다.

불어치는 바람에 커다란 덩치를 떨면서 나는 진회색 구름이 펼쳐진 하늘을 올려다보았다. 지금 싸우면 라토비치는 커녕 양아치 모험자 한 명도 제대로 이길 수 없을 것이다. 일일이 날씨를 신경 쓰지 않으면 싸움 하나 만족스럽게 할 수 없다니 내가 생각해도 한심하다. 이것도 다 그 거지 같은 태양신 탓이다.

그때 우리 '밀리언즈 블레이드'는 '태양신의 탑'이라는 유적을 탐색하고 있었다. 신화에 따르면 태양신이 자신을 위해 만들게 했다고 하는데, 안에는 금은보화가 산더미처럼 쌓여 있다고 한다. 하늘까지 닿을 것 같은 탑에 들어가 엄청난 숫자의 마물과 함정을 돌파해서 겨우 최상층까지 도달했다고 생각한 순간 머릿속에 직접 목소리가 울려퍼졌다.

【너희들은 이제부터 내 눈이 미치는 범위에서밖에 그 힘을 행사할 수 없다.】

자신의 침소에 발을 들여 놓은 게 어지간히 화가 났던 모양이다. 밴댕이 소갈머리 같은 태양신에 의해 우리들은 '저주'를 받았다. 어떤 이는 시력을 잃었고, 어떤 이는 마법이 봉인당했으며, 어떤 이는 모험자로서의 목적을 잃었고, 나는 '힘'을 빼앗겼다.

오줌싸개 태양신의 '저주' 때문에 생각처럼 힘을 낼 수 없게 되었다. 낼 수 있는 것은 녀석이 감시하고 있을 때, 다시 말해 태양이 비치고 있는 동안뿐이다. 그늘에서도 안 된다. 구름이 껴 있어도 안 되고, 건물 안도 안 된다. 모험자는 어두운 곳에서 일하는 직업이다. '미궁'은 물론이고 숲이나 동굴에도 들어갈 수 없다. 탁 트인 초원이나 황야에서도 흐린 날씨에서는 일반인 이하가 되어버리고 만다. 나는 모험자로서의 생명이 단절되었다.

파티는 해산되었고 나는 모험자를 은퇴했다.

동료 중에는 요직에 오르거나, 과거의 연줄로 새로운 직업을 얻은 녀석도 있다.

하지만 나는 머리도 나쁘고 마법도 쓸 수 없다. 글자도 이름을 쓰는 게 고작이었다. 싸움 이외에 다른 특기가 없었던 나는 제대로 된 일자리를 찾을 수 없었다. 그러긴 커녕 예전에 혼내줬던 녀석들과 그 동료들이 귀신같이 냄새를 맡고 목숨을 노려왔기에 나는 도망쳤다.

돈도 잃고, 이름도 버리고, 방랑 끝에 바다를 건너 도착한 곳이 이 '그레이 네이버'라는 '미궁도시'이자 모험자의 마을이었다. 여기서도 제대로 일할 수 있는 방법따윈 없었기에 빈둥대고 있다가 '진홍의 공주기사'인 앨윈을 만나 여러가지 일들을 겪고 지금에 이른다.

앨윈을 위해 일하는데도 일일이 날씨를…, 그 태양신의 안색을 살펴야 한다니 못 해먹겠군. 아아, 열받는다.

구름 틈새로 태양이 엿보인다. 여러 겹의 눈부신 빛에 눈을 가늘게 뜨며 나는 하늘을 향해 중지를 세웠다.

시내로 돌아오자 지름길로 가기 위해 큰길을 돌아 '노상 강도 골목'을 지난다. 아직 해가 높은 탓에 인적은 드문드문하지만 이미 만

취한 녀석도 있는지 가게 앞에 토사물을 뿌려대고 있었다. 하루에 한 번은 길을 더럽히지 않으면 살아갈 수 없는 얼간이들이 이 도시에는 많다.

코를 막으며 걷고 있자니 뒤에서 두 남자가 들것을 들고 다가왔다. 들것에 실려 있는 것은 남자다. 머리에는 천이 덮여 있고, 운반하는 녀석들도 귀찮은 듯한 눈치다. 죽은 거지나 외지인을 '천년백야'까지 버리러 가는 것이리라. 가슴 언저리가 붉게 물들어 있는 걸 보면 강도에게 당했거나 싸움에 말려든 것이겠지.

내 옆을 지나칠 때 운반하던 남자가 균형을 잃고 비틀거렸다.

그 순간 들것에서 작은 것이 굴러떨어졌다.

아몬드다.

돌아보니 들것에 실린 남자의 손이 밑으로 축 늘어져 있는 게 보였다. 손목에는 검은 반점이 떠올라 있다.

나는 들것이 떠나가는 것을 지켜보고나서 아몬드를 주웠다. 먼지를 털어낸 후 그것을 주머니에 쑤셔넣고 다시 '노상 강도 골목'을 나아간다. 이곳은 그런 도시다. 녀석에게는 운이 없었을 뿐이다. 뒤에서 마른 소리가 났다. 누군가가 아몬드를 밟아 으깬 것이리라. 그것도 흔한 일이다. 떨어뜨린 물건을 전부 주워줄 것이라는 보장은 없다.

라토비치가 파티에서 빠졌다고 들은 것은 그 이틀 후 밤이었다.

"거리를 걷다가 무뢰한들의 시비에 말려들었다고 해. 겨우 격퇴하긴 했지만 허리를 세게 부딪혔다는군. 마법으로도 치료는 어려운 모양이라 얼마간 친척한테 가서 요양하기로 했어."

앨윈은 낙담의 기색을 감추지 못했다.

"그렇군. 유감이야."

위로하는 듯한 목소리를 내면서 나는 내심 안도하고 있었다. 비밀은 지켜줄 생각인 듯하다. 파티에서 빠진 것은 유감이지만 자업자득이라 생각하고 포기하길 바란다.

"그래서 '미궁' 쪽은 어떻게 할 거야?"

"친척이 사람을 보내준다고 해. 이 도시에서 모집하는 것도 생각해봤지만 역시 신뢰할 수 있는 사람이 좋으니 말야."

궤멸했다고는 해도 맥터로드 왕국 기사단의 생존자는 이곳저곳에 흩어져 있다. 라토비치가 그 연줄을 써서 새로운 멤버를 모집한다고 한다.

"도착할 때까지 감과 실력이 무뎌지지 않도록 얕은 층을 탐색하는 수밖에 없겠지."

한시라도 빨리 '미궁'을 공략하고 싶은 그녀로서는 예상 밖의 시간낭비일 것이다.

"정말 재난의 연속이로군. 도둑이 들지를 않나 동료가 떠나지를 않나."

그녀에겐 자리를 비우면 꼭 일이 터진다고 말해뒀다.

"너무 실망하지 마. 언젠가는 좋은 일도 있을 거야."

기운을 북돋기 위해 애써 밝은 목소리로 말했다.

"조바심을 내는 건 좋지 않아. 무리를 하면 오히려 공략이 늦어진다고."

"그렇군."

"앉아서 기다리고 있어. 곧 있으면 일류 요리사의 풀코스가 완성

되니까."

오늘밤은 샐러드 대구 볶음과 푹 끓인 소고기 찜이다. 수프에는 닭고기와 콩이 들어가 있다.

부엌에서 끓고 있는 요리의 맛을 보고 있자니 갑자기 따뜻한 감촉이 났다. 달콤한 냄새와 함께 소매가 잡아당겨진다.

나는 쓰게 웃었다.

"조금만 있으면 저녁 식사인데 말야."

"알고 있어."

등 뒤에서 들리는 목소리는 어린애처럼 몹시 토라져 있었다.

"참을 수 있을 것 같지 않아?"

고개를 끄덕이는 낌새가 났다. 내 허리에 감긴 손이 약간 떨리고 있다.

"라토비치가 빠진 걸 알고 이것저것 불안해진데다 네 얼굴을 보고 있자니."

"어쩔 수가 없네."

나는 냄비를 끓이고 있던 불을 끄고 앨윈의 어깨를 안았다.

"2층에 있으니까 가지고 올게."

"나도 갈 거야."

"그렇게 하시죠."

나와 앨윈은 함께 2층으로 가는 계단을 올랐다.

정말 사람을 혹사하는 공주기사님이다.

기둥서방도 쉽지는 않네.

제2장 기둥서방은 아침까지 돌아오지 못했다

공주기사님과 동거 같은 걸 하고 있는 탓에 세간에서는 연애 도사로 여겨지고 있는 듯하다.

그 때문인지 연애 상담을 곧잘 받는다. 저 여자를 꼬시려면 어떻게 해야 되냐 라든지, 남친이 바람을 피우고 있는 것 같은데 어떻게 해야 하느냐 같은.

바네사의 상담도 그런 종류일 거라 생각하고 있었다.

"최근 스타링의 낌새가 이상해."

그렇게 말하면서 그녀는 칸막이 너머로 근심스런 얼굴을 보였다.

내가 있는 곳은 매집장 옆에 있는 모험자 길드의 감정실이다. 오른쪽에서 왼쪽으로 선을 그은 것처럼 중앙부에서 방이 돌벽으로 나뉘어져 있다. 왼쪽에는 작은 문도 달려 있지만 열쇠가 채워져 있어서 반대편쪽에서만 열린다. 방 중앙은 카운터로 되어 있는데, 반투명한 유리판과, 물건을 넣고 뺄 수 있도록 아래쪽으로 열리는 덮개가 달려 있다. 모험자가 감정을 의뢰하고 싶은 물품을 덮개 안에 넣으면, 안에 있는 감정사가 그것을 넘겨받는 구조로 되어 있다.

바네사는 모험자 길드의 감정사다.

길드는 희소한 풀과, 마물의 가죽, 비늘, 뼈 같은 희귀품과 귀중품을 매입해서 직인이나 귀족 호사가에게 팔아치우고 있다.

하지만 모험자가 가져온 것이 모두 진짜라고는 할 수 없다. 지혜가 떨어지는 녀석은 닭뼈를 드래곤 뼈라고 우기기도 한다. 조금 영리한 녀석은 일부러 더럽혀서 그럴 듯하게 꾸민다. 속일 생각은 없어도 무지함 때문에 개 오줌이 묻은 제비꽃을 전설의 약초로 착각하는 경우도 있다.

그런 가지각색의 녀석들이 가져온 물건을 식별하는 게 감정사이다.

마물의 생태와, 위조품의 제작법을 꿰뚫어 볼 수 있을 정도의 폭넓은 지식을 가지고 있고, 진위를 구분하는 눈썰미와 경험이 필요하다. 나도 모험자 시절에는 이곳저곳의 길드를 돌아다녔지만 제대로 된 감정사가 없는 길드는 대부분 엉망진창이었다. 어떻게 보면 모험자 길드에서 가장 중요한 직책이다.

바네사는 그중에서도 1류였다. 들은 바에 따르면 미술상의 딸로 태어나 어릴 때부터 안목이 높았다고 한다. 열일곱 살때 가세가 기울고 가족이 뿔뿔이 흩어지는 바람에 그녀는 모험자 길드에 취직했다.

모험자 출신 얼간이들이 많은 길드 안에서는 인텔리인 셈이다.

밤색 눈동자에 붉은 기운이 도는 갈색 머리카락을 목 부분에서 묶고 있다. 피곤해 보이긴 하지만 피부 광택은 좋다. 세간의 평가는 모르겠지만 내가 보기엔 충분히 미인의 범주에 들어간다.

데즈에게 돈을 빌리려고 길드를 방문했을 때 알게 된 사이인데, 다른 녀석들과 달리 평범하게 응대해 주었다.

모험자 길드에서 나를 평범하게 대해주는 것은 데즈와 에이프릴, 그리고 그녀 정도이다.

전에 한가할 때 그녀의 감정을 옆에서 지켜본 적이 있는데 아주 훌륭했다. 수북히 쌓여 있는 약초 중에서 단 하나의 귀중한 약초를 분간했을 정도다. 이 모험자 길드를 안 보이는 곳에서 지탱하고 있다고 해도 과언이 아닐 것이다. 길드 감정사는 그녀 외에도 있지만 개인실이 주어진 감정사는 바네사뿐이었다.

"스타링 녀석이 이상한 것은 항상 있는 일이잖아."

나는 의자 등받이에 체중을 실으며 차갑게 말했다.

"또 보라색 바다에서 기어나온 촉수를 너라고 우기고 있는 거지? 녀석은 병이야. 뇌나 눈, 혹은 그 양쪽이 술 때문에 고장난 거라고. 의사에게 보이는 게 좋아."

"아니, 그건 달라."

바네사는 고개를 저었다.

"그건 마음속 풍경을 추상적으로 그리고 있는 거야. 200년 전에 트리무나 왕국에서 유행했던 수법이지. 그 사람은 박식하거든."

"그냥 무능한 놈일 뿐이야. 네가 지금까지 사귀어온 다른 녀석들과 마찬가지로."

미인인데다 일도 잘하는 바네사지만 그녀에게도 큰 결점이 있다. 남자를 보는 눈이 없는 것이다. 그것도 결정적으로.

내가 이 도시에 온 지 2년 정도 지났지만 그동안에도 남자를 계속해서 바꾸었다. 게다가 다들 쓰레기거나 무능하거나 밥버러지였다.

와트킨은 술과 약한 사람 괴롭히는 걸 좋아해서, 술 마시고 작은 아이들만 두들겨 패다가 폭력배 아들에까지 손을 대고 말아서 그후로는 모습을 볼 수 없게 되었다. 타이니는 투계 도박에 빠져 그녀의 집에서 돈과 보석을 훔친 데다가, 그것으로 끝나지 않고 길드의 감정품에까지 손을 대려다 팔이 절단당했다. 올라프는 양다리에 세

다리 네 다리를 걸치다가 종국에는 성병에 걸려 죽었다. 오스카는 '약' 장수였는데, 폭력배의 물건을 횡령하다가 도시에서 모습을 감추었다.

지금 사귀고 있는 남자는 그녀보다 두 살 연하인 스타링이라는 화가인데, 선이 가는 미남으로 얼굴은 좋다. 하지만 그림의 재능은 전혀 없었다. 일반인인 내가 봐도 엄청나게 서툴렀다. 그뿐만이라면 몰라도 오늘은 기분이 아니라는 둥, 팔이 아프다는 둥 이런저런 변명을 하며 제대로 그리려고 하지도 않았다.

내가 말하기도 뭐하지만 남자는 골라 사귀어야 할 것이다.

뭐 그런 그녀니까 나 같은 놈과 태연하게 술을 마시거나 돈을 빌려주곤 하는 것이겠지. 말 그대로 구원의 여신이다. 태양신따위는 똥 닦는 휴지만큼도 쓸모가 없지만 그녀를 위해서라면 지금 당장 머리를 깎고 승려가 되어도 좋다. 공주기사님은 관대하기에 개인의 신앙에는 관여치 않는다.

"그럼 뭔데? 밤일 이외라면 상담해줄 수 있는 게 별로 없는데."

나도 공주기사님을 보살피는데 바쁜 몸이다. 이렇게 시간을 낸 이상 공짜로 해줄 수는 없다. 물론 선불이다. 바네사 같은 미인이라면 다른 사례 방법도 받아들이고 있지만 아쉽게도 현재까지는 모두 현금이었다. 아무래도 나는 바네사의 대상 외인 듯하다. 음, 아쉽군.

"연애에 대한 것이라면 미안하지만 내가 해줄 수 있는 말은 두 가지뿐이야. 'Go for break(죽기살기로 대시해라)'와 'Que sera sera (될 대로 되라)'."

바네사는 한숨을 쉬더니 머리가 아프다는 듯 관자놀이로 손을 가져갔다.

"최근 스타링의 씀씀이가 헤프다고 할까, 내가 준 용돈으로는 살수 있을 것 같지 않은 물건까지 있었어."

"어디 후원자라도 물어온 거 아냐?"

"그 사람 그림은 한 장도 안 팔렸어."

나는 놀랐다. 그 요상한 그림을 일일이 다 구별하고 있을 줄이야.

"그리고 이웃집 이야기로는 이상한 남자가 화실에 출입하고 있대."

"아, 그런 쪽 이야기인가."

미남이니까 수요는 있을 것 같다.

"그런 쪽도 아니야."

강한 어조로 말해왔다.

"요전번에 확인해봤는데, 저기, 그런 흔적은 없었어."

뭘 어떻게 확인했는지는 굳이 물어볼 필요 없겠지.

"요컨대 스타링이 몸 이외의 무언가로 돈을 벌고 있는 것 같으니 그걸 확인해 달라는 거지?"

"부탁이야, 매쉬."

손을 모아 기도하는 듯한 몸짓을 한다.

"이런 일을 부탁할 수 있는 것은 너밖에 없어. 직접 물어봐도 대답해줄 것 같지 않고, 너라면 스타링과도 아는 사이잖아."

"오케이, 알았어."

바네사에게는 평소부터 신세를 지고 있으니 심부름 정도라면 손쉬운 일이다.

"그런데 그것으로 빚은 얼마나 깎아줄 수 있어?"

"일단 변제는 다음달까지 기다려줄게."

그녀는 웃음기 하나 없는 얼굴로 말했다. 나는 한숨을 쉬면서 일어섰다.

"그럼 바로 확인해보고 올게."

"잠깐만."

감정실을 나가려고 했을 때 뒤에서 불러세웠다.

"폴리한테서 무언가 연락은 있었어?"

흠칫 경직한 후 나는 고개를 저었다.

"아니, 편지는 커녕 소문 하나 못 들었어."

"그래…." 바네사의 얼굴이 흐려졌다.

"그 애는 지금 어디에 있는 거지? 아무리 힘들어도 엄마 성묘만은 매년 빠뜨리지 않았는데."

"무사하다고 해도 돌아오는 건 껄끄러울 거야. 동료들한테도 찍혔으니까."

피해자는 이미 이 도시에 없지만 악평만은 1년이 지난 지금도 남아 있다.

"어디에 있을까? 너한테도 아무 말 없이 사라져버리다니."

"버려진 거야."

나는 어깨를 으쓱했다.

"전부 내 잘못이었어. 그 무렵의 나는 폴리와 진지하게 마주하려고 하지 않았거든."

"나쁜 아이는 아니야."

바네사가 쓰게 웃었다.

"다만 약한 아이였던 거야. 소심하고 분위기에 휩쓸리기 쉬운."

"다들 그렇지 뭐. 나든 너든 똑같아."

과거엔 자신만이 특별하다고 생각하고 있었다. 하지만 그렇지 않았다. 초인적인 완력이 없으면 나도 흔해 빠진 일반인이거나 그 이하다.

"네 쪽이야말로 무언가 연락은 없었어? 사이가 좋았잖아."

"전혀."

쓸쓸한 듯한 얼굴에는 박복한 색기가 있었다.

"최근 생각해. 좀더 그 애한테 무언가 해줄 수 있는 게 있지 않았을까 하고."

"너무 스스로를 책망하지 않는 편이 좋아."

애써 타이르듯 말했다.

"이렇게 말하긴 뭐하지만 따지고 보면 폴리에게도 책임이 있었어. 착한 것은 좋지만 너무 혼자 짊어지는 것은 좋지 않아."

"그래."

바네사는 입을 손으로 가리면서 코를 훌쩍였다.

"만약 돌아오면 책망하지 말아줘. …아니, 지금의 너한테 할 소리는 아니구나."

"신경쓰지 않아도 돼. 우리 공주기사님은 관대하시니 말야. 옛날 여자관계로 눈에 쌍심지를 켜실 분이 아니지."

스타링의 숙소는 남쪽 '유화 길'에 있다. 머리가 이상한 유사 예술가들이 모여드는 지역 한켠에 '살쾡이의 황혼정'이라는 술집이 있고, 그곳 2층이 녀석의 방이다. 참고로 집세는 바네사가 내주고 있다.

벌써부터 취한 주정뱅이들의 떠드는 소리를 들으면서 밖으로 나 있는 좁은 계단을 오른다. 검게 변색된 계단이 삐걱이는 소리를 낸다. 말이 술술 잘 나오도록 비교적 좋은 에일을 지참했다. 2층의 좁은 복도를 지나 3개 늘어서 있는 방 중 가운데 방문을 노크한다.

대답이 없다. 문을 당기자 간단히 열렸다.

들보가 보이는 천장에, 경사진 벽에 달려 있는 작은 창문은 말 그대로 지붕밑 다락방이라 불러야 할 만한 것이었다. 그리 넓지도 않은 방 안에는 이젤에 올려진 캔버스가 장소가 좁다하고 늘어서 있다. 그려져 있는 것들은 풍경, 꽃병, 아가씨의 뒷태, 왕관을 쓴 임금님, 종말의 마왕 등 가지각색이다. 공통되어 있는 것은 오직 하나. 모두 미완성이라는 것.

"음?"

방 중앙 부근에서 발밑이 미끄럽다는 것을 깨달았다. 내려다보니 그 부근만이 약간 변색되어 있었다. 웅크려 앉아 손가락으로 더듬어 보았다. 안 좋은 예감이 들어 바닥에 엎드린 채 숨을 들이마셔본다. 틀림 없다. 닦아내긴 했지만 이건 핏자국이다.

그 녀석, 또 무슨 실수를 저지른 거지? 일어나서 다시 한번 방 안을 살펴보니 창밑에 흰 천으로 덮힌 무언가가 눈에 들어왔다. 위에서부터 완전히 덮여 있어서 뚜렷한 윤곽은 알 수 없지만 꼭대기 부분이 텐트처럼 뾰족하게 세워져 있다. 이 크기의 것을 숨긴다고 하면 뭐지? 예를 들어 앉아 있는 사람 같은 건 어떨까?

나는 천 밖으로 다리가 삐져나오지 않았는지 확인하면서 천 윗부분을 잡고 단숨에 벗겨냈다. 눈에 들어온 것은 둥그스름한 돌멩이였다. 작은 의자 위에 나무 상자가 놓여 있고, 그곳에 많은 돌이 채워져 있었다. 놀래키고 있어. 안도의 한숨을 내쉬면서 집어들고 확인해봤는데 보석이나 그 원석은 아닌 듯했다.

뭐지? 고개를 갸웃하고 있자니 등 뒤에서 소리가 들렸다. 고개를 돌려 소리가 난 쪽을 보니 방 주인이 바닥에 누워 있었다.

이젤과 캔버스의 숲속에서 스타링은 모포를 말고 잠들어 있었다. 이 방에 침대는 없다. 돈이 궁해서 팔아치워버렸다고 한다. 기분 좋은 듯 고른 숨결을 내쉬고 있다. 여기에 연필 한 자루라도 쥐고 있다면 폼도 나겠지만 손에 쥐고 있는 것은 여자 속옷이었다. 어제는 아무래도 뜨거운 밤을 보낸 모양이다. 일도 안 하고 여자한테 빌붙어 사는 주제에 다른 여자랑, 잘 하는 짓이다. 최고긴 하다만.

"이봐, 일어나."

발끝으로 등을 가볍게 걷어차자 스타링이 모포 안에서 움직이기 시작했다.

"또 하려고? 어제 그렇게나 사랑을 나눴는데 아직도 부족해?"

잠꼬대를 지껄이며 천천히 고개를 든다.

"어, 매쉬잖아?"

잠이 덜 깬 얼굴로 크게 하품을 한다.

"오늘 마시러 갈 약속을 했던가?"

"너한테 묻고 싶은 게 있어서 말야. 얼른 일어나."

다시 한번 모포 위로 스타링의 허리를 발끝으로 툭툭 찬다.

"아니면 잠 깨는 키스라도 해줄까? 나라도 괜찮으면 농후한 것을 선물해줄 수도 있는데."

스타링은 벌떡 일어났다.

"그보다 저기 바닥의 피는 뭐야? 칼부림 사건이라도 났던 거야?"

스타링은 고개를 저었다.

"잉크야. 즙스의 피로 만들었어."

즙스라는 것은 '천년백야'의 지하 5층 부근을 배회하는 마물이다. 다리 여섯 개 달린 염소에 흑백의 얼룩이 있는 것을 떠올리면 된다. 거기에 박쥐 날개를 달고, 발굽 대신 곰의 손을 붙이면 완성이다. 덧붙여 말하면 달리는 속도는 말과 비슷하다. 그리고 아래쪽에 달려 있는 물건도.

즙스의 체액은 공기와 접하면 점착력이 강해지는 특성이 있다. 마르면 착 달라붙어서 세게 문질러도 좀처럼 안 지워진다. 즙스 자체는 별로 강한 마물이 아니기에 이 근방에서는 아교 대신으로 쓰이고 있다.

"새로운 물감 재료를 시험해보고 있는 중이야. 어쩌면 굉장히 깊이가 있는 붉은색이 될 수도 있어."

"저기 돌멩이도 그런 건가?"

"아, 저거 말이지?"

스타링은 캔버스 틈새로 들여다보듯 고개를 기울였다.

"물감 중에는 광석을 으깨서 색을 내고 있는 것도 있거든."

"나는 무슨 보석이라도 발견한 줄 알았어."

그랬다면 바네사의 의뢰도 바로 해결이었는데.

"너무 만지지 마."

스타링은 일어나서 바닥에 떨어져 있는 흰 천을 집어들었다.

"햇빛을 받으면 변색되어 버리니까 이렇게 가려두고 있는 거야."

"그래 그래, 알았어."

나는 어깨를 으쓱했다.

"그보다 최근에는 씀씀이가 좋다면서? 무언가 돈이 되는 건수라도 잡은 거야?"

천을 덮으려던 스타링의 손이 멈추었다.

"그건⋯."

그 태도는 더할 나위 없이 알기 쉬웠다. 뒤로 돌린 손으로 천을 덮더니 시선을 여기저기로 돌린다.

"너도 참 좋은 녀석이야."

녀석의 자백에, 이해자인 척 한숨을 쉰다.

"무언가를 숨기지 못하니 말야. 혹시 위험한 일을 하고 있다면 냉큼 손을 떼도록 해. 바네사도 걱정하고 있으니까."

"아냐. 그런 게 아니고."

손바닥을 바지에 닦으면서 반론한다.

"딱히 죄가 되는 일은 아냐. 아무도 다치지 않고 말이지. 확실히 조금은 불명예스러운 일일지도 모르지만."

그 말에 나는 바로 감이 왔다.

"혹시 '쪼아먹기'를 하고 있는 거야?"

'미궁'에는 여러가지 것들이 떨어져 있다. 모험 도중에 모험자가 떨어뜨리거나 잃어버린 무기와 도구, 죽은 모험자의 유품, 그밖에도 죽은 마물의 시체따위도 그대로 방치되어 있다. 실력 좋은 모험자에게 있어서 얕은 계층의 마물따윈 쓰레기나 마찬가지기에 일일이 가죽을 벗기거나 귀를 자르거나 하지 않는다. 전부 방치하고 아래층으로 향한다. 시간이 지나면 '미궁'에 흡수되지만 그전에 시체를 해체하면 모험자 길드로 가져갈 수 있다.

이것 자체는 불법도 뭣도 아니다. 길드에게 있어서는 가죽이든 뼈든 가져오는 것이 중요하지 출처는 묻지 않는다.

하지만 당연히 모험자 입장에서는 탐탁치 않다. 자신들의 수고를 가로채는 행위라고 생각하고 있다. 그래서 모험자들은 그런 녀석들을 밭의 씨앗을 쪼아먹는 까마귀에 빗대어 '쪼아먹기꾼'이라 부르며 경멸하고 있다.

모험자는 기질이 거친 녀석들뿐이다. 심기가 안 좋을 때 그런 걸 보면 팔 한두 개 정도는 아무렇지도 않게 부러뜨린다. 최악의 경우 '미궁'으로 끌려가서 무슨 일인가를 당한다. 당연히 규칙 위반이지만 '쪼아먹기꾼'은 퇴물 모험자나 빈민들뿐이라 죽이지만 않으면 길드도 적극적으로 움직이지 않고, '미궁' 안에서는 설사 죽임을 당하더라도 증거가 없으면 그것으로 끝이다. 대개는 사고로 처리된다.

"알고 있어, 매쉬."

스타링은 비위를 맞추는 듯한 미소를 떠올렸다.

"나도 아직 죽고 싶지는 않아. 아주 조금뿐이야."

스타링의 눈은 장난이 들킨 어린애 같았다. 야단맞는 게 무서워서 어떻게든 변명거리를 생각하고 있다.

"얕은 계층에서밖에 안 하고 있고, 얼굴은 보자기로 가리고 있어. 신분이 들통나지 않도록 다른 사람에게 부탁해서 가져가고 있기도 하고. 아무리 그래도 모험자와 싸울 생각은 없거든. 그리고."

"'쪼아먹기' 자체는 아무래도 좋아."

나는 진절머리를 내며 말했다. 어린애의 변명을 계속 듣고 있는 것은 질색이다.

"하지만 그것만 하고 있는 게 아니지? '쪼아먹기'로 버는 것에는 한계가 있어. 요즘 네 씀씀이를 생각해보면 매일 '크리스탈 울프'의 가죽이라도 줍지 않으면 계산이 안 맞아."

"내 본업을 잊은 거야?"

스타링은 이젤에 올려진 캔버스를 요람처럼 흔들었다.

"네가 궁정화가라면 납득했겠지."

절반밖에 그려져 있지 않은 꽃병 그림을 보면서 나는 말했다.

"바네사는 네 그림을 모두 파악하고 있다고 하는데, 그런 그녀가 단언하고 있어. 네 그림은 한 점도 팔리지 않았다고."

"가끔 의뢰가 들어올 때가 있어. 초상화라든지, 빵가게 간판이라든지."

그런 별난 녀석들이 있다니.

"매쉬는 좋겠어. 그런 미인 공주기사님과 함께 살고 있으니 말야. 정말 부럽다. 아아, 나도 좀 끼워주면 안 되나?"

"바보 같은 소리 마."

앨윈과의 생활도 이건 이것대로 큰일이라고.

"애초에 너한테는 바네사가 있잖아."

"하지만 바네사는 용돈을 별로 안 주는걸."

"나도 마찬가지야. '미궁' 공략에는 돈이 많이 드니까."

무기와 방어구 손질은 빼먹을 수 없다. 만약 망가지면 새로 조달해야 하고, 그밖에도 식료품이나 치료약 같은 소모품도 보급할 필요가 있다. 맥터로드 왕국의 생존자들은 구두쇠들이라 자금제공은 거의 없다고 한다.

"그러고보니 장식 같은 걸 안 하고 있긴 하네. 반지라든지, 귀걸이라든지, 비싸 보이는 목걸이도 최근 전혀 보지 못했어. 혹시 팔아 치운 거야?"

"그런 걸 하고 '미궁'에 갈 수 있을 리 없잖아. 잃어버릴 뿐이지."

"알았다, 싸우는 도중에 떨어뜨렸다는 거지? 다음에 찾아볼까?"

"맘대로 해."

태평스런 발언에 나는 금방 바보같아졌다.

이 도련님이 화가든 '쪼아먹기꾼'이든 남창이든 자신의 힘으로 돈을 벌고 있다면 아무래도 좋다. 바네사에 대한 의리는 이 정도면 충분히 지켰을 것이다.

"참고로 그 의뢰주가 누군지 가르쳐줄래?"

"확인을 위해서야? 신용이 없네."

"네 그림을 간판에 쓰려는 것 자체가 별종이잖아."

나는 말했다.

"밀가루 대신 석회를 써도 이상하지 않으니 조심해야지."

그후 가져온 에일을 스타링과 함께 비우고나서 헤어졌다. 집을 나올 무렵에는 이미 황혼이 거리를 채우고 있었다.

일단 그림과 '쪼아먹기'에 대해서 확인은 해둘까도 생각했지만 그것은 내일 해도 된다. 바네사에게 보고하는 것도 나중 일이다.

알딸딸하게 취한 채 집에 돌아와보니 열쇠가 열려 있었다. 설마 또 도둑이 들었나?

긴장하면서 문을 열어보니,

"어디 갔었어?"

날카로운 목소리가 들렸다. 아름다운 공주기사님이 기다리고 있었다.

랄프 도련님이 다친 탓에 예정보다 일찍 돌아왔다고 한다. 일단 옷을 갈아입은 후 식사를 하기로 했다.

작은 식당에서 테이블에 마주앉는다. 앨윈과 단둘이서 먹는 저녁은 조용하지만 편안하다. 촛불의 빛은 약하지만 이건 이것대로 풍미가 있다. 오늘은 요리할 틈이 없었기에 밖에서 사온 것을 적당히 차려놓았다.

"쪼아먹기꾼?"

오리 로스를 포크로 자르면서 앨윈이 말했다.

"듣고보니 그런 자들을 본 것 같다는 생각도 드는군."

오리고기를 삼킨 후 고개를 비튼다.

"'미궁' 바닥을 기어다니기도 하고, 일부러 어두운 곳으로 마물의 시체를 끌고 가기도 했는데, 왜 그러나 했더니 그런 거였나."

육즙으로 가득해진 입에 와인을 흘려넣는다.

"길드도 '쪼아먹기'를 금지하면 좋을 텐데."

"하고 싶어도 할 수 없는 거야."

나는 속사정을 설명했다.

"'쪼아먹기꾼'의 대부분은 싸울 수 없게 된 모험자와 빈민, 그리고 그 아이들이거든. 그것을 금지한다는 건 녀석들의 돈줄을 빼앗는 셈이야."

돈 없는 빈민은 굶어죽거나 범죄자가 된다. 청빈이라는 건 세상 물정 모르는 높으신 분의 망상일 뿐이다. 세상에는 승려나 성직자 같은 사람만 있는 게 아니다.

"그렇다면 그 스타링인가 하는 남자는 가난한 사람들의 벌이를 빼앗고 있다는 말인가?"

앨윈이 분개한 표정으로 입속의 오리고기를 씹었다.

"칠칠맞잖아."

나는 눈살을 찌푸렸다. 손수건을 꺼내 소스가 묻은 입가를 닦았다. 앨윈은 어린애가 아니라며 성가신 듯 손을 떨쳐냈다. 내 입장에선 그런 태도가 더 어린애같은데.

"그러니까 몰래 하고 있는 거야. 녀석의 얼굴은 길드에서도 그럭저럭 잘 알려져 있거든."

나 정도는 아니지만 스타링도 모험자와 길드 직원의 미움을 받고 있다. 그런 미모의 고소득자를 차지한 무능한 화가따윈 때려주세요라고 말하는 거나 마찬가지다.

"충고는 했으니까 앞으로 어떻게 할지는 본인이 선택할 문제야. 바보가 뭘 하든 내 알 바 아니지. 자업자득이니까."

불현듯 앨윈이 조각상처럼 굳어졌다. 가슴 속에서 솟구치는 분노와 후회를 억누르듯 포크와 나이프를 꽉 움켜쥔다.

"미안, 실언이었네."

또 실수를 해버린 것 같다.

"미안해." 깊숙히 머리를 숙였다.

"신경 쓰지 마."

앨윈은 기품에 넘치는 미소를 지었다.

"이제와서 네 농담에 상처입을 만큼 섬세하지 않으니까."

"이런이런, 꽤 씩씩해지셨군."

"성질이 고약한 선생 덕분에 말이지. 덕분에 모험자들의 헛소리도 흘려들을 수 있게 됐어. 오히려 미지근하게 느껴질 정도로군."

"황송하옵니다."

이번엔 광대처럼 농담조로 일례한다. 앨윈이 그냥 넘어가준다고 했으니 전력으로 편승해야겠지.

앨원은 한바탕 웃고난 후 쓸쓸한 표정을 지었다.

"오늘은 여러가지 일들이 있었어. 앤디라고 기억해?"

"아, 그 용병 출신의 형씨?"

나이는 스무서너 살 정도로 기억하는데, 웃으면 애교가 있는 얼굴이었다. 앨원의 파티와도 친한 것으로 안다.

"앤디가 죽었어."

나는 숨을 삼켰다.

"'미궁'에서 죽은 거라면 체념도 되지만, 앤디의 죽음은 너무도 찝찝한 것이었어. 위병과 시비가 붙었는데 떠밀려 넘어질 때 머리를 세게 부딪혀버린 모양이야. 내가 달려갔을 때는 이미 숨이 멎어있었지."

그건 좀 불쌍하군. 개죽음이라는 말밖에 떠오르지 않는다.

"무기점에서 계산하면서 언쟁이 붙었다고 해. 자업자득이라고 해도 어쩔 수 없는 일이지만, 한 가지 맘에 걸리는 게 있어. 시비가 붙은 원인말인데."

"뭐였길래?"

"앤디가 지불한 돈에 가짜 돈이 섞여 있었다고 해."

공주기사님의 눈이 날카롭게 빛났다.

"그리고 그 돈을 준 건 모험자 길드였어."

다음날 아침, 아직 침대에서 주무시는 공주기사님을 남기고 나는 거리로 나왔다. 혹시라도 모르니까 스타링에게 간판을 의뢰한 별난 빵집과, 초상화 같은 것을 그리게 했다는 자칭 황제 폐하께 배알을

청하기 위해서다.

　결론부터 말하면 스타링은 거짓말을 하지 않았다. 진녹색 개똥을 갓 구운 빵이라 우기는 별난 가게는 확실히 존재하고 있었다. 초상화를 부탁했다는 잡화상 출신의 노인도 있었다. 혹시나 해서 초상화도 직접 확인했다. 예상외로 완성도는 나쁘지 않았다. 인간의 피부가 파란색, 보라색, 회색의 얼룩으로 되어 있는 것은 조금 맘에 안 들었지만.

　보수에 대해서도 은근슬쩍 물어보았는데, 역시 쥐꼬리 정도의 금액이었던 것 같다. 이것으로 벌이가 될지 어떨지는 의문이지만 더 이상 파고들지 어떨지는 바네사에게 달렸다.

　일단 '쪼아먹기'에 대한 확인과 보고를 위해 모험자 길드로 향한다.

　가짜 돈에 대해서도 데즈에게 묻고 싶었다.

　내 수입은 대부분 앨윈이 주는 용돈인데, 그녀의 수입은 '미궁'에서 해치운 마물의 시체와, 습득물을 모험자 길드에서 환금한 것이다. 다시 말해 길드에서 가짜 돈이 만연하면 나에게도 영향이 생긴다. 모처럼 받은 용돈이 가짜 돈이라면 어떻게 하나. 울고 말 것이다.

　그런 사태를 피하기 위해 못을 박아두기로 했다.

　그렇게 생각하고 있었지만 그럴 필요가 없어졌다.

　길드 앞에는 이미 수많은 인파가 몰려 있었던 것이다.

　제각각 욕설을 하면서 카운터 직원에게 따지고 있다.

　아무래도 가짜 돈에 대한 소문이 퍼진 듯하다. 출처는 아마 앤디 소동이겠지. 자신들이 받은 돈에도 가짜 돈이 섞여 있는 것 아닐까 의심하고 있는 것이리라. 길드 직원이 설득이라는 이름의 호통으로 닥치게 하고 있지만 저래선 역효과다. 머리에 피가 쏠린 바보들은 물이라도 끼얹어주는 게 빠르다.

데즈는 어딨지? 이럴 때를 위한 경호원인데 말야. 그 투박한 손으로 사타구니에 달려 있는 것을 두세 개 정도 '가짜 돈'으로 바꿔주면 이런 얼간이들은 바로 도망칠 텐데.

"아, 매쉬 씨."

옆에서 에이프릴이 안색을 바꾸며 달려왔다.

"큰일이야. 데즈 씨가 모두에게 괴롭힘을 당하고 있어. 도와줘. 친구잖아."

"아니, 그럴 리가."

녀석을 괴롭힐 수 있는 괴물은, 이 길드는 커녕 전세계를 뒤져도 있을 리 없다.

"진짜야. 보라고."

가리킨 쪽을 보니 길드 한 구석에서 모험자들이 누군가를 에워싸고 규탄하고 있었다. 다행히도 나는 다른 녀석들보다 키가 컸기에, 뒤에서 발돋음해서 확인해보니 비난을 받고 있는 게 데즈라는 것을 알 수 있었다. 의자에 앉아 팔짱을 낀 채 여전히 무뚝뚝한 얼굴로 눈을 감고 있다. 다리는 바닥에 닿고 있지 않다. 튼튼한 것만이 장점인 부츠를 전혀 움직이지 않고 죽은 뱀처럼 늘어뜨리고 있을 뿐이다. 괴롭힘을 당하고 있는 것처럼 보이는 것 같기도 하다.

"아까부터 계속 저런 상태야. 그러니까 도와줘."

"네가 말하는 편이 빠르지 않을까?"

내가 나서는 것보다 그러는 게 훨씬 더 원만한 해결을 바라볼 수

있다. 위대한 길드 마스터의 손녀라면 모험자들도 바로 꼬리를 말 터.

"하지만 그건 할아부지의 힘이잖아."

'할아부지'라. 평소엔 어른인 척하는 주제에 본래 성격은 여전히 어린애같다.

"지금 수단을 가리고 있을 때야? 데즈를 구하고 싶다면서?"

할아버지의 후광이든 뭐든 쓸 수 있는 것은 써야 한다. 후회하지 않기 위해서.

"응, 알았어."

어쩔 수 없다는 듯 고개를 끄덕이더니, 팔을 걷어붙이고 성큼성 큼 모험자들에게 다가간다.

"야! 너희들 데즈 씨에게 무슨 짓을…, 읍?!"

끝까지 말을 하기 전에 입이 막혔다. 뒤에서 길드 직원이 쫓아와 서 다시 공주님을 카운터 안으로 보호해갔기 때문이다. 안 보이는 곳으로 사라질 때까지 그 눈은 데즈를 구해달라고 호소하고 있었 다. 원참, 걱정도 팔자지. 애당초 내 도움따윈 필요 없는데 말야. 녀 석과 정면으로 싸워서 이길 수 있는 녀석따윈 이곳에 없다.

"너 말야, 듣고 있는 거야?"

데즈 맞은편에 앉아 있는 것은 덩치가 큰 모험자였다. 빡빡 민 대 머리에 눈썹도 두껍고 입도 크다. 얼굴이 붉은 것은 피부가 흰 만큼 핏기가 얼굴에 잘 드러나기 때문일 것이다.

"네가 한 게 맞잖아."

아무래도 가짜 돈 제작에 데즈가 관련되어 있다고 생각하고 있는 듯하다. 드워프라고 하면 겉모습과 달리 손재주가 좋은 종족이다.

눈이 번쩍 뜨일 만한 세공도 한손으로 여자 가슴을 주무르면서 만들어버린다.

이 도시에 드워프는 별로 없다. 길드에 출입하고 있는 드워프는 모험자를 포함해도 데즈뿐이다. 그래서 길드에 퍼진 가짜 돈이 데즈의 소행일 거라 단순히 넘겨짚은 것이리라. 저 녀석이 주동자인지 주위가 부추겼는지는 알 수 없지만 떼거지로 몰려들어 따지고 있다.

데즈는 아무 말도 하지 않고 있었다. 험담과 욕설을 왼쪽 귀로 듣고 오른쪽 귀로 흘리고 있다.

아니, 저건 묵묵히 견디고 있는 것이다. 맛이 간 녀석들의 잠꼬대 따윈 무시하면 될 것을 바보같이 정면으로 받아들이고 있다.

"뭔가 말해 보지 그래? 두더지."

빡빡이는 드워프의 멸칭을 아무렇지도 않게 입에 담았다. 장소가 장소라면 너 죽고 나 죽자의 싸움으로 발전해도 이상하지 않다. 그럼에도 데즈는 듣기만 하고 아무런 반박이나 반격을 안 하고 있다. 젠장할.

"여, 제군들, 무슨 소란이야? 혹시 어느 창관으로 가야 할지 의논하고 있어?"

내 말에 그곳에 있는 모험자들이 일제히 돌아보았다. 다들 경멸, 질투, 살의 같은 음침한 시선뿐이다. 한 사람 정도는 존경이나 동경심을 품어도 되지 않나?

"이야기는 들었어. 여기 있는 수염쟁이가 가짜 돈을 만들어서 뿌렸다는 거지? 흠."

나는 인파를 가르고 데즈 옆으로 가서 그 머리 위에 팔꿈치를 올렸다.

"너희들 말대로 이 수염쟁이는 드워프야. 게다가 대우도 좋지 않지."

경호원 일에 더해 짐 운반, 풀베기, 청소, 세탁, 구두닦이, '미궁'에 들어가 유품과 시체 회수 같은 일도 한다. 매일매일 혹사당하지만 급료는 쥐꼬리니 보통이라면 불만이 쌓이기 마련이다.

"그래서 가짜 돈을 만들어 길드에 꼬장을 부리려 한 거라 생각한 거겠지. 뭐, 납득이 되는 시나리오이긴 해."

나는 몇 번이고 고개를 끄덕였다.

"하지만 분명히 말하는데 그건 너희들의 착각이야."

"뭐라고?"

"생각해 보라고."

적의를 드러내며 덤벼드는 빡빡이의 말을 도중에 끊는다.

"이 수염쟁이한테 그런 지혜가 있을 거라 생각해? 자신의 나이도 만족스럽게 세지 못하는 바보인데 말야. 그런 주제에 싸움 실력만은 엄청나지. 가짜 돈을 만들어서 너희들에게 심술을 부릴 바엔 직접 두들겨 패는 편이 훨씬 빠르기도 하고 개운하기도 해. 안 그래?"

모험자들이 술렁거리며 천장을 올려다보았다. 카운터 위에 새로운 나무판자가 붙어 있다. 얼마 전 데즈가 어느 모험자를 천장으로 날려버린 바람에 뚫린 구멍이다. 신음소리가 몇 개 터진 것은 그것을 보고 있던 녀석이 그걸 떠올렸기 때문일 것이다.

"누군가가 부추겼을 가능성도 있잖아."

"이 음침하고 무뚝뚝한 아저씨가 누군가와 이야기를 하는 것을 본 녀석 있어? 아, 나 말고 말야. 친구도 없는 녀석에게 다가가면 눈에 띌 게 뻔하잖아."

"헤에, 그렇군."

빡빡이는 납득이 되었다는 듯 실실 웃었다.

"다시 말해 네가 주모자란 말이지?"

가짜 돈을 만들 수 있는 것은 이 길드에서 드워프인 데즈 정도다. 그리고 데즈와 유일하게 친한 사람은 나. 다시 말해 내가 데즈를 부추겨서 가짜 돈을 만들게 했다고 말하고 싶은 것이리라. 바보같군.

"가짜 돈을 만들 정도라면 이렇게 눈에 띄는 곳에 왔겠어?"

"그럼 너말고 또 누가 있는데? 엉."

빡빡이가 내 멱살을 붙잡았다.

"공주기사님의 엉덩이를 만지면서 용돈을 쳐받고 있는 제비놈 주제에 건방진 소리 하지 마."

"뭐야, 부러운 거야? 그렇다면 진작에 그렇게 말할 것이지."

나는 연민을 담아 말했다.

"솔직히 너는 취향이 아니지만 그렇게까지 원한다면 상대해줄 수도 있어."

나는 빡빡이의 등에 손을 감았다. 딱딱하기만 하지 별 재미도 없는 엉덩이를 새끼 고양이 머리처럼 쓰다듬으며 귀에다 숨결을 불어넣는다.

격앙한 빡빡이가 나를 두들겨팼다. 날아가서 벽에 부딪힌다. 일어나려고 했을 때 커다란 발이 몇번이고 나를 짓밟았다.

배와 가슴은 별로 아프지 않지만 한 방이 사타구니에 들어갔다. 천국이 보였다.

발차기를 날리는 것은 빡빡이뿐만이 아니었다. 분위기에 휩쓸린 주위 쓰레기들까지 나를 짓밟기 시작했다. 슬슬 위험하려나? 생각하고 있을 때 나를 에워싸고 있던 그림자가 꿍음과 비명을 남기고 사라졌다.

고개를 들어보니 데즈의 등이 벽처럼 우뚝 서 있었다. 오른손에는 테이블 다리가 쥐어져 있다. 벽가에는 빡빡이를 포함한 다섯 명의 모험자들이 뒤엉켜 쓰러져 있었다. 테이블로 다섯 명을 한꺼번에 날려버린 듯하다. 나는 그자리에 책상다리로 앉았다.

"쓸데없는 짓을."

"그건 내가 할 말이야."

데즈가 등 너머로 말했다.

"너는 이쪽 사정에 개의치 않고 매번 참견하는 게 문제야."

"그렇다면 다음부터는 그 사정인지 뭔지를 표찰에라도 써서 목에 걸고 있으라고."

내 눈앞에서 시덥잖은 오기로 참고 있었던 데즈가 잘못이다.

"너희들, 무슨 소란이냐!"

밖에서 큰 소리가 나더니 거구의 노인이 성큼성큼 들어왔다. 손녀의 말을 듣고 온 것이리라. 모험자 길드의 높으신 분, 길드 마스터의 등장이었다.

그후 길드 마스터가 얼간이들에게 설교를 한 덕분에 사태는 일단 수습되었다. 곧 있으면 예순이 될 나이인데 근육질의 몸과 매 같은 눈빛은 현역에 비해 손색이 없다. 젊었을 때는 7성까지 올랐던 남자라고 한다. 그 무용으로 길드 안뿐 아니라 이 도시의 밝은 면과 어두운 면 양쪽에 영향력을 가지고 있다. 어지간한 겁쟁이 모험자가 당해낼 수 있는 상대가 아니다.

얼른 돌아가라며 나까지 쫓아냈지만 몰래 뒷문을 통해 데즈의 방으로 향한다.

데즈는 테이블 옆에서 팔짱을 낀 채로 서 있었다. 내가 들어온 것을 보고 고개를 돌린다.

"미안했다."

이것은 데즈 식의 감사 표현이다. 이 덥수룩한 수염의 백작님은 감사의 말따윈 하지 않는다. 나도 일일이 감사의 말따윌 듣고 있을 처지가 아니다.

"빚졌다고 생각한다면 이걸로 갚아주면 돼."

나는 데즈의 엉덩이를 쓰다듬었다. 주먹이 명치에 박혔다. 오늘 맞은 것중 제일 아팠다.

"너도 참 성가신 성격이야. 옛날부터 말이지."

데즈가 가짜 돈따윌 만들 수 있을 리가 없다. 만들 수 없는 몸이 되어버린 탓이다.

"너한테만은 듣고 싶지 않아, 마듀커스."

지금은 모험자 길드의 직원이라는 이름의 경호원이지만 과거엔 데즈도 모험자였다. '밀리언즈 블레이드'라는 파티에서 미남인 마듀커스 씨와 함께 마물들을 숭컹숭컹 썰고 있었다. 그리고 그 탑에서 '저주'를 받았다.

데즈는 원래 금속세공 직인을 지망하고 있었다. 모험자가 된 것은 진귀한 광석과 금속을 쉽게 입수할 수 있기 때문이다. 명성이나 영예에는 흥미가 없었고 어디까지나 세계제일의 세공직인이 되기 위한 방법에 지나지 않았다.

데즈에게 걸린 '저주'는 '세밀한 손재주'였다. 그 결과 금속가공에도 대장일에도 일가견이 있었던 그가 지금은 종이접기도 제대로 못하는 서툰 손이 되고 말았다. 게다가 나와 달리 햇빛 아래에서도 예전의 힘이 돌아오지 않는다.

완력 자체는 예전대로이기에 모험자로서라면 충분히 활약할 수 있을 것이다. 하지만 꿈이 단절된 데즈는 스스로 모험자를 그만두었다. 손재주를 빼앗겨 직인의 길이 단절된 이상 계속할 의미를 찾지 못한 것이다. 지금은 박봉으로 혹사당하는 수염쟁이 심부름꾼일 뿐이다.

그럼에도 손재주를 빼앗긴 게 납득이 안 되는지 다른 사람에게 알려지는 것을 꺼렸다. 수염쟁이에게 남겨진 마지막 자존심이었다.

그래서 나는 태양신을 용서할 생각이 없다. 친구에게서 꿈을 빼앗은 거지 같은 녀석의 엉덩이를 핥는 것은 죽어도 싫다.

나와 마찬가지로 데즈도 '밀리언즈 블레이드'에 있었다는 것은 이야기하지 않고 있다. 이름은 그대로지만 드워프에게는 흔한 이름이고, 무엇보다 인간은 드워프를 구별하기 힘들기에 시치미를 떼면 그것으로 끝이다.

가벼운 인사도 끝났기에 테이블을 사이에 두고 의자에 앉았다.

"그래서, 오늘은 무슨 용건이지?"

"용건 자체는 밑에 있는 바보들과 같아. 가짜 돈 문제."

데즈의 미간 주름이 깊어졌다.

"물론 네가 관여되어 있다고는 요만큼도 생각하지 않아. 하지만 상황을 알고 싶어. 길드가 지불하는 돈은 내 주머니 사정과도 관계가 있으니 말야."

"말할 수 있는 건 거의 없군."

데즈에 따르면 가짜 돈에 대해 모험자 길드가 안 것은 앤디 사건의 보고가 올라오기 직전이었다고 한다.

발견한 것은 우리의 바네사였다. 지급하기 위해 준비한 금화의 무게가 이상한 것을 깨달았다고 한다. 저울에 재보니 아니나 다를까 보통 금화와는 무게가 달랐다. 쪼개보니 나온 것은 납과 동을 섞은 것에 금도장을 한 물건이었다고 한다. 곧바로 길드의 금화를 모두 조사해보니 도합 8개의 금화가 가짜 돈이었다. 은화와 동화는 한 개도 없었다.

"아주 최근 일이라고는 생각하지만, 업자와 거래할 때 금화를 이용하는 건 드문 일도 아니고, 다른 마을에서 건너온 것 아닐까 하는 이야기도 있더군. 출처가 분명치 않으니 말야."

"그렇군."

대응책으로는 일단 저울을 두기로 했다고 한다. 거래할 때 저울로 재서 진짜라는 것을 확인하고나서 건네기로 한 듯하다. 그렇다면 길드에서 유출되는 것은 막을 수 있을 것이다. 하지만 가짜 돈 자체를 막을 수는 없다.

"애초에 금화라는 것은 나라의 주조소에서 주형에 금속을 흘려넣어 만드는 거야. 그런데 그 얼간이들은 하나 하나 깎아서 만드는 것으로 생각하고 있더군."

"그 가짜 돈을 보여줄 수 있어?"

"잠깐만 기다려."

그렇게 말하고 데즈는 두 개의 금화를 가지고 왔다.

하나는 대륙 서부 공통의 루드 금화지만 다른 하나는 두 쪽으로 쪼개져 있다. 쪼개진 금화의 단면에서는 진회색이 엿보이고 있다. 무사한 쪽이 진짜고 쪼개져 있는 게 가짜라고 데즈가 설명해주었다.

"조사하는 방법은 간단해. 무게가 다르니 말야. 저울에 달아보면 바로 알 수 있지. 외견은 그럴 듯하게 만들어져 있지만 내가 보기엔 조잡한 완성도야. 보라고."

데즈가 금화에 그려진 초상화를 가리켰다. 왕관을 쓴 수염 아저씨의 옆얼굴이다. 3대 전 왕이라고 하는데, 기왕이면 여신님의 가슴이나 엉덩이로 도안을 만들 것이지, 후줄근한 아저씨의 무방비한 왼뺨을 보니 때려주고 싶어서 견딜 수 없다. 진짜 금화라면 키스해도 좋지만.

"진짜는 수염이 4개지만 가짜는 3개뿐이야. 주형을 만들 때 뭉개져버린 거겠지. 한심하기 짝이 없어."

가짜 돈 제작이라고 해도 대충 만드는 건 용납할 수 없는 모양이다.

나는 쓰게 웃으며 가짜 금화를 이리저리 뜯어보았다. 잘 보니 표면에 이빨 자국이 나 있다. 이빨로 깨물어서 부순 건가. 데즈의 소행이로군. 더럽게시리.

"주형을 썼다면 만들 때는 글자 같은 걸 반대로 썼겠지?"

"그야 그렇지."

당연한 것을 묻지 말라는 얼굴이다.

기분 상하지 말고 들으라고 운을 뗀 후 나는 말을 이었다.

"만약 가짜 돈의 주형을 만들어야 할 때, 너라면 어떻게 할래?"

"거울을 쓰겠지." 데즈는 말했다. "거울에 비친 금화를 보면서 만들면 돼."

"만약 금화가 도중에 사라지는, 아니, 돌려줘야 하는 경우는?"

"다른 데서 금화를 가져오거나 기억에 의존해야겠지."

"그것도 무리일 경우는?"

"그야…." 데즈는 약간 고개를 갸웃거렸다.

"그림이라도 그려서 남겨두면 되지 않겠어?"

거리에는 해가 저물어가고 있었다. 이번엔 열쇠가 채워져 있었다. 문을 두드리자 안에서 잠이 덜 깬 표정의 스타링이 나왔다.

나는 스타링을 밀쳐내며 방 안으로 들어갔다.

제지하는 목소리에도 개의치 않고 목적한 그림을 찾는다. 캔버스에는 천이 몇 장 덮여 있었다. 그것을 벗겨내자, 있었다.

오른쪽을 향하고 있는 임금님의 그림이다.

"갑자기 무슨 일이야? 매쉬."

"너, 조각도 한다고 그랬지?"

"아, 응, 뭐 그렇긴 한데." 스타링은 모호하게 고개를 끄덕였다.

"하지만 그게…."

"전혀 좋지 않아. 네가 가짜 돈 제작에 손을 대고 있다면 더욱 말야."

스타링의 어깨가 움찔 튀어올랐다. 아무래도 졸음이 싹 날아간 듯하다.

"이크, 시치미는 떼지 않는 게 좋아. 증거는 잡았으니까. 이 그림 말이지."

캔버스 안에 있는 임금님 뺨을 가볍게 두드린다.

"이 녀석은 무슨무슨 왕이라고 하는데 금화에도 이 얼굴이 있어. 왼쪽을 향한 채 말야. 하지만 이 그림은 오른쪽을 향하고 있지. 주형으로 만든다면 금화의 그림과 반대로 만들어야 하니 말야."

하지만 이 녀석은 금화 같은 것을 가지고 있지 않다. 만약 가지고 있다면 술이나 여자로 사라진다. 참을 수 있었다면 이런 지붕밑 다락방에서 썩고 있지 않았다. 그리다 만 그림도 한 장 정도는 완성되었을 것이다.

"잠깐만. 가짜 돈에 대한 이야기라면 나도 들었어. 하지만 아무리 그래도 그림을 그린 것만으로 나를 범인 취급 하는 건."

"그뿐만이 아니거든."

나는 쪼개진 가짜 금화를 스타링이 볼 수 있게끔 내밀었다. 아까 데즈에게 실례해온 그것을 직시하지 못하고 고개를 숙이거나 눈을 다른 데로 돌리는 등 딴청만 피우고 있다.

"진짜의 수염은 네 가닥인데 가짜는 세 가닥이야. 그리고 이 그림에 그려져 있는 수염도 세 가닥. 이게 과연 우연일까?"

"뭐 어때, 수염 같은 게 세 가닥이든 네 가닥이든."

"그 말을 모험자 길드에서도 할 수 있어?"

나는 스타링의 어깨를 붙잡았다.

"이번 일로 신용에 상처를 입은 길드는 발칵 뒤집혔어. 어떻게든 가짜 돈을 만든 범인들을 붙잡기 위해 혈안이 되어 있지. 그 거친 녀석들에게 붙잡힌다면 너는 틀림없이 화장실에 있는 누더기처럼 될 거라고."

히익. 깔아뭉개진 듯한 목소리를 낸다. 비로소 자신이 처해 있는 상황을 깨달은 듯하다. 얼굴도 완전히 시체처럼 창백해져 있다.

"착각하고 있는 것 같아서 말해두는데, 나는 너를 고발할 생각도 없거니와 위병에게 넘길 생각도 없어. 도우러 온 거야."

"도우러?"

"너 혼자서 이런 엄청난 일을 꾸밀 수 있을 것이라곤 생각 안 해. 어차피 어딘가에 계획을 세운 녀석이 따로 있는 거지?"

마음이 약하고 게으르며 분위기에 휩쓸리기 쉬운 도련님따위 얼마든지 구워삶을 수 있다. 어차피 어딘가의 술집에서 술이라도 얻어먹다가 거절할 수 없는 분위기가 되어버린 것이리라. 이야기를 들어보니 아니나 다를까 예상대로였다.

"그래서, 어디 사는 누구야? 너한테 가짜 돈 제작을 돕게 한 멍청이는."

"'화이트 몽키'라고 했었어."

나는 진절머리가 났다. 엄연한 암흑가 조직이다. '그레이 네이버'에도 그런 조직들은 크고 작은 걸 합쳐서 수도 없이 존재하고, 세력 다툼으로 날마다 길바닥에 피를 뿌리고 있다. 당연히 뇌물이 위로는 영주, 아래로는 위병 제군들에게까지 건네지고 있어서 다소의 범죄는 어지간해선 붙잡을 수 없는 구조로 되어 있다.

'화이트 몽키'는 오래전부터 존재하던 세력의 하나로, 자릿세, 도박, 밀수 등으로 돈을 벌고 있었지만, 최근에는 잘 된다는 소문을 듣지 못했다. 신흥세력에 밀려 세력권도 상당히 좁아졌다고 한다. 이번 일로 일발역전을 노린 것이리라.

"됐으니까 잘 들어, 스타링. 너는 지금 처형대에 서느냐 마느냐의 기로에 서 있어."

통화를 만드는 것은 나라의 특권이다. 그 이익과 체면이 손상당했으니 왕국은 전력으로 범인 수색에 나설 것이다. 붙잡히면 관여한 사람은 전원 교수형이나 참수형이다.

"명령 받았느니, 협박 당했느니 같은 변명이 통용될 거라 생각하지 마. 만든 시점에서 이미 아웃이니까. 네 목은 높으신 분의 장난감이 되겠지."

"나, 나는 어떻게 해야."

"말했잖아. 도우러 왔다고."

나는 스타링의 어깨에 손을 툭 올렸다. 이 겁쟁이가 어떻게 되든 내 알 바 아니지만, 바네사에 대한 의리도 있고 교섭하기에 따라선 빚 변제를 다다음달까지 미룰 수도 있을 것이다.

"그 그림 외에 네가 가짜 돈 제작에 관여한 증거는 있어? 전부 꺼내봐."

일단 증거는 은멸할 수밖에 없다.

"그리고 너한테 이런 제안을 한 것은?"

너무도 위험한 다리를 건너는 것이니 아는 사람은 적은 편이 좋다. 고로 스타링이 주형을 만든 것을 아는 사람은 많아야 몇 명, 혹은 한 명으로 보았다.

스타링은 겁먹은 눈을 하면서 자신의 얼굴을 손가락으로 더듬었다.

"왼눈 언저리에 상처가 있고, 나이는 너와 비슷한 정도였나? 이름은 테리라고 했어."

"'타이거 핸드' 테리인가."

직접 이야기를 한 적은 없지만 몇 번 본 적이 있다. 원래는 우수한 모험자였지만 술에 빠지는 바람에 추방되는 형태로 은퇴했다.

폭력배로까지 떨어졌다고는 들었지만 '화이트 몽키'에 있을 줄이야.

"'화이트 몽키'의 간부로, 지금은 조직의 '약'을 자신이 담당하고 있다고 했어. 엄청나게 무서웠다고."

주문한 에일의 양이 옆에 있는 녀석보다 적었다는 이유만으로 급사의 눈을 뽑아버린 미친 녀석이다. 배신한 것을 알면 틀림 없이 잔혹하게 죽일 것이다.

"어떻게 할 거야? 녀석은 엄청나게 싸움을 잘 한다고 들었는데."

마물 상대로도 강하지만 녀석의 강점은 대인전에 있다. 진수는 맨손 격투기다. 빠른 주먹과 발차기로 체격이 더 좋은 상대를 바닥에 눕혀왔다. 지금의 나로는 상대도 안 될 것이다. 그렇다고 여기서 꼬리를 말고 도망칠 수도 없다. 이유도 생겼다.

"녀석은 집념이 강하니까 얼마간 몸을 숨기고 있도록 해."

길드에 있는 데즈의 방이라면 일단 안심이다. 아무리 그래도 모험자 길드까지 쳐들어올 만큼 분별이 없지는 않을 것이다. 설사 쳐들어온다고 해도 데즈라면 '타이거 핸드'든 '캣 핸드'든 효자손이랑 별 차이도 없다. 숨어 있는 동안 이곳저곳에 밀고하면 그것으로 끝이다.

"지금 바로 데려다줄 테니까 준비해."

"뭐? 잠깐만. 그렇게 갑자기? 하지만, 나에게는 약속이."

"어차피 침대에서 허리를 놀리기로 한 약속이겠지? 테리에게 발견되면 너는 인생이 끝장난다고."

손이 많이 가는 녀석이다.

거기서부터는 비교적 잘 풀렸다. 가짜 돈 제작은 '화이트 몽키'의 소행이라는 소문을 은근슬쩍 흘린 것이 효과가 있었던 듯하다. 혈기왕성한 모험자들이 아지트로 돌격했다. 그곳에 위병까지 달려가서 대난투가 벌어졌다. 사망자도 나온 듯하지만 아무튼 '화이트 몽키'는 궤멸했다. 두목은 도주했지만 문 근처에서 붙잡혀 다음날 아침 아지트 앞에 꼬치가 된 채 거꾸로 매달렸다.

주형도 위병의 손에 의해 회수되었다. 조직에 소속한 직인이 만든 것으로 처리되었다. 난리를 틈타 주형의 실패작을 아지트 뒤에 놓아둔 게 효과를 발휘한 모양이다.

이번 사건에 관해선 앨윈에게도 비밀이다. 이야기했다간 스타링을 가만 두지 않을 테니까. 다만 바네사에게는 일체의 사정을 설명할 필요가 있다. 이번 일의 의뢰인이니 말야.

그것을 위해 모험자 길드에 왔더니 사람들이 한 곳에 모여 있었다. 건물 앞 광장에 20명 정도 모여 무언가를 구경하고 있는 듯하다. 무슨 소동이지? 이런 때 큰 덩치는 편리하다. 구경꾼들 위에서 들여다본다. 소동의 중심에 있는 것은 흑발의 젊은 여자였다. 이름은 잊었지만 본 기억이 있다. 이곳의 길드 직원이다. 원래는 모험자였지만 다쳤는지 어쨌는지 은퇴했는데 읽고 쓰는 게 가능해서 이곳 길드에 고용되었다고 들었다.

양손으로 검을 든 채 흥분한 기색으로 적의를 드러내고 있다. 맞은편에 있는 것은 길드의 남자 직원 3명과 바네사였다.

"진정해. 이건 너를 위해서야."

흑발의 여자에게 타이르듯 말한다.

"너는 아무런 잘못도 없어. 그저 병일 뿐이라고."

"내 맘이야! 너희들한테 언제 폐를 끼쳤다는 거야!"

바네사의 설득에 더욱 흥분해서 소리친다. 눈초리가 심상치 않다.

"'미궁병'에 걸리는 것은 약해서가 아니야. 누가 그렇게 되어도 이상하지 않아. 하지만 네가 쓰고 있는 것은 치료약이 아니야. 오히려 네 마음과 몸을 갉아먹는 악마라고."

몸만 다친 게 아니었던 건가? 그래서 '약'에 손을 댄 거군.

"너하곤 관계 없잖아! 쓸데없는 참견하지 마!"

"아니, 그냥 두고볼 수 없어."

바네사는 의연하게 말했다.

"제대로 치료하면 다시 평범한 생활이 가능해지지만, 이대로 가면 너는 파멸할 뿐이야."

"웃기지 마! 어찌됐건 나는 감방행이잖아! 오지 마!"

제압하려는 길드 직원들을 견제한다.

"몸만 치료하면 다시 새로운 삶을 살 수 있어. 나도 같이 생각해줄 테니까. 응?"

"나한테 명령하지 마! 거기서 비켜! 나는 이 도시를 떠날 거야!"

미친 듯 소리치면서 뛰쳐나가려고 하지만 길드 직원들이 미리 돌아가서 앞길을 막았다. 여자는 건물을 등진 채 검을 휘두르다 때때로 몸을 숙여 모래를 집어던졌다. 완전히 궁지에 몰린 짐승이다.

"부탁이니까 이야기 좀 들어…. 잠깐, 멈춰! 죽이면 안 돼!"

바네사에게 좋은 모습을 보이고 싶었는지 모험자들이 검을 뽑으려 했지만 바네사 본인에게 제지당했다.

이대로는 끝이 안 나겠군. 그렇게 생각하고 있자니 길드 안에서 구세주가 찾아왔다.

데즈가 짧은 다리로 흑발의 여자에게 다가갔다. 말 없이 거리를 좁히자 여자가 참지 못하고 칼을 휘둘렀다. 의외로 날카로운 공격이지만 데즈에게는 어린애 장난이나 다름없다. 내리쳐진 검의 평평한 면을 맨손으로 때린 후 안으로 파고들어 여자의 손을 비틀어올렸다.

"붙잡아!"

바네사의 지시에 데즈가 밧줄로 손목을 묶었다. 그래도 "만지지마"라는 둥 "죽임을 당하고 말 거야!"라는 둥 외침소리를 내는 여자에게 재갈을 물린다. 소동은 허무하게 수습되었다.

"뒷일은 부탁할게."

예전 동료들에 의해 흑발의 여자는 건물 안으로 연행되었다. 모습이 보이지 않게 되는 순간 눈물이 언뜻 보였다. 바네사는 슬픈 듯 여자가 사라진 방향을 보고 있다.

재밌는 구경거리였다는 듯 모험자들은 제각각 떠나갔다. 용건을 마친 데즈도 원래 왔던 쪽으로 돌아갔다. 휘파람을 불면서 갈채를 보냈지만 무시당했다. 차가운 수염쟁이다. 남은 것은 나와 바네사뿐이었다.

"매쉬, 왔었구나."

내 모습을 본 바네사가 다가왔다.

"방금 그건 약물 중독인가?"

"응, 그래."

안타깝다는 듯 고개를 끄덕였다.

"얼마 전부터 낌새가 이상했어. 혹시나 해서 추궁해봤더니 폭주해서 이렇게 된 거야. 이제 어떻게 하지…?"

완전히 지쳐버린 모습으로 눈두덩을 손으로 억누른다. 바네사와 그 여자가 즐겁게 이야기를 나누는 것을 몇 번 본 적이 있다. 그럭 저럭 친한 사이였을 것이다.

"'릴리스'야?"

"다른 '약'인 것 같아. 아직 쓰기 시작한 참인 것 같지만 내버려두 면 돌이킬 수 없게 돼. 되도록 빨리 끊게 하고 싶었어."

얼마간은 길드 지하에 있는 감옥에서 '약'을 뺀다고 한다. 그후에 는 여자 하기 나름이겠지만 길드에서의 추방은 틀림 없을 것이다.

"그런 것 치고는 너무 소동이 컸던 것 아냐?"

설득을 하더라도 좀더 좋은 방법이 있었을 것이다. 적어도 사람 들 앞에서 제압되는 모습을 보이지 않을 방법 정도는. 잘못하면 부 상자도 나올 뻔했다.

"아니, 이게 정답이야."

바네사는 칼로 베듯 단호하게 말했다.

"수단을 고르고 있는 사이에 '약'에 대한 의존은 진행되고 말아. 방치하면 그만큼 슬퍼할 사람도 늘어나는 거라고."

"너처럼?"

"응, 그래."

바네사는 고개를 끄덕였다.

"그런 일은 이제 질색이야…."

옷자락을 꽉 움켜쥔다. 그 눈동자에 공포와 슬픔, 분노, 증오 등 여러가지 감정이 불타오르는 게 보였다.

"아, 미안해. 스타링 일로 왔지?"

거기서 바네사는 정신을 차린 듯 미소를 떠올렸다.

"무언가 알아낸 모양이네. 이야기를 들려줄 수 있어?"

갑작스럽게 꾸며낸 표정이라 그런지 너무도 어색해서 미소로 답할 생각은 들지 않았다.

"정말 미안해."

그녀의 감정실에서 설명을 끝내자 바네사는 머리를 감싸안으면서 그것만을 말했다.

"네 잘못이 아니야. 술을 사줬다고 쫄랑쫄랑 폭력배를 따라간 스타링이 얼간이일 뿐이지."

"정말 네 덕분이야. 고마워. 이건 사소한 사례."

내민 것은 작은 천 주머니였다. 열어보라고 해서 묶인 걸 푼다.

손바닥에 들어갈 만큼 작은 구슬이었다. 반투명하고 희미하게 빛을 내뿜고 있다.

"예전에 입수한 건데, 엄연한 매직 아이템이야. 이름은 '템포러리 션'."

습득한 모험자가 감정해달라고 부탁한 것인데 감정이 끝나기도 전에 죽어버린 탓에 길드가 맡고 있었다고 한다. 친척도 없고 맡겠다는 사람도 없어 바네사에게 양도된 모양이다.

이건 기쁜 오산이다. 도련님의 뒤치다꺼리를 해준 것만으로 이런 물건을 받게 되다니.

"그런데 어떻게 쓰는 물건이지?"

바네사는 손바닥에 구슬을 올리더니 눈을 감고 주문을 외웠다.

"'이레이디에이션'."

그러자 구슬이 둥실 떠올랐다. 천장 근처까지 도달하자 우뚝 정지하더니 천천히 회전하면서 눈부신 빛을 내뿜기 시작했다.

"키워드를 외운 사람의 머리 위에서 계속 빛을 비춰줘. 이동해도 자동으로 따라오고."

"오오."

눈앞의 광경에 어울리지도 않게 마음이 들떴다. 힘이 샘솟는 듯하다. 대체 무슨 일이 일어난 거지? 혹시 이 끔찍한 저주를 풀어준 건가?

구슬은 빛을 계속 내뿜을 뿐 그후 아무 일도 일어나지 않았다.

침묵이 흘렀다.

"그런데 이건 무슨 효과가 있는 도구야?"

"봤다시피 조명기구야. 낮에 햇빛을 받아두면 밤에도 이런 식으로 밝게 비춰줘."

요컨대 촛불 대신인가. 실망했지만 이건 이것대로 양초비를 절약할 수 있어서 좋을 것 같다. 아니, 팔아치우는 편이 좋으려나? 비싸게 팔릴 것 같으니.

용도를 생각하고 있자니 구슬은 점점 빛을 잃고 천천히 내려왔다.

"시험해봤는데 한나절 동안 햇빛을 받아두면 300을 셀 수 있을 동안 효과가 지속되는 것 같아."

다시 '템포러리 선'을 손바닥 위에 올려놓고 바네사가 해설했다.

"그래선 별 쓸모가 없잖아."

"만약 이게 오래 가는 도구였다면 너한테 주거나 하진 않았을 거야."

"그러시겠죠."

"마력도 필요없으니까 너도 쓸 수 있어. 맘대로 쓰라고."

"고맙게 받을게."

이건 이것대로 호사가에게 팔릴 것 같다. 돈이 궁해지면 생각해 봐도 좋으려나? 이리저리 뜯어보고 있자니 반투명한 구슬 안에 희미하게 무언가가 떠올랐다. 문자… 는 아니군. 무언가의 기호나 문장이려나? 제길, 흐릿해서 잘 안 보인다.

"스타링 말인데."

바네사가 걱정스럽다는 듯 말을 꺼냈다. 구슬에서 얼굴을 떼고 바네사를 다시 본다.

"언제쯤 밖으로 나갈 수 있을 것 같아? 아까 상태를 보러 갔었는데 뭔가 기운이 없어 보였어. 역시 틀어박혀만 있으니 마음이 가라앉는 걸까?"

"술을 마시지 못해서 투덜대고 있는 것뿐이야."

"하지만 이대로 가면 병에 걸리지는 않을까 걱정이야. 캔버스도 가져왔지만 한 장도 그리지 않는 것 같고."

이미 환자잖아. 머리가 안 좋으니까. 그림을 그리지 않는 건 원래부터고.

"스타링은 얼간이라서 '약'에 손을 댈 만한 지혜도 없어. 네가 걱정할 만한 일은 안 일어나."

미술상이었던 바네사의 부친은 동업자에게 속아 큰 돈을 잃었다. 자신의 어리석음으로 사업이 기운 것을 비관한 것인지 '약'에 손을 대기 시작했다. 그후 집안이 풍비박산 날 때까지는 눈깜짝할 사이였다고 한다.

"그럴지도."

바네사는 미소 지었다.

"장사는 잘 안 되는데 묘하게 기분이 좋아 보였어. 싸구려 접시를 대량으로 들여놓나 싶더니 다음 날에는 그것을 전부 깨버리더라고. 그런 일을 되풀이했어. 정신을 차렸을 때는 이미 늦은 상태였지."

창고 안에 격리하려고 했지만 부친의 저항은 엄청났다고 한다. '약'이 끊기면 금단현상으로 날뛰었고, 자신의 아내와 아이에게도 주먹에 금이 갈 만큼 폭행을 가했다. 환각을 보고 창문에 눈깔이 잔뜩 생겼다며 창문을 깨뜨리는가 하면 갑자기 제정신을 차리고 하루 종일 울었다. 그게 진정된 후에는 하루종일 의자에 앉아 있기만 할 뿐 말을 걸어도 무반응.

저택은 매물로 나왔고, 가게는 다른 사람에게 넘어갔다. 모친은 병으로 쓰러져 그대로 사망했다. 아버지도 마지막에는 '약'을 찾아 밖으로 뛰쳐나가 암흑가 녀석들에게 달려들었다가 맞아죽었다. 당시 바네사에게는 장례를 치를 돈이 없었기에 시체는 '미궁'에 버려졌다.

"온화하고 자상한 사람이었는데 완전히 사람이 변한 것 같아서 무서웠어."

그래서 바네사는 중독자에게 자상하면서도 엄격하다. 아까처럼 '약'을 억지로 끊게 한다든지, '약'과 '치료제'를 구별 못 하는 녀석들의 계몽활동도 하고 있다.

"그런 것 치고는 밀매상과 사귄 적도 있지 않나?"

"아, 오스카 말이지?"

바네사의 얼굴이 흐려졌다.

"처음에는 약사라고 했었거든. 눈치챈 것은 사귄 후였어. 몇 번이나 그만두라고 했는데 전혀 말을 듣지 않았지. 종국에는 나한테까지 권하더라고. 바로 거리를 두었지만 솔직히 사라져줘서 안심했어."

테이블에 엎드려 손끝으로 나무결을 더듬는다.

"그게 정답이야."

그런 쓰레기와 계속 엮였다면 바네사까지 파멸했을 것이다.

"하지만 얼굴은 괜찮았어. 그늘이 있는 느낌이라든지. 말투라든지 목소리도 멋졌고."

"너도 참 질리지 않는구나."

나는 쓰게 웃었다.

"하지만 조심하는 게 좋아. 녀석의 행방을 아직 뒷세계 녀석들이 찾아다니고 있다는 소문이니까. 녀석에게서 무언가 받은 게 있다면 바로 버리도록 해. 그후엔 내가 어떻게든 할 테니까."

"또 그 이야기야? 그딴 거 없어."

바네사는 웃으면서 손을 휘저었다.

"또 찾아오면 쫓아낼 테니까 걱정 마. 그리고 지금은 스타링만 보고 있다고."

"알고 있어."

남자의 취향은 안 좋지만 바람은 안 피운다.

"그럼 나는 이만 실례할게. 소란이 진정되면 스타링과 당당하게 외출할 수 있을 테니까 조금만 더 참도록 해."

할 말을 다 한 나는 그대로 방을 나섰다. 문앞에서 한숨을 쉰다. 역시 틀렸나? 제기랄, 어디에 숨긴 거지? 벌써 1년이 다 되어가는데, 짜증나네.

"아, 매쉬 씨."

기분을 풀기 위해 어딘가에서 한 잔할 생각으로 길드를 나섰을 때 에이프릴과 마주쳤다. 길드 밖에 웅크려 앉은 채 따분함을 달래고 있었다.

"이런 곳에서 뭘 하고 있는 거야? 감기 걸리잖아."

"아무것도 아냐."

휙 고개를 돌린다. 여전히 솔직하지 못하군. 나는 정면으로 돌아가서 웅크려 앉았다.

"이런 곳에서 기다리고 있어봤자 편지는 안 와."

"시끄러워."

슬쩍 떠본 건데 사실이었던 듯하다. 에이프릴이 입술을 일그러뜨렸다. 이런 귀여운 아이를 기다리게 하다니 몹쓸 녀석이다.

"…금방 또 보낸다고 했는데 벌써 한 달이야."

"할아버지한테 부탁해보는 건 어때?"

모험자 길드는 각지에 있고 횡적 연결도 강하다. 있는 곳을 알고 있다면 연줄을 써서 조사하는 것은 손쉬운 일일 테니 손녀에게 약한 할아버지라면 바로 승락해줄 것이다.

"할아부지는 왠지 바빠 보여서 말야. 길드의 스크롤이 도난당했대."

"그거 큰일이로군."

세간에는 스크롤이라는 편리한 것이 있는데, 마법이나 마물을 일시적으로 수납할 수 있다. 위급할 때는 그것을 해방시켜 불이나 번개를 방출한다든지, 상처를 치유한다든지, '봉인'해 두었던 마물을 이용해 싸우게 할 수 있다. 키워드만 외우면 누구나 쓸 수 있는 만

큰 길드에서도 신중하게 취급하고 있다. 물건에 따라서는 도시 하나가 날아가 버리니까.

"무슨 스크롤인데?"

"몰라. 마물이 어쩌니 저쩌니 한 것 같기도 한데 가르쳐주지 않더라고. 애당초 그런 건 나랑 관계 없기도 하고."

흥분한 기색으로 단숨에 말하나 싶더니 무릎을 껴안고 고개를 숙인다.

"답장 준다고 했는데…."

"뭐, 조바심 낼 것 없어."

에이프릴의 어깨에 손을 얹는다.

"무엇을 써야 할지 고민하는 사이에 시간이 지나버렸다든지 그런 거겠지. 중요한 것은 너의 태도야. 소중한 편지를 고열과 콧물에 시달리면서 읽고 싶어?"

자, 하고 연황색 사탕을 쥐어준다.

"생강이 들어있어서 몸이 따뜻해질 거야. 이걸 먹고나면 얌전히 집으로 돌아가."

"시끄러워."

아까와 똑같은 대답이었지만 목소리는 밝아져 있었다. 좋은 경향이다.

"그럼 이만 가볼게. 편지가 오면 나한테도 읽게 해주라고, 꼬맹이."

"꼬맹이라고 하지 마!"

호통소리를 들으면서 일어선다.

"아무튼 가볼 테니까 얼른 돌아가."

"매쉬 씨."

등을 돌리고 몇 발짝 걸었을 때 이름을 부르길래 돌아보았다.

"고마워."

"신경 쓰지 마. 피장파장이니까."

에이프릴 덕분에 나도 기분이 좀 풀렸다.

그녀에게 손을 흔들어보이고 귀갓길에 오른다. 술은 관두고 냉큼 돌아가기로 하자. 자, 오늘 저녁은 뭘로 할까?

"가짜 돈 소동이 해결됐어. '화이트 몽키'라는 범죄조직의 소행이었다는군."

다음날 저녁, 집에 돌아온 앨윈이 말했다. 당연히 나는 뒤의 뒷사정까지 알고 있지만 일부러 놀란 척해두었다.

저녁 식사도 끝나고 식당 테이블에서 술잔을 나눈다.

"그러고보니 그 화가는 어떻게 됐지?"

앨윈이 와인 잔을 기울이며 물었다.

"별 것 아니었어."

스타링에게는 다른 여자가 있었고, 그 여자한테서 용돈을 받은 거라고 설명했다. 거짓말은 아니다. 실제로 바네사 몰래 바람을 피우고 있었고, 가짜 돈 제작보다는 소액이지만 용돈도 받고 있었다.

"이번 일을 계기로 그 여자와 헤어지게 했고 '쪼아먹기'도 그만두게 한대. 그리고 이제 그만 그림 하나로 먹고 살 수 있도록 본격적으로 원조한다고 해."

원조라고 해도 돈만 주고 끝나는 건 아니다. 화를 내기도 하고, 위협하기도 하고, 야단치기도 하는 등, 어떻게든 닥달해서 그림을 그리게 할 생각인 듯하다. 뭐 그 응석받이 도련님에게는 그 정도가 딱 좋겠지.

"신기하군. 성실한 성품의 그녀가 그런 남자와 사귀다니."

"이쯤 되면 그런 취향을 가지고 있다고밖에 할 수 없겠지."

나쁜 남자를 보면 보살펴주고 싶은 성격인 것이다.

"뭐, 옆에서 보기엔 어떨지 몰라도 본인들이 행복하면 되는 거 아냐? 다른 사람이 참견할 일은 아니라고."

"그렇다고 하면."

앨윈은 와인 잔을 테이블에 놓았다.

"나와 너는 어떤 식으로 보이고 있을까?"

"……."

다른 사람이 보기에 나와 앨윈은 기둥서방과 그 여자일 것이다. 고귀한 신분에 있을 수 없을 만큼 부도덕하고, 정숙하지 못하며, 퇴폐적이고, 문드러진 관계다. 하지만 우리들의 그것은 조금 복잡하다. 시종과 주인, 애완동물과 주인, 교사와 학생, 의사와 환자, 악마와 계약자. 모두 정답인 듯하면서도 어느 것도 어울리지 않는다. 굳이 이름 붙이자면 공범자려나?

대답하지 못하고 있자니 앨윈은 엎드려서 테이블에 뺨을 붙였다. 한순간 취해서 쓰러졌나 싶었지만 아직 와인을 한 잔 마셨을 뿐이고, 그녀는 술에 강하다.

들여다봐도 앞머리에 가려져 표정이 보이지 않는다.

"칠칠치 못해."

나는 손을 뻗어 붉은 앞머리를 좌우로 갈랐다. 분한 듯 눈이 젖어 있다.

"상관없어. 어차피 나는 부도덕한 여자니까."

삐친 듯한 말투와 그 시선이 향한 곳을 보고 나는 무슨 일이 있었는지 감이 왔다. 방구석에 있는 쓰레기통에서 편지를 꺼낸다. 누가 보냈는지 알 수 없는 호화로운 봉투다. 봉랍의 흔적도 있다. 내용은 보지 않아도 어떤 건지 짐작이 되었기에 곧바로 구겨서 버렸다.

"마음 상할 거 알면서도 왜 읽는 거야?"

어차피 내용따윈 뻔했다.

구 맥터로드 왕국의 왕족과 귀족은 대륙 이곳저곳으로 도망쳐 와 신상담하고 있다. 녀석들에게 있어선 앨윈이야말로 왕국 재건의 희망이자 수단이기도 하다. 그럼에도 '미궁' 공략은 1년이 지나도 끝나지 않고 있고, 수상한 남자와 동거까지 하고 있다. 어차피 미모와 돈이 목적인 속물일 텐데 타락한 것이냐, 대의를 잃은 것이냐 라며 가끔 이런 항의문이 도착한다. 한가한 녀석들.

"너와 헤어지라는군."

"내버려 둬."

'그레이 네이버'까지 직접 설득하러 오는 것도 아니고, 잊을만 하면 편지가 도착할 뿐이다. 다른 사람에게 모든 걸 맡기는 무능한 놈들에게 신경 써봤자 시간 낭비다. 실제로 녀석들은 앨윈이 가장 힘든 시기에 아무것도 하지 않았다.

"자신의 불우한 처지를 네 탓으로 돌리고 그 화풀이를 하고 있을 뿐이야. 상대할 가치도 없어."

"너를 여자에 미친 쓰레기라고, 음탕한 쓰레기 같은 남자라고 했어."

앨윈은 뜬소리처럼 중얼거리더니 내 쪽을 보았다.

"나도 그렇게 생각해."

"변호사 좀 불러줄래?"

위자료를 뜯어내고 말테다.

"하지만 지금의 나에게는 네가 필요해. 네가 없었다면 이미 바다 밑에서 익사했겠지. 나에게 있어선 소중한 생명줄인 셈이야."

"……."

"매쉬."

앨윈이 엎드린 채 손을 뻗었다. 마치 절벽에서 떨어질 것처럼. 나는 테이블 반대편으로 돌아가서 그 손을 잡았다.

"안심해, 앨윈."

누구에게도 힘든 때, 기분이 불안정한 때는 있는 법이다. 나로는 '미궁'에서의 싸움을 도울 수 없다. 발목만 잡다가 죽을 뿐이다. 그러니까 이때만이라도 지탱해주고 싶었다.

"네가 필요로 하는 한, 나는 이 손을 놓지 않을 거야."

잡은 손을 꽉 움켜쥔다.

"말했잖아. 나는 네 기둥서방이라고."

앨윈의 입술이 움직였다. 소리 없는 목소리로 내 이름을 부른다. 가늘고 애절하게 부르는 그 모습이 견딜 수 없이 사랑스럽다.

"그러니까."

나는 씨익 미소를 지었다.

"앞으로를 위해서 좀더 많은 예산을 배정해 주십사 하고, 소생은 생각하는 바입니다."

앨윈은 만면의 미소를 떠올리며 내 손등을 꼬집었다.

7일 정도 지나 '화이트 몽키' 잔당도 대부분 도망쳤거나 붙잡힌 듯했기에 나와 바네사는 스타링을 맞이하러 갔다.

"늦었잖아, 매쉬."

내 얼굴을 보자마자 스타링은 울면서 매달렸다. 아무래도 데즈와 함께였던 게 불만이었던 듯하다.

"저기 말야, 이 정도면 됐잖아. 이제 그만 마시러 가자고."

"느닷없이?"

"뭐 어때?"

스타링이 마치 옷을 보채는 연인처럼 팔을 잡았다.

"부탁할게, 매쉬."

바네사까지 부탁해왔다.

"계속 이곳에만 틀어박혀 있었으니, 다리에 뿌리가 자라났을 것 같아. 기분을 푸는 것도 필요하다고."

너무 이해심이 많은 것 아냐? 뭐, 나도 싫은 건 아니지만. 결국 스타링을 돌봐주게 되었다. 용돈도 받아버렸기에 거절하기 힘들었다.

"한 집 더 가자, 응?"

처음 술집에서 스타링은 이미 고주망태가 되어 있었다. 쏟아붓듯이 마신 싸구려 술에 취해 비틀비틀 내 팔에 매달려 있다. 옆에서 보면 연인 사이로 착각할 것 같다.

"스스로 걷지도 못하는 거야?"

예전이라면 이런 빈약한 형씨따원 질질 끌고 걷는 정도는 일도 아니었지만, 허약해져버린 지금은 걷기가 참으로 힘들다.

"다음은 어디로 갈까, 응?"

응석부리는 목소리를 내면서 몹시 기분이 좋아 보인다. 오랜만에 마신 술이 어지간이 기뻤던 모양이다.

"걱정 마. 너한테 익숙한 가게니까."

"에~, 어디려나?"

번화가를 지나쳐 시내 중심부까지 왔다.

"자, 도착했어."

스타링은 얼빠진 표정으로 가게 앞에 우뚝 섰다.

"이곳은 모험자 길드잖아."

"그래."

뒤로 돌아가서 문을 열자 익숙한 인물이 등장했다.

"여, 데즈."

오늘은 그가 길드에서 묵는다는 것을 사모님에게 들어서 확인했다. 자고 있었던 모양인지 엄청 불쾌한 표정의 수염쟁이에게 스타링을 떠넘긴다.

"미안하지만 이 도련님을 하룻밤만 더 맡아줄래?"

"이곳은 여관이 아니야."

"알고 있어. 그래서 이곳으로 데려온 거라고."

앨윈은 싸움으로 피곤할 테고, 이건 내가 떠맡은 문제기도 하다. 그런 점에서 데즈라면 다소 폐를 끼치더라도 아무런 문제가 없다. 가짜 돈 제작 용의도 해결해주었고, 무엇보다 친구니 말야.

"부탁할게. 오늘 하룻밤이면 되니까."

데즈는 혀를 찼다.

"위스키랑 교환이야."

"과연 데즈야. 사랑해."

"얼른 꺼져. 혀를 뽑아버리기 전에."

"그래 그래."

이 이상 있으면 정말로 뽑힐 것 같다.

"기다려, 매쉬. 어디 가는 거야?"

"너를 돌봐주는 것은 끝났으니까 지금부터는 혼자서 마시려고."

"싫어, 매쉬. 날 두고 가지 마."

불쌍하게도 수염쟁이의 밀림에 붙잡힌 스타링은 눈물 지으며 도움을 요청했지만, 밀림 깊은 곳에 군림하는 수염쟁이 대마신은 스타링의 옷깃을 붙잡고 방 안을 향해 문자 그대로 집어던졌다.

밤중에 있을 수 없는 소음이 울려퍼지는 가운데 나는 조용히 방문을 닫았다.

이것으로 됐다. 아이는 잠들 시간이다. 가짜 돈을 만든 원숭이들은 대부분 붙잡혔지만 아직 한 마리 흉포한 놈이 남아 있다. 밤중에 돌아다니는 나쁜 아이는 무서운 호랑이의 먹이가 되고 만다.

길드를 나섰다.

날짜도 바뀐 지 오래고 조금만 더 있으면 하늘도 밝아지기 시작할 무렵이다. 시내는 아직 고요했고 열려 있는 가게도 드문드문이었다. 이런 시간까지 마시는 것은 술로 안 좋은 일을 잊고 싶은 녀석이나 모험자, 그리고 뇌세포까지 술로 채워진 술고래 정도일 것이다. 고요한 길에 마른 발소리가 울려퍼진다.

다음은 어디서 시간을 보낼까 생각하며 모서리를 돌았을 때 등 뒤에서 땅을 박차는 소리가 났다. 나는 반사적으로 길바닥에 몸을 날렸다. 그 직후 돌진해오는 낌새와 돌이 부서지는 소리가 났다.

고개를 들어보니 벽에 구멍이 뚫려 있는 게 보였다.

"너무 성급한 거 아냐?"

내 말에 덩치 좋은 남자가 짜증난다는 듯 혀를 차며 벽에서 주먹을 뽑았다. 왼눈에는 칼에 베인 상처 자국이 깊숙이 새겨져 있다.

"아니, 지금이 딱 좋아. 너와 그 꼬마를 때려죽이는 건 말이지."

'타이거 핸드' 테리는 돌벽을 꿰뚫은 주먹으로 우둑우둑 소리를 내며 다가왔다.

"그건 착각이야."

역시 눈치채고 있었나? 나는 뒷걸음질 치면서 허리 뒤로 손을 돌렸다.

"네가 나설 차례는 아직 멀었으니까 앞으로 백 년쯤 대기실에서 기다리는 게 어때?"

파괴된 돌을 집어던진다. 테리가 여유로운 표정으로 피하는 것을 곁눈으로 보면서 나는 등을 돌려 도망치기 시작했다. 모서리를 돌아 부리나케 달린다. 등 뒤에서 뱀처럼 쫓아오는 낌새가 난다. 나는 쓰레기를 걷어차고 노상에서 졸고 있는 주정뱅이를 뛰어넘었다. 거리를 벌리기는커녕 계속 차이가 좁혀지고 있다. 꾸불꾸불한 골목을 지나쳐서 도망친 곳은 교회 안이었다.

이곳이라면 사람들 눈에 띄지 않는다. 품속에서 '템포러리 선'을 꺼냈다. 요컨대 이건 햇빛을 축적할 수 있는 아이템이다. 다시 말해 이 녀석의 빛을 쬐고 있는 동안에는 밤에든 암흑 속에서든 원래 힘을 낼 수 있다. 실전에서 쓰는 것은 처음이지만 실험하기엔 딱 좋은 환경이었다.

키워드를 외우려고 한 순간, 바람을 가르는 소리가 났다. 반사적으로 피하려고 했지만 완전히 다 피하지는 못했다. 나이프가 딱딱한 소리를 냈다. 은색 칼날은 애먼데로 날아갔고 '템포러리 선'은 캄캄한 예배당에 나뒹굴었다.

교회 앞에서 테리가 씨익 웃으면서 다가왔다.

"잘도 방해했겠다, 이 녀석."

지금 바로 박살을 내주려고 생각했는데 말야. 이렇게 된 이상 작전 변경이다.

예배당을 가로질러 작은 문을 통해 안으로 들어간 후 종탑으로 가는 계단을 오른다. 좁은 나선계단을 두 단씩 뛰어올라갔다. 늦다. 빙글빙글 또아리를 틀고 있어서 나 자신이 똥이라도 된 느낌이다. 폐와 다리가 저려왔다.

바람을 가르는 소리가 났다. 반사적으로 피하자 옆을 나이프가 통과해간다. 은색 칼날이 돌계단에 맞고 튕겨서 다시 계단을 미끄러져 내려갔다. 계단 바로 밑에서 혀를 차는 소리가 들렸다. 위험하잖아. 피한 탓에 다시 거리가 좁혀졌다.

거의 다 왔을 것이다. 계단의 끝 바로 옆에 나무 문이 보였다. 겨우 도착했군.

계단을 다 오르자 올라온 기세 그대로 문에다 몸을 들이박았다. 전 체중을 실어 부딪힌 덕분에 지금의 나로도 부술 수 있었다.

쓰러지면서 들어간 방은 네모난 작은 방이었다. 동서에 나무 창이 있고, 판자 틈새로 빛이 새어들고 있어서 간신히 시야를 확보할 수 있다. 천장에는 내 머리 크기 정도의 종이 초라하게 매달려 있었다.

전에는 좀더 큰 종이 매달려 있었지만 어딘가의 불신자에게 도난

당해서 행방불명되었던 것이다.

일어서려고 했을 때 테리가 방 안으로 들어왔다.

주먹으로 소리를 내면서도 눈은 빈틈없이 방 안을 살펴보고 있다.

"교회라니, 죽을 장소로 따분한 곳을 골랐구나."

"뭐 그렇지."

나는 일어서면서 엉덩이에 묻은 먼지를 털었다.

"여기에 천개가 달린 푹신푹신한 침대와 베개가 있었으면 더 완벽했는데 말야. 네가 좀 사올래? 가능하다면 배달도."

"시체가 들어가는 것은 관짝 아니냐?"

테리는 몸을 반쯤 돌리고 주먹을 앞으로 내미는 형태로 자세를 취했다.

"하지만 이 도시에서 관짝이 필요한 것은 부자뿐이야. 안 그래?"

"슬픈 일이지."

빈민은 죽으면 캄캄한 '미궁'에 버려진다. 묘도 남지 않는다.

"너도 곧 그렇게 될 거야."

테리가 단숨에 거리를 좁혀왔다. 미끄러지듯 뛰어들더니 돌벽조차 부수는 오른 주먹을 휘둘렀다. 호를 그리는 듯한 빛줄기가 보인 순간, 충격이 왼쪽 옆구리에 들어갔다. 숨이 턱 막혔다. 신음하면서 나는 후퇴했다. 쉴 틈도 없이 여유로운 미소를 떠올리며 테리가 다시 돌진해왔다. 왼쪽 옆구리에 왔다. 오른쪽 팔꿈치를 내려 방어하려고 했지만 끔찍한 주먹은 갑자기 채찍처럼 휘어지더니 궤도를 바꾸어 내 아랫배를 가격했다. 반사적으로 몸을 숙이자 검은 그림자가 왼뺨을 향해 날아왔다. 발차기라는 것을 깨달았을 때는 세계 가격당해 반대편 얼굴을 돌벽에 들이박고 있었다. 조금 아프다. 이대로 아침까지 자고 있을 수 있다면 편하겠지만 녀석은 용서해주지 않았다. 다시 검은 그림자가 나에게 드리운다. 생각하기도 전에 나는 앞으로 굴러 그 자리를 피했다. 파열음과 함께 내 등을 돌 파편이 때린다.

"단단하군."

테리의 표정은 어둠속에서도 알 수 있을 만큼 흐려져 있었다.

"지금까지 수도 없이 많은 사람을 죽여왔지만 인간을 때린 것 같지가 않아. 단련했다든지 그런 수준이 아니군. 마치 미노타우르스 같아."

"네 단련이 부족한 것을 가지고 다른 사람을 괴물 취급하다니 웃기지도 않네. 산속에 틀어박혀 다시 수행하고 와."

"너를 죽이고나서 생각하기로 하지."

짧은 호흡음과 함께 테리가 공중에 떴다. 기세를 살린 뒤돌려차기가 날아왔다. 곧바로 양팔을 들어올려 막는다. 테리의 몸이 공중에서 비틀어지더니 추격타와 같은 돌려차기가 내 관자놀이를 가격했다.

벽에다 눈 소변이라도 닦는 것처럼 벽을 미끄러지며 쓰러졌다.

엎드린 자세로 숨을 고를 틈도 없이 테리의 발이 내 뒷통수를 밟았다.

"아직도 그 시덥잖은 농담을 할 수 있겠어? 어때? '와이즈크랙'."

"저기 말야, 대장."

돌바닥에 키스하면서 나는 연민을 담아 말했다.

"말해야 할지 어떨지 망설였는데, 솔직하게 말할게." 나는 한숨을 쉬었다. "너, 고양이 똥 밟은 거 같아. 개인지 고양인지 어떻게 아느냐고 하면 냄새가 다르거든. 고양이 쪽이 훨씬 냄새가 심해."

발바닥이 더 무겁게 짓누른다.

"유언은 그것뿐이냐?"

"너야말로 유언은 그것으로 괜찮겠어?"

"뭐라고?"

"너는 내가 도망친 거라고 생각하고 있겠지? 하지만 아니야. 내가 너를 막다른 곳으로 몬 거라고."

나는 손을 뻗어 창문을 열었다.

눈부신 빛이 한순간에 좁은 방 안을 채웠다. 갓 떠오른 아침해가 동쪽 하늘에서 빛나고 있다.

테리가 얼굴을 팔로 가리면서 뒷걸음질 쳤다. 나는 일어나서 얼굴을 닦고 태양 빛을 등지며 말했다.

"빈민은 묘비명을 새길 묘석도 없으니 네 엉덩이에 써두기로 할게. '고양이 똥을 밟은 남자, 여기 잠들다.'라고 말야."

"닥쳐, 등신아!"

테리가 햇빛이 닿지 않는 그늘을 우회해서 주먹을 휘둘렀다. 땅을 박차며 휘두른 주먹이 내 주먹과 부딪혔다. 비명이 터졌다.

피투성이가 된 손을 억누르며 테리가 믿기지 않는다는 듯한 눈으로 나를 보았다.

"왜 그래? 손톱을 너무 많이 깎기라도 한 거야? 아니면 발톱을 너무 많이 간 건가?"

"뭐냐, 방금 그 충격은? 내 주먹이, 말도 안 돼….."

햇빛을 받으면 나는 본래의 힘을 되찾는다. 다소 단련한 정도의 주먹따윈 간지러울 정도다.

"자신의 힘이 부족한 것을 다른 사람의 탓으로 돌리는 건 좋지 않아."

"제기랄."

돌려차기가 날아왔다. 나는 그 오른쪽 발목을 붙잡고 꽉 움켜쥐었다.

매도하는 듯한 절규가 터졌다. 손을 놓아주자 테리는 엉덩방아를 찧더니 절반 정도로 가늘어진 발목을 소중하게 감싸쥐었다.

"얼렐레? 이번엔 염좌려나?"

"너, 이 녀석."

내가 다가가자 테리는 왼발로 견제하듯 발차기를 날렸다. 허나 앉은 상태에서는 제대로 힘이 들어가지 않아서 정강이를 채였음에도 전혀 아프지 않았다.

"이제 만족했어?"

테리의 왼발을 위에서 짓밟았다. 다리와 함께 돌바닥까지 부숴진다. 다시 비명이 터졌다. 무릎이 긁힌 어린아이처럼 울먹거리는 눈을 하고 있다.

"알았어. 녀석에게는 손을 안 대기로 약속할게. 이 도시에서도 사라지고 말야. 그러니까…."

"한 가지 질문이 있는데 말야."

나는 테리 앞에 웅크려 앉았다.

"너, '약' 사업을 맡고 있었다는 거 진짜야?"

"아, 응, 그래." 테리의 눈이 빛났다.

"요즘 숫자가 적어서 비싸졌지만, 너한테 줄게. 그러니까 부탁이야….”

“'릴리스'도?”

“그것도 있어. 최근엔 전혀 손에 들어오지 않지만 내가 한 마디 하면 다른데서 당장이라도….”

“그렇군.”

나는 주먹을 치켜들었다.

“아, 안 돼….”

테리는 양팔을 교차시켜 얼굴을 막았지만 그의 최선의 노력은 무위로 끝나고 말았다. 쓸데없이 강하게 만들어진 내 주먹은 테리의 머리를 벽과 팔 사이에 낀 샌드위치로 만들어버렸다. 팔뼈가 얼굴에 박힌 채 힘 없이 쓰러진다. 만약을 위해 확인했지만 틀림 없이 죽었다.

“또 시체를 만들고 말았군.”

'그레이브 디거'에게 나갈 돈을 생각하니 머리가 아파올 것 같다.

계단을 내려오자 이미 사람들이 돌아다니고 있었다. 이런 아침 일찍부터 고생이 많다. 햇살이 눈부셨다. 평소에는 그리워서 애가 타는 햇빛이지만 이런 때는 원망스럽게 생각된다. 몸을 웅크리면서 길을 단축하기 위해 뒷골목으로 들어가자 이쪽은 아직 밤의 잔재가 미련을 남긴 채 기어다니고 있었다.

앨윈도 화를 내고 있으려나? 무단 외박에 대한 변명을 생각하면서 걷고 있자니 골목 틈새에서 금속봉이 휘둘러졌다. 메이스다. 눈이 아찔했다. 누군가에게 언어맞았다는 것을 깨달았을 때에는 이미 땅바닥에 뒹굴고 있었다.

아직 동료가 남아 있었던 건가? 위험하다. 해가 닿는 곳으로 나가야 돼. 방심했다.

머리를 감싸안으면서 눈을 가늘게 떠보니 낯익은 여자가 내 위를 찍어누르고 있었다. 짧게 자른 머리와, 햇살에 그을린 피부에는 주근깨가 나 있다. 1년 전과 용모는 변했지만 잘못 볼 리 없었다. 사랑스러운 듯, 밉살스러운 듯 나를 내려다본다.

"만나고 싶었어, 매쉬."

폴리는 씨익 웃더니 다시 한번 메이스를 내리쳤다.

제3장 1년 전

"너와 산 지 벌써 1년 가까이 되는데."

손바닥에 올려진 은화의 가벼움을 느끼면서 나는 깊은 한숨을 쉬었다.

"설마 다섯 살 아이로 보고 있을 줄은 몰랐어. …아니, 진짜로 이것뿐이야?"

내 손바닥에는 소은화가 3개.

"혹시 부족한 거야?"

폴리는 슬픈 듯 눈을 감았다. 개암나무색 눈동자가 눈물에 젖는다. 물결치는 기분을 억누르듯 윤기를 잃은 검은 머리를 손으로 다듬고 있다. 손등과 손가락에는 검붉은 멍이 들어 있다. 요전번 남자 손님에게 칼집으로 얻어맞았을 때 생긴 멍 자국이다.

"아니, 부족하진 않아."

이리스 은화. 통칭 소은화. 이거 한 개는 에일 한 잔을 마시고 안주까지 부탁하면 눈 깜짝할 사이에 사라져버린다. 내가 수행승이라면 이것으로도 충분하겠지만.

"하지만 남자에게는 인간관계라는 게 있어서 말이지. 오늘은 마시러 갈 약속이 있거든."

"가면 되잖아."

당연한 것을 묻지 말라는 듯 폴리는 미간을 좁혔다.

"너도 알잖아? 한 잔씩만 마시고 바로 끝내는 건전한 녀석따윈 없다고."

"역시 부족한 거구나."

폴리의 다리가 후들거렸다.

"미안해, 내 벌이가 안 좋아서. 알았어. 포주 아저씨한테 전해둘게. 손님을 두 배로 받겠다고."

손에 얼굴을 묻고 훌쩍훌쩍 눈물을 흘린다. 한 번 울면 폴리는 멈추지 않는다.

"미안, 내가 잘못했어."

"괜찮아, 전부 내가 나쁜 거야. 언제나 그랬어. 요령이 좋지 않아서 손님한테 얻어맞기만 하고. 그것도 다 내가 못나고 느려터진 탓이야."

"아니, 네 탓인 건."

"그럼 누구 탓인데?"

"나야."

말하지 않고 끝내고 싶었지만 결국 말하고 말았다. 자신의 약한 의지에 진절머리를 내면서 말을 잇는다.

"내 잘못이야."

문이 두들겨진다. 이 2층에 살고 있는 것은 나와 폴리 외엔 생쥐뿐이다.

"이봐 폴리, 언제까지 노닥거리고 있을 거야. 이제 곧 손님이 올 시간이라고."

창관의 고용인이다. 이웃에 폐가 되는 호통소리를 내고 자빠졌어, 뚱땡이 녀석이.

"것봐. 네가 시시한 걸로 떼를 쓰니까 벌써 마중하러 와버렸잖아."

　"그래, 이제 시간이 없어."

　나는 마음을 굳히고 말했다.

　"그래서 결심했어. 오늘밤은 집에서 기도나 하기로. 술을 마시면 바로 돌아올게."

　폴리를 배웅한 후 나는 피곤함이 몰려와서 침대에 쓰러졌다. 건방지게도 삐걱이는 소리를 낸다.

　생각해보면 내 인생은 누군가에게 휘둘리기만 했다. 농가의 8인 형제 중 5남으로 태어나 입을 줄이기 위해 8살 때 노예상인에게 팔렸다. 그후 노예로 혹사당하다 도망쳤지만, 산적에게 붙잡혀서 다시 노예 취급. 그곳에서도 도망쳐서 방랑 끝에 어느 용병단에 보호되었다.

　그곳에서 나는 싸움의 기초를 배웠다. 전쟁에도 갔다. 사람도 뭐, 잔뜩 죽였다.

　18세 때 용병단 동료의 권유로 모험자가 되었다.

　마물 상대로 도끼니 창이니를 휘두르는 사이에 동료도 늘었다. 명성과 돈도 따라왔다. 여자들에게도 인기가 많았다. 순풍에 돛단 듯한 나날이었다. 험난하기만 했던 내 인생도 겨우 궤도에 올랐다고 생각했다. 하지만 세상은 올라가면 반드시 떨어진다는 것을 나는 잊고 있었다.

　그 빌어먹을 태양신 탓에 힘을 빼앗겨서 모험자는 커녕 제대로된 일자리조차 찾을 수 없게 되었다. 이 도시에 흘러들어온 지 벌써 1년. 지금은 정서가 불안정한 창부의 기둥서방이다.

　최소한 돈이라도 있으면 조금은 나았겠지만 이런저런 일로 전부다 써버렸다. 그 결과가 이 낡아빠진 집의 침대 위다.

자업자득일 것이다. 그렇다고 마물과의 싸움으로 죽었다면 이런 꼴사나운 모습은 보이지 않았을 거라는 원망은 늘어놓고 싶지 않다. 살아남은 이상, 최선을 다해 사는 게 내 성격이다. 자살따윈 생각하지 않는다. 그럴 바엔 응애 하고 태어난 날에 그 망할 엄마 젖꼭지라도 물어뜯어서 맞아죽는 쪽을 선택한다.

"뭐, 될 대로 되겠지."

인생은 어떻게 변할지 알 수 없는 법이다. 내일 아침에라도 태양신이 자기 엉덩이털에 걸려넘어져 뇌진탕으로 죽을지 모르니 말야.

양호시설 앞을 지나가다가 낯익은 얼굴을 발견했다. 웃통을 벗은 채 뛰어다니는 남자아이를 머리 하나 더 큰 아이가 뒤쫓고 있다.

"여, 꼬맹이."

"뭐야, 매쉬잖아."

내가 말을 걸면 에이프릴은 노골적으로 싫은 얼굴을 한다.

"말 걸지 마. 지금 이 아이한테 옷을 입혀야 하니까. 아아, 거기서. 감기 걸리잖아!"

다시 추격을 재개한다. 생긴 것은 흔히 볼 수 있는 귀여운 여자아이지만 손을 대려는 바보는 이 도시에서도 그리 많지 않다. 거친 녀석들을 부리는 모험자 길드. 그 길드 마스터의 손녀다. 하물며 상처라도 입히는 날엔 한나절도 되지 않아서 저세상에 가 있을 것이다. 꼬맹이 주제에 이렇게 양호시설을 돕는다든지 모험자 길드에서 직원들 흉내를 내고 있다.

"좀더 경의를 표해도 좋지 않아? 너보다 나이가 많은데."

"매쉬는 형편없는 녀석이니까 상대하지 말라고 할아부지…, 아니, 할아버님이 그랬어."

그 빌어먹을 할아범이 손녀에게 묘한 지혜를 불어넣었군.

"데즈 씨도 그랬고."

밟아죽여버린다. 그 수염난 꼬맹이.

"그 데즈한테 들었는데, 여기 애들한테 공부를 가르쳐주고 있다면서? 나중에 나한테도 가르쳐주지 않을래?"

"어른인데?"

"글씨를 쓰는 게 서툴러서 말야. 내 이름을 쓰는 게 고작이야."

"절대 사양할래."

차갑게 거절당했다. 쌀쌀맞기는.

"얼른 어딘가로 가버려. 아니면 사람을 부를 거야."

"그래 그래."

뭐 시간을 때우기는 좋았다. 집을 나왔을 때 울컥했던 기분도 좀 풀렸다.

"날이 저물기 전에 돌아가도록 해. 요즘은 어수선하니 말야. 최근엔 아동 유괴범도 설친다더군."

흥, 하고 에이프릴은 내 말을 무시하고 건물 쪽으로 사라져갔다.

어린애 상대는 여기까지. 지금부터는 어른의 시간이다.

"저기, 벌써 돌아가버릴 거야?"

내가 일어선 것을 봤는지 스타링이 붉어진 얼굴로 내 팔을 잡아당겼다.

"뭐 그렇지."

"에엣, 싫어. 계속 마시자고. 매쉬는 전혀 안 마셨잖아."

스타링은 마치 연인처럼 내 목에 팔을 감았다. 그 손을 떨쳐내려했지만 떼어낼 수 없었다. 이런 빈약한 도련님조차 나보다는 완력이 세다.

"이봐, 이제 그만."

스타링의 팔이 떨어지나 싶더니 뒤로 튕겨나갔다. 그대로 술집 벽에 부딪힌다. 벽에 기대듯 쓰러지나 싶더니 코를 골기 시작했다.

"주정뱅이는 싫어."

"고마워. 정말 착하구나."

수염과 마찬가지로 무성한 머리를 쓰다듬는다. 데즈는 내 배를 말 없이 두들겼다. 나는 대자로 쓰러졌다.

"친한 척하는 것도 싫고."

농담이 통하지 않는 녀석이다. 나는 배를 어루만지며 일어섰다.

"늦었잖아. 무슨 말썽이라도 있었어?"

오늘은 데즈와 마실 예정이었는데 스타링에게 붙잡힌 탓에 주머니가 텅 비었다.

"바보 두 명이 길드에서 날뛰어서 말야."

"그 정도는 너라면 식은죽 먹기 아냐?"

적어도 이 도시에서 데즈를 이길 수 있는 녀석은 없다. 무성한 수염을 쓰다듬는 것보다 쉬울 것이다.

"주정뱅이 같은 거라면 별문제 아니었겠지. 하지만 조금 성가신 녀석들이라서."

"조직 폭력배였나?"

데즈는 고개를 저었다.

"'이지스' 녀석들이야."

최근 활약 중인 7인…, 아니 6인조 파티다. 리더는 앨윈 메이벨 프림로즈 맥터로드. 과거 마물에 의해 멸망한 맥터로드 왕국의 공주이기도 하다. 검의 달인으로, 왕국 부흥을 위해 대미궁 '천년백야'에 도전 중이다. 그 강함과 아름다움으로 '진홍의 공주기사'니 뭐니로 불리고 있으며, 모든 음유시인들이 그녀를 노래하고 있다. 일곱 살 때 처음으로 기사와 싸워 이긴 것부터 마물로부터 백성들을 구하기 위해 싸운 것까지. 유행에 약한 녀석들이 자꾸 부탁하는 탓에 술집에 있기만 해도 그녀를 칭송하는 노래를 몇 번이고 듣게 된다. 덕분에 완전히 앨윈에 대해선 박사가 됐다.

"날뛴 것은 그 말단이랄까 신참이지만 말야. 공주님의 명성을 믿고 으스대다가 다른 모험자 녀석들과 난투극이 벌어졌지."

"공주기사님은?"

"그곳에 없었어. 녀석들은 공주님 앞에서는 얌전하지만 눈이 미치지 않는 곳에선 기고만장하거든."

"기억이 맞다면 요전번에 한 명 죽지 않았나?"

"린트부름에게 당했지."

린트부름은 '미궁' 안에 서식하는 큰 뱀이다. 평소엔 몸을 만 채 조용히 잠들어 있지만 한 번 날뛰기 시작하면 손을 쓸 수 없게 된다. 강줄기처럼 거대한 몸을 구불거리며 쫓아오는데, 강철처럼 단단한 비늘과 화살촉처럼 뾰족한 꼬리, 그리고 검처럼 긴 송곳니를 가지고 있다. 나도 딱 한 번 다른 '미궁'에서 마주친 적 있는데 입을 벌리면 내 키보다도 컸다. 도망치는 게 고작이었다. 성을 몸으로 칭칭 감아서 안에 있는 성주와 기사까지 통째로 으스러뜨렸다는 전설이 있을 정도다.

"하반신을 한 입에 꿀꺽했다더군."

"불쌍하기도 하지."

상반신까지 한꺼번에 먹혔다면 무참한 시체를 드러내지 않아도 되었을 것을.

"그래서 '미궁'에도 안 들어가고 술에 취해 싸움질인가."

울분이 쌓였다면 창관에라도 가라고. 민폐니까.

"기분은 이해해."

데즈는 말했다.

"내일은 자신의 몸일 테니 말야."

모험자는 죽음과 마주하고 있는 직업이다. 오늘은 침대에서 자더라도 내일은 관짝에 들어갈 수 있는 것이다. 나와 데즈도 일선에서는 물러났지만 그 시절 맛보았던 감각은 아직 잊지 않았다.

"기분을 잡치고 말았군." 나는 일어섰다.

"뭐야, 방금 왔는데 벌써 돌아가려고?"

"네가 늦게 왔을 뿐이야."

불만인 듯한 얼굴을 했기에 나는 그 수염투성이의 뺨을 손가락으로 쿡쿡 찔렀다.

"사모님도 곧 출산 예정이잖아. 너도 얼른 돌아가도록 해."

"쓸데없는 참견이야."

쇳덩어리 같은 주먹이 다시 배에 박혔다. 신혼생활의 부끄러움을 얼버무리기 위한 것치고는 너무 심한 것 아냐?

데즈와 헤어진 나는 주점가를 어슬렁거렸다. 여기저기서 주정뱅이의 환성이 터지고 있고 구운 고기 냄새가 내 코를 간지럽힌다. 배에서 꼬르륵 소리가 났다. 어딘가의 수염쟁이가 위장을 자극한 탓에 분주하게 울어대서 견딜 수 없다. 잠자코 있어. 고성방가로 잡혀가니까. 지금 당장 어딘가의 술집에 달려가서 에일이라도 들이붓고 싶은 심정이지만 주머니가 텅 비었다. 이제는 외상이 되는 가게도 없다.

이런 때는 아는 사람이라도 발견해서 그 녀석에게 얻어먹는 게 제일이다. 스타링? 녀석은 논외다.

걸음을 멈추고, 마시고 있는 녀석이 없는지 가게 안을 들여다보았지만 유감스럽게도 보이지 않았다. 나에게 삥 뜯은 적 있는 양아치들뿐이다. 나보다 머리 하나 작은 도련님이 입맛을 다시며 다가왔기에 나는 서둘러 그 자리를 떴다.

"저기 말야."

간신히 따돌렸을 때 뒷골목에서 소매가 잡아당겨졌다. 돌아보니 어깨가 노출된 옷을 입은 금발의 여자가 아양을 떠는 미소를 떠올리고 있었다. 숨이 턱 막힐 만큼 분으로 떡칠한 냄새가 난다.

"매쉬, 오늘 밤 어때?"

마기는 알고 지내는 창부다. 전에 몇 번인가 상대한 적도 있다. 젊게 꾸미고는 있지만 아마 30세를 넘었을 것이다.

"사양할게."

"폴리 눈치를 보고 있는 거야? 괜찮아. 비밀로 할 테니까."

동료의 남자라는 걸 알면서도 유혹하는 건 좋지 않다.

"권유해준 건 고맙지만, 이미 선약이 있는 것 같은데?"

그녀의 소매를 잡아당긴 것은 같은 머리색을 한 일곱 살 정도의 귀여운 아이였다.

"엄마."

"아아, 세라. 이런 곳에 있으면 못 써."

웅크려앉아 사랑스럽게 껴안는다. 부친은 모험자라고 하는데 자세한 것은 모른다. 어차피 어딘가에서 비명횡사했거나 다른 마을로 도망쳤을 것이다. 아직 엄마가 그리운 나이일 텐데, 엄마는 몸을 팔아 돈을 벌어야 한다. 밤마다 다른 남자 상대로.

"엄마, 나, 외로워. 함께 자자, 응?"

마기는 딸과 나를 번갈아 보았다. 딸의 절실한 바람이지만 그녀는 생판 모르는 후줄근한 남자와 자야한다. 그러지 않으면 딸과 함께 길바닥에 나앉기 때문이다.

나는 바지 주머니를 뒤져 마기에게 얼마 안 되는 은화를 쥐어주었다.

"대신 지불할 테니까 그것으로 오늘밤은 딸과 함께 자도록 해. 최근엔 어수선하니까 말야."

'그레이 네이버'는 위험한 녀석들이 우글대는 도시다. 폭력과 밀수는 물론이고 최근에는 어딘가의 조직이 아이를 유괴해서 어딘가의 변태에게 팔아치우고 있다고 들었다.

마기는 손바닥에 있는 은화를 찬찬히 살펴보더니 감격한 듯 고개를 숙였다.

나는 웅크려서 세라 앞에 한쪽 무릎을 꿇었다.

"여, 처음 뵙겠어, 아가씨. 모험자 길드의 꼬맹이와 놀아주고 있다면서? 네 소문은 곧잘 듣고 있어. 폐가 되고 있지는 않아?"

세라는 곧잘 양호시설의 아이들과 노는 탓에 에이프릴과도 알고 지내게 되었다고 한다.

"정말 좋은 아이야. 자상하고, 폐 같은 건 안 끼쳐. 가끔 과자도 주고, 다른 아이한테 글자도 가르쳐주고 있다고."

세라는 손가락을 꼽으면서 가르쳐주었다.

"너는 어떤데?"

"에이프릴은 좋아하지만 공부는 싫어."

"나도 그래."

나는 웃었다.

"착하니까 앞으로도 사이좋게 지내도록 해."

"알았어."

머리를 쓰다듬어주자 깡마른 몸으로 가슴을 폈다.

손을 들어보이고 떠난다. 모서리를 돌까말까 하는 타이밍에 세라가 큰 소리로 말했다.

"엄마, 나, 잘 했지?"

깜짝 놀라 돌아보니 마기가 어색한 표정으로 세라의 입을 막고 있었다.

대단한 연기였군.

"괜찮아. 줄게. 좋은 구경거리였으니까."

나는 어깨를 으쓱해 보이고 그곳을 뒤로했다.

좁은 골목을 벗어나 중심가에서 떨어진 거리로 나왔다. 그래도 방랑의 여행은 끝나지 않는다.

알고 있다. 술을 마시고 싶다면 돈을 벌 수밖에 없다. 하지만 힘도 지혜도 재주도 없다. 할 수 있는 것이라곤 그쪽 방면뿐이다. 일단 사이즈와 기술에는 자신이 있다.

어디 없으려나? 금발에 몸매도 좋고 항상 몸이 달아올라 있어서 위로해줄 상대를 찾고 있는 부유한 미망인은. 나이는 뭐 30, 아니 조금 더 위라도 상관없다.

"음?"

도착한 곳은 '황금사자의 포효정'이었다. 아까 내가 마셨던 가게와 달리 주로 돈이 많은 녀석들이 이용하는 곳이다. 얼마나 다르냐 하면 이곳 에일 한 잔이면 아까 가게에서 다섯 잔은 마실 수 있다. 나는 질보다 양이라서 같은 돈이라면 다섯 배 즐길 수 있는 쪽을 고른다. 평소라면 그냥 지나칠 대목이지만 창문 틈새로 맘에 걸리는 얼굴을 발견했다.

'진홍의 공주기사'인 앨윈 양이다. 나는 창문에 바짝 달라붙어 엿보았다. 카운터 의자에 앉아 홀로 잔을 기울이고 있다. 일행은 없는 듯하다.

딱히 이상한 일은 아니다. 돈이라면 가지고 있을 테고, 공주기사님도 혼자서 마시고 싶은 날이 있을 것이다.

부탁하면 술 한 잔 정도는 사주려나?

상식적으로 생각하면 거절당할 것이다. 때려눕혀질 가능성도 있다. 하지만 꼬르륵 소리가 멈추지 않는 배와, 공주기사님의 아름답고 쓸쓸한 얼굴에 이끌리고 만 나는 '황금사자의 포효정' 문을 열었다.

가게 안은 희미한 촛불 빛으로 밝혀져 있고 바깥 소음이 거짓말인 것처럼 고요했다. 손님은 공주기사님을 포함해서 네 명. 그리고 턱수염이 난 40줄의 아저씨가 카운터 안에서 접시를 씻고 있다. 그가 점주인 듯하다. 들어온 나를 노골적으로 불쾌한 눈으로 노려본다. 이곳에 어울리지 않는 빈민은 꺼지라고 말하고 있다. 의자와 테이블의 질도 좋다. 돈을 많이 들인 걸 알 수 있다. 접시 하나라도 슬쩍하면 내일 식사비 정도는 될 것 같다.

점주의 무례한 시선을 무시하고 나는 공주기사님 옆에 앉았다.

"에일을 부탁해."

"돈은 있는 거야?"

점주가 물어왔다. 실례되는 녀석이다.

"물론이지. 네 급료보다는 많다고."

거짓말은 좋지 않지만 세상에는 진실보다 소중한 것이 있다. 가령 공주기사님 앞에서 창피를 당하고 싶지 않은 나의 긍지라든지.

"선불이야."

"여깄어."

은화를 카운터 위로 미끄러뜨린다. 다른 사람에게 술을 얻어먹는 주제에 스타링의 지갑에는 아직 은화라는 것이 8개나 들어 있었다. 사준 것보다 많이 받아버리고 말았지만 위로금이라 생각하고 용서해주길 바란다.

점주는 말 없이 은화를 집어들더니 컵에 든 에일을 내밀었다.

공주기사님은 내가 옆에 앉아 있어도 곁눈질조차 하지 않았다. 완전히 무시하고 있다. 그래도 경계심은 버리지 않고 있는 듯했다. 낌새로 알 수 있다. 만약 흑심을 드러내고 어깨라도 안으려 한다면 눈 깜짝할 사이에 때려눕혀지고 가게에서 쫓겨날 것이다.

말을 걸 타이밍도 잡지 못해서 별로 차갑지도 않은 에일을 홀짝홀짝 마신다. 내가 생각해도 정말 쪼잔하게 마시고 있다.

아무도 이야기를 하지 않아서 술집은 너무도 고요했다. 밖에서 들려오는 소음이 마치 다른 세계의 것처럼 작게 들린다.

데즈나 스타링과 바보 같은 이야기를 나누는 것도 즐겁지만 가끔은 이런 것도 좋다. 조용히 술을 맛볼 수 있는 만큼은 나도 어른이 되었다. 엄청난 미녀와 함께라면 더욱 그렇다.

"…무슨 용건이지?"

이윽고 앨윈이 곁눈으로 말을 걸어왔다. 음? 침묵은 이제 끝인가? 내 존재따윈 안중에 없는 줄 알았는데 예상했던 것 이상으로 조바심이 나 있었던 것 같다.

"용건따윈 없어. 굳이 말하자면 이렇게 이야기를 하기 위해서려나?"

"그렇다면 이제 용건은 끝난 거군."

시선을 다시 카운터쪽으로 돌린다. 돌아가라고 은연중에 말하고 있다는 것은 아무리 무딘 나라도 이해할 수 있었다.

"돌아갈지 어떨지는 내 자유야. 너한테 명령받을 이유는 없어."

이런 미인과 가까워질 기회를 놓칠 만큼 나는 취하지 않았다.

"그렇다면 내가 나가기로 하지."

카운터에 금화를 올려놓고 의자에서 일어선다. 나는 입을 열었다.

"…동료를 잃었다면서?"

앨윈의 표정이 굳어졌다. 역시 그랬군. 모험자가 혼자서 마시고 있는 이유따윈 대개 그런 것이다.

"알고 있어. 그건 괴롭지. 소중한 동료를 잃은 슬픔은 쉽게 지울 수 있는 게 아니니까. 자신의 무력함과 후회, 기타 여러가지 것들이

뱃속에서 뒤섞여 마치 반신을 잃은 것 같은 기분이 되지. 꿈에 나오는 정도가 아니라 무엇을 하고 있어도 그 녀석이 죽는 모습이 머리를 떠나지 않아. 술을 마시는 것은, 맛보기 위해서도 취기로 마음을 달래기 위해서도 아니야. 예방책이지. 벽에 머리를 들이박거나 머리카락을 쥐어뜯지 않기 위한."

"……."

"동료는 그밖에도 있어. 우리는 혼자가 아니야. 그러니까 죽은 녀석보다 지금 있는 녀석들에게 눈길을 돌리고 지켜야 돼. 하지만 그것은 이성적인 판단일 뿐이고, '다음에야말로'나 '해야 돼' 같은 의무감만으로는 이 고통이 사라지지 않아. 언젠가 시간이 해결해준다고 해도 그때까지 견딜 수 있을 거란 보장은 어디에도 없어. 아무도 해결해주지 않는 거야. 아아, 언제까지 계속되려나?"

정신을 차려보니 앨원은 다시 자리에 앉아 이쪽을 보고 있었다. 아까까지는 카운터를 향한 채 얼굴도 보지 않았는데.

"아픈 곳을 또 건드린 것 같아서 미안하군. 사과할게."

얻어맞을 각오는 하고 있었다. 하지만 앨원의 표정에 떠올라 있는 것은 분노나 모멸이 아닌 놀람이었다. 아무래도 방금 한 이야기가 어느 정도 통한 모양이다.

"…너도 모험자였나?"

"옛날에는."

용병 시절부터 동료를 몇 명이나 잃었다. '밀리언즈 블레이드'에 있었던 때도 그렇다. 시시한 실수나 예상하지 못했던 궁지, 배신, 게으름, 기습 등등. 내 주위에 있는 녀석들은 너무도 쉽게 죽어버린다. 그래서 그 서투르고 성실한, 그러면서도 얻어맞든 불에 타든 칼에 베이든 바위에 깔리든 쌩쌩하게 살아 있는 수염쟁이를 좋아하는 것이다.

앨윈이 나를 이리저리 뜯어보았다.

"다치기라도 한 거야?"

"뭐, 그렇지."

거지 같은 태양신 이야기는 하고 싶지 않다. 모처럼 미인과 이야기를 하고 있는데 기분만 잡친다.

"그래서 이건 경험자로서 하는 충고야. 슬퍼하는 건 좋아. 잊으라고도 안 해. 분노든 공포든 증오든 실컷 느끼도록 해. 하지만 후회만은 하지 마. 그건 '먹는' 게 아니니까."

"먹는다고? 하는 게 아니라?"

의아한 얼굴을 하는 앨윈에게 나는 말을 이었다.

"후회라는 것은 '약'과 같거든. 슬픔에서 도망치기 위해 손을 대면 자기연민에 빠져 종국에는 거기서 한 발짝도 움직일 수 없게 돼."

"……."

앨윈이 술잔으로 시선을 떨구었다. 내려놓은 여파로 물결치며 붉은 파문이 인다.

"그렇게 하면 좋았을 텐데, 좀더 일찍 눈치 챘으면 좋았을 텐데, 같은 생각은 나중에 얼마든지 할 수 있어. 망상일 뿐이니까. 그렇게 생각 안 해?"

대답은 없었다. 조금 밑으로 떨군 시선으로는 자신의 감정을 더듬거리며 찾고 있는 것처럼 보였다.

나는 깊은 한숨을 내쉬었다.

"나라도 괜찮으면 고민 정도는 얼마든지 들어줄게. 어때? 다른 곳에서 다시 마실래? 가는 김에 이곳 계산도."

뒤에서 갑자기 얻어맞았다. 완전히 허를 찔려서 머리를 감싸안고 엎드린다. 돌아보자 금발의 도련님이 얼굴을 새빨갛게 물들인 채 내 아래턱을 걷어찼다. 기세를 죽이지 못하고 똑바로 뒤집어진다.

"그만해, 랄프!"

숨통을 끊겠다는 듯 내 위에 올라탄 랄프라는 남자를 앨윈이 제지했다.

"갑자기 폭력을 쓰다니 무슨 짓이야?"

"이런 쓰레기와 엮이면 안 됩니다, 공주님."

나에 대해 잘 알고 있는 듯 고개를 젓더니 앨윈의 손을 잡고 출구로 향한다.

"자, 그만 가죠. 루스터 경도 기다리고 계십니다."

억지로 끌고서라도 갈 생각인 듯하다. 앨윈의 의견은 묻지도 않고.

"이거 놔, 랄프!"

"아뇨, 오늘이야 말로 말씀드리는데, 공주님은 한시라도 빨리 '미궁'에 들어가셔야…."

"그만둬!"

비명 같은 큰 목소리가 가게 안에 울려퍼졌다. 술집이 고요해졌다. 랄프조차 무슨 일인가 싶어 기둥처럼 굳어져 있다. 돌아보니 손을 뿌리친 앨윈의 얼굴이 창백해져 있었다. 감정적이 된 것을 후회하고 있는 걸까?

"…어린애가 아니니까 혼자서 돌아갈 수 있어."

미안한 듯 작게 말했다.

"죄송합니다. 하지만 이대로는 시간을 낭비할 뿐이에요. 괴로우신 건 알겠지만 이제 그만…."

랄프는 사과하면서도 데리고 가는 것은 체념하지 않은 듯했다. 앨윈은 담담하게 고개를 끄덕였다.

"계산은 하고 가시죠."

그대로 가게 밖까지 나가려 했기에 점주가 조용히 불러세웠다.

대답 대신 랄프가 큰 걸음으로 돌아와서 카운터에 손을 내리쳤다. 각도상 잘 보이지 않지만 소리로 추측컨데 돈을 올려둔 것이리라.

문이 닫히기 직전 그 틈새로 앨윈의 얼굴이 보였다. 마치 길을 잃은 미아 같았다.

…갔나? 충분히 50까지 세고나서 일어선다. 그따위 허접한 주먹은 백 대를 맞아도 안 죽는다. 반격은 할 수 없지만.

"그럼 나도 가볼게. 소란을 피워서 미안했군."

앨윈도 돌아가버렸고 술을 얻어먹을 상대도 없으니 더 이상 이곳에 볼일은 없다. 술도 깨고 말았다. 다른 갈 곳도 없으니 숙소로 돌아간다.

하나밖에 없는 침대는 비어 있었다. 아직 안 돌아온 건가? 한숨 자기 위해 빨려들 듯 침대로 다가가자 책상 밑에서 검은 그림자가 뛰쳐나왔다. 거미처럼 내 다리에 달라붙으며 손과 발을 감는다.

"숨바꼭질을 하고 싶으면 말해, 폴리."

그녀의 손을 잡고 책상 밑에서 꺼내려 하자 아니나 다를까 떼를 썼다.

나는 창문을 열었다. 달빛이 새어들면서 폴리의 불쌍한 모습을 비춘다. 눈 언저리가 검붉게 변색되어 있고, 머리카락은 헝클어져 있으며 입가는 찢어져 있다.

"또 심하게 당했구나."

3류 창부는 손님도 저질인 게 상식이다. 여자를 때리지 않으면 흥분하지 못하는 변태는 정상적인 창관이라면 출입금지다.

상처에 바르는 약 같은 편리한 물건은 없기에, 일단 얼굴을 닦아 주기 위해 물을 찾아 일어섰을 때 폴리가 안겨왔다.

"미안해, 매쉬."

싸구려 화장과 콧물을 내 바지에 묻히면서 뺨을 문지른다.

"내 잘못이야. 또 너한테 폐를 끼쳤어."

"그렇지 않아. 너는 잘못한 게 없어. 잘못한 것은 너한테 심한 짓을 한 그 녀석이지."

"으응, 괜찮아."

폴리는 공허한 눈으로 엄지 손톱을 깨물기 시작했다. 불안해졌을 때의 버릇이다. 그래서 그녀의 엄지는 언제나 반쯤 벗겨져 있다.

"못난 나의 잘못이야. 그쪽은 손님인 걸. 다소 난폭한 짓을 당해도 웃어넘길 정도는 되어야지. 아빠는 언제나 그렇게 말했거든. 알고 있지?"

"그래."

만난 적은 없지만 너한테서 백만 번은 들었지.

"나 말야, 좀더 훌륭한 사람이 되고 싶어. 창부라고 해서 얕잡혀 보여도 된다는 법은 없잖아? 학식이 없으니까 바네사처럼은 무리 겠지만 머리 좋은 창부라면 될 수 있을 거라 생각해."

"그래. 그렇게 되면 좋겠네."

"그러니까 버리지 마, 응? 나 힘낼 테니까. 알고 있지? 난 글자도 쓸 수 있어. 마음만 먹으면 대필도 할 수 있고, 밑천만 있으면 장사도 할 수 있다고. 언젠가 둘이서 장사라도 같이 하자, 응? 이 도시가 아니어도 좋으니까."

참회인지 결의 표명인지 알 수 없는 말을 오늘도 되풀이한다. 하지만 폴리가 현재 상황을 바꾸기 위해서 무언가를 하는 모습을 본 적이 없다. 작심삼일조차 아니다. 하룻밤의 꿈이다. 꿈을 이야기하면 지금과는 다른 최고의 자신을 망상할 수 있다. 불행을 탄식하고 후회에 얽매이면서도 현재 상황을 바꾸려는 노력은 하지 않고 자기 연민에만 빠져 있다. 술과 '약'을 먹지 않아도 그녀는 이미 취해 있는 중독자다.

"뭐가 좋으려나? 포도주 같은 게 좋지만, 매쉬가 다 마셔버릴 것 같으니까 안 되겠지? 소금이나 밀, 양초 같은 건 어떨까?"

모두 상업 길드에서 권리를 독점하고 있는 것들뿐이다. 생활필수품이기에 불법 거래에 대한 감시도, 위반자에 대한 제재도 가혹하다. 길드에 가맹한다 해도 신참자가 끼어들 틈은 없다. 폴리의 계획은 언제나 공허하고 비현실적이다.

바네사의 이야기로는 예전엔 이렇지 않았다고 한다. 그럭저럭 괜찮은 상가 출신이었고, 머리는 안 좋았지만 가게 일을 돕는 정도는 하고 있었다. 혼약자도 있었다고 한다. 어쩌면 그럭저럭 유복한 상가의 아내가 되었을지도 모른다. 하지만 가게가 망하자 모친은 목을 매달았고, 아버지는 딸을 창관에 팔아치웠다. 현실을 인정할 수 없었던 폴리는 현실에 적응하지 못하고 타협도 하지 못해서 꿈 같은 해결방법에만 매달리다 어느샌가 가장 밑바닥까지 굴러떨어져 있었다. 보다 못한 바네사가 몇 번이고 다른 일을 권했지만 사흘은 커녕 한나절도 버티지 못했다.

성실하게 일해라. 진지하게 자신의 인생과 마주해라. 정론을 설파해도 통하지 않았다. 그 자리에서는 고개를 끄덕였지만 다음날에는 같은 일을 되풀이했다. 현재 상황을 바꾸려는 노력보다 우는 소리를 늘어놓으며 싸구려 술로 도피하는 게 더 편했기 때문이다. 그렇게 조금씩 나이를 먹어가다가 이윽고 늙어가겠지. 정말 내 모조품과 같은 녀석이다.

"아아, 그래. 너는 나쁘지 않아. 너라면 할 수 있을 거야."

그래서 털끝만큼도 생각하고 있지 않는 말들을 오늘도 이렇게 늘어놓고 있는 것이다.

며칠 후 데즈의 아내가 무사히 남자 아이를 낳았다. 다행히 엄마와 아이 모두 건강하다고 한다. 데즈의 기뻐하는 모습은 장난이 아니었다. 길드에서는 여전히 덥수룩한 수염의 무뚝뚝한 얼굴이지만 집에만 돌아오면 눈꼬리를 늘어뜨리고 아이를 어르고 달래기 바빴다. 친구가 좋아하는 모습은 나로서도 기쁘다. 놀릴 거리도 늘었다.

무언가 선물이라도 사줄까 해서 거리를 걷고 있자니 불현듯 골목으로 들어가는 사람 그림자가 눈에 들어왔다.

반사적으로 돌아보니 회색 후드를 쓴 뒷모습이 안으로 나아가고 있었다. 형태 좋은 엉덩이와 우아한 걸음걸이를 보면 틀림 없다.

공주기사님과는 그날 이후로 만난 적이 없었다. 가끔 '황금사자의 포효정'을 밖에서 들여다보았지만 그녀는 없었다.

그녀가 '미궁'에서 용감하고 화려하게 싸우고 있을 때, 나는 술을 마시고 거리를 어슬렁대며 동전이라도 떨어져 있지 않은지 찾아다니다 밤이 되면 울부짖는 폴리를 다독이는 매일을 보내고 있으니 접점 같은 게 있을 리 없다.

결국 살고 있는 세계가 다른 것이다. 만날 리 없는 인간관계. 대화를 한 것도 우연에 지나지 않는다. 길에서 스쳐지나가거나 멀리서 보는 정도는 가능하겠지만 이야기할 기회는 더 이상 없을 거라 생각하고 있었다.

무슨 용건이지? 여느 때와 복장은 다른 것 같지만 이 부근은 저런 공주님이 기웃거릴 만한 장소가 아니다. 랄프인가 하는 머리가 이상한 도련님도 안 보인다.

잠시 망설였지만 뒤를 밟기로 했다. 어딘가의 주정뱅이가 싸질러 놓은 소변과 토사물의 시큼한 냄새를 맡으며 뒤를 쫓는다. 건장한 체격의 내가 뒤를 밟으면 금방 들통날 거라 생각했지만 눈치챌 낌새는 없었다.

꾸불꾸불한 골목을 나아가 도착한 곳은 '야광접 길'에 있는 '붉은 관짝'이라는 창관 뒤였다. 무슨 볼일이지? '그레이 네이버'에는 남창이 있는 가게도 많지만 이곳은 여자뿐이었을 것이다. 공주기사님에게 그쪽 취미가 있나 싶어 고개를 갸웃거리고 있다가 뒷문에서 나온 남자를 보고 눈을 부릅떴다.

오스카다. 바네사의 연인으로 30줄의 남자다. 금발에 파란 눈. 미남이라 불러도 좋은 얼굴이지만 나는 알고 있다. 이 녀석은 나 못지 않은 쓰레기다.

오스카는 온화한 미소를 지으면서도 빈틈없이 주위를 살폈다. 나는 그늘에 숨으면서 모습을 살폈다. 오스카는 앨윈에게 작은 봉지를 건네고 대신 작은 주머니를 받아들었다. 작게 돈이 부딪히는 소리가 났다. 오스카는 주머니 안을 확인하면서 만족스럽게 고개를 끄덕였다.

"약속은 지켰어."

앨윈은 분노를 억누른 표정으로 말했다.

"그것을 돌려줘."

"흠? 무엇을 말이죠?"

명백히 시치미를 떼는 어조였다. 아니나 다를까 앨윈의 분노가 폭발했다.

"너 이 자식, 나를 속인 거냐?"

"너무 큰 소리는 내지 않는 편이 좋아요."

오스카가 입술에 검지를 댔다.

"남들에게 알려져서 곤란한 것은 오히려 당신이니까요. 안 그래요? '진홍의 공주기사' 님."

속삭이듯 작은 목소리였지만 그 목소리는 용의 목이라도 벤 것처럼 의기양양한 것이었다.

"그런 것을 쓰고 있으면 이야기하기 곤란할 테니 벗어주지 않겠습니까?"

"……."

"벗어주지 않겠습니까?"

어조를 강하게 해서 되풀이하자 앨윈은 마지못한 태도로 후드를 벗었다. 붉고 윤기나는 머리카락이 드러난다.

"역시 이렇게 보니 아름답군요…. 이크!"

앨윈의 손이 허리춤의 검으로 뻗었다. 그러자 오스카가 잽싸게 뒤로 물러났다.

"위험한 짓은 하지 마세요. 여기서 소란을 일으키면 서로 곤란해 집니다. 안 그래요?"

오스카의 협박이 통했는지 앨윈이 명백히 위축된 모습을 보였다. 마물 무리에도 겁먹지 않고 돌진해서 동료를 구하는 그 용감한 공주님이.

이윽고 손이 칼자루에서 떨어졌다. 오스카는 승리를 확신했는지 일정 거리를 유지하면서 앨윈의 등 뒤로 돌아갔다.

"알고 있어요. 돌려드린다니까요. 하지만 금화라고는 해도 이 정도 돈으로는 역시 좀 부족하지 않나 싶어서 말이죠. 가치는 당신 쪽이 더 잘 아시겠죠?"

보란 듯이 돈이 든 주머니를 흔들어보인다. 내 생활비 10년분은 될 것 같은데?

앨윈은 고뇌의 표정으로 이를 악물었다.

"앞으로 오랫동안 보게 될 것 같은데, 돈만 받고 끝내는 것도 역시 좀 허전한 일 아닐런지. 무슨 말인지 이해하시죠?"

남자가 뻗은 손이 진홍색 머리카락에 닿았다. 그녀는 일순간 몸을 움찔했지만 뿌리치려고는 하지 않았다.

"제가 위험을 무릅쓰고 한 마디 하면 저든 당신이든 파멸입니다. 저는 상관없어요. 어차피 잃을 것따윈 아무것도 없으니까요. 하지만 당신은 다르죠. 안 그래요?"

"……."

"저기, 그렇게 잠자코 있으면 아무것도 알 수 없잖아요. 뭐랄까,

좀더 친밀한 교류를 말이죠."

오스카의 손이 가늘고 흰 목덜미로 뻗는다. 나는 코를 손으로 찝었다.

"이봐, 거기 너. 거기서 뭐하고 있어!"

거무튀튀한 위병의 흉내는 나의 몇 안 되는 특기다. 그 특징적인 걸걸한 목소리는 연기하기 쉽다.

"너, 오스카지? 거기서 움직이지 마!"

발을 굴러서 다가가는 소리를 연출한다.

오스카는 혀를 차고 그곳에서 도망쳤다. 허둥대다 누군가와 부딪혔는지 날카로운 비명이 들렸다. 자리에 남겨진 앨윈은 한순간 멍해 있긴 했지만 후드를 다시 뒤집어쓰고 그곳을 떠나려 했다.

"잠깐 기다려, 공주님."

앨윈은 발을 멈추고 돌아보았다.

"그러고보니 자기소개를 안 했었네."

안심시키듯 양팔을 벌리고 최대한 부드러운 목소리를 낸다.

"나는 매쉬. 잘 부탁해."

웃는 얼굴로 손을 내밀었지만 악수는 받지 못했다. 마치 괴롭힘을 당한 들개처럼 경계하고 있다.

"…어떻게 이곳에?"

"그건 내가 할 말이야. 이곳은 너 같은 공주님이 올 곳이 아냐."

"너하고는 상관없어."

"그건 아니지 않아? 치한에게 당하기 전에 구해줬는데."

"치한?"

의외라는 듯 눈을 깜빡거린다.

"그래, 치한. 혹시 하는 쪽이었어? 그렇다면 방해해서 미안하군. 사과의 의미로 내 엉덩이를 만져도 돼. 감도가 좋아서 묘한 목소리를 낼지도 모르겠지만."

"농담하지 마! 누가 그런…. 아니, 미안해. 덕분에 살았어. 허를 찔려서 말이지."

이야기하면서 앨원의 표정에 안도감이 번져간다. 비밀을 들키지 않아서 안도하고 있는 것이다. 아무래도 내 예상이 맞아버린 듯하다.

"이번 일에 대한 사례는 언젠가 하기로 할게. 급하니까 이만 실례하겠어."

"아, 그러지 말고 조금만 시간을 내주지 않겠어? 이상한 짓은 안 할 테니까."

"사양하기로 하지."

후드를 다시 쓰고 작은 새가 날개치듯 그곳을 떠나려고 한다.

"잠깐이면 돼. 오늘은 돈도 있…, 이크."

지갑이 떨어져서 동화와 은화가 흩뿌려진다.

"미안한데 좀 주워줄래?"

공주기사님이 미간을 좁혔다. 나 같은 양아치에게 명령받는 것은 굴욕일 것이다. 어쩌면 아까의 오스카를 떠올린 것일지도 모른다.

그래도 도움을 받은 것에 대한 예의인지 시키는 대로 몸을 숙였다. 너무 방심한 거 아냐? 그 틈에 그녀의 손을 잡고 품속으로 손을 뻗어 봉지를 낚아챘다.

"무슨 짓이야!"

되찾으려 하기 전에 서둘러 뒷걸음질 쳤다.

"큰 소리 내지 말라고."

지금이라도 검을 뽑을 것 같은 험악한 표정을 보고 허둥지둥 손으로 제지한다.

"이건 너 같은 숙녀가 손을 대도 좋은 물건이 아냐."

쓸데없는 참견이라는 것은 잘 알지만 내버려두면 어떻게 되는지 질릴 만큼 알고 있다.

"모험자 길드에는 바네사라는 솜씨 좋은 감정사가 있어. 알고 있지?"

햇빛이 닿지 않는 이런 뒷골목에서는 싸우면 확실히 진다. 어떻게든 싸움을 피하기 위해 생각나는 대로 말하기 시작했다.

"어지간한 녀석들은 상대가 안 될 정도의 눈썰미를 가지고 있지만, 남자를 보는 눈만은 최악이라서 말야. 말도 안 되는 쓰레기들과만 사귀고 있어. 그리고 현재 남친이 방금 너하고 말썽을 일으킨 그 오스카 군이지."

앨윈의 몸이 움찔 떨렸다.

"녀석은 그럭저럭 유명한 밀매꾼인데, 폭력배 일당한테 무서운 '약'을 들여와서는 자신을 사막 왕국의 귀족이라 착각하고 있는 몽상가나 뇌세포에 상식이 결여된 모험자들에게 팔아치우고 있어."

후드 밑으로 엿보이는 얼굴은 창백해져 있었다.

"이건 '마약'이지? 그리고 너는 상습범이고."

그 순간 앨윈은 혼이 빠져나간 것처럼 털썩 주저앉았다.

"내 말이 틀려?"

대답은 없었지만 공주기사님의 반응을 보건데 명백했다. 공포, 분노, 수치, 절망 등이 마녀의 냄비 속에서 뒤섞인 채 부글부글 끓고 있다. 손이 목 뒤로 돌아가 있는 것은 목덜미에 떠올라 있는 검은 반점을 가리기 위해선가.

나는 봉지를 열었다. 안에는 작은 병이 들어 있었다. 병은 하얀 가루로 채워져 있었다. 뚜껑을 열고 냄새를 맡아본다.

"'릴리스'인가?"

써본 적은 없지만 체험자 말에 따르면 한 번 핥는 것만으로도 공포든 뭐든 싹 다 날아가버린다고 한다. 그 대신 기다리고 있는 것은 파멸이다. 몇 년도 안 되어 뼈와 내장이 너덜너덜해지고 수명은 확실히 줄어든다. 끊는다 해도 금단현상은 지옥과 같은 고통이다. 오스카 녀석, 이런 끔찍한 것을 팔아치우다니. 지옥에나 떨어져라.

"아, 아."

앨윈의 입에서 신음소리가 흘러나왔다. 자신에게 달라는 분위기가 느껴진다. 갑자기 달려들지 않는 걸 보면 아직 평정심은 유지하고 있는 듯하지만 악화될 경우 '약'을 위해서라면 가랑이든 뭐든 벌릴 것이다.

나는 뚜껑을 연 채, 하얀 가루로 가득한 병을 가까운 배수구에 떨어뜨렸다. 하얀 가루가 병과 함께 흘러내려간다.

"개인 사정에 이러쿵저러쿵 끼어들 생각은 아니지만, 이런 물건에 의존하는 건….."

갑작스레 뒤통수에 충격이 느껴졌다. 눈에 핏줄이 선 공주기사님이 멱살을 잡았다.

"너 이노옴!"

격앙된 얼굴로 주먹을 휘두른다. 순간적으로 양팔을 들었지만, 얼굴에 주먹이 들어왔다. 무겁지는 않지만, 그만큼 속도가 빨라서 피하기가 쉽지 않다. 가드 틈 사이로 몇 번을 얻어맞아, 자세가 무너지자 지면에 처박혔다. 하늘을 보고 쓰러지니 마운트 자세로 얻어맞게 됐다.

망했네. 지금의 나는 완력으로도 승산이 없다. 공주기사님은 아무래도 머리 끝까지 열이 뻗쳤는지 스윙이 크다. 체중이 실린 주먹을 나는 아주 조금씩 고개를 숙여, 이마로 막아냈다.

몸의 튼튼함이야 달라지지 않았다. 주먹의 통증에 움츠러든 틈에 공주기사님의 마운트에서 빠져나왔다.

"약이 필요하다면 찾으러 가지그래. 지금 당장 시궁창물이라도 들이키면 냄새 정도는 남아 있지 않겠어?"

그러자 앨윈은 퍼뜩 정신이 들었는지 움직임을 멈췄다. 빨갛게 부어오른 주먹과 배수구, 그리고 나를 교차하여 바라보더니, 부끄러운 마음이 들었는지 얼굴을 숙이고 주저앉는다. 훌쩍이기 시작하나 싶었으나 소리는 들려오지 않았다.

얼마 후 나는 일어나서 먼지를 털어내고 공주기사님에게 손을 내밀었다.

"괜찮다면 이야기를 들을 수 있을까?"

공주기사님을 데리고 간 곳은 모험자 길드 2층이었다. 길드 안에는 모험자들이 비밀 이야기를 하기 위한 방이 여럿 있다. 조금 큰 소리를 내도 밖에까지는 들리지 않는다. 그런 까닭에 모험자간의 사적 제재에도 쓰인다. 이곳이라면 다른 사람이 엿들을 걱정은 없다. 우리 집으로 데려갈까도 생각했지만 이런 상황에서는 좋지 않은 속셈이 있을 거라는 오해를 살 것 같다. 참고로 폴리는 일하러 나가서 밤 늦게까지 돌아오지 않는다.

좁은 방 한복판에는 이곳저곳 상처투성이의 테이블이 역전의 전사처럼 놓여 있다. 공주기사님은 내가 권하는 대로 다리가 흔들거리는 의자에 앉았다.

손을 무릎 위에 올린 채 창백한 얼굴로 고개를 숙이고 있는 그 모습은 마치 판결을 기다리고 있는 죄인 같다.

"그렇게 경계하지 않아도 돼. 나에 대해선 성당의 신부 같은 거라 생각하라고."

신앙심 같은 건 엄마 뱃속에 버리고 왔지만 누군가의 고민을 듣는 정도는 할 수 있다.

"솔직히 말할게. 너는 '미궁병'인 거지?"

여전히 말이 없었지만 살짝 쥐고 있는 손과, 맞닿아 있는 무릎이 정직하게 실토해 주었다.

"흔히 있는 이야기야."

별다른 불빛도 없는 '미궁'은 죽음과 맞닿아 있다. 지형, 마물, 함정, 동업자. 언제 죽음의 신이 뒤에서 습격해와도 이상하지 않다. 이 도시에 온 후로 그런 사람을 수도 없이 봐왔다.

한 번 '미궁병'에 걸리면 마법으로도 치료할 수 없다. 승려의 '기적'으로 전의를 고양시킨다 해도 일시적이다. 금방 다시 겁많은 새끼고양이로 돌아가버린다. 비교적 가벼운 증상일 경우 '미궁'에만 들어가지 않는다면 다른 마을에서 아직 싸울 수 있다. 하지만 대부분은 싸울 수조차 없게 된다. 모험자는 목숨을 걸어야 하는 직업이다. 목숨을 걸 수 없게 된다면 거기서 끝인 것이다. 그후엔 은퇴하느냐 목숨을 버리느냐의 양자택일이다.

이러지도 저러지도 못해서 '약'에 손을 대는 녀석도 있다. '진홍의 공주기사' 님도 예외가 아니었을 뿐이다. 현명하다고는 생각하지 않지만 말야.

그녀는 체념했는지 고개를 숙인 채 띄엄띄엄 이야기를 시작했다.

"내가… 손을 댄 것은 반년쯤 전이었어."

싸움과 '미궁'의 공포를 견디지 못하고 손을 댄 것이 시작이었다고 한다. 정체를 감추고 입수해서 조금씩 사용하고 있었다.

"처음엔 괜찮았어. 기분도 고양되고 '미궁' 공략도 그때까지와는 비교도 안 될 만큼 진척되었지. 허나 곧 어리석은 행동에 대한 대가를 치러야 했어."

점점 '약'을 먹는 빈도가 늘어나서 지금은 하루에 한 번 쓰지 않으면 금단현상이 찾아온다. 손이 떨리고 성미가 급해지고 이유도 없이 주위에 화를 낸다. 변화를 눈치채지 못하게 하려고 몇 번이고 손을 가져간다. 악순환이다.

"종국에는 그딴 녀석이 시키는 대로 선조에게 물려받은 비취 목걸이를 넘기고 말았어."

먼 옛날 이국에서 시집온 공주님이 지참해온 것으로 매우 귀중한 것이라고 한다. 그런 물건을 '약'과 바꾸려고 했다…. 아니, 한 번은 실제로 바꿔버렸다. 이것이 '약'의 무서움이다. 청렴결백하고 의지가 강한 공주님조차 이성을 잃고 만다.

곧바로 후회하고 돈을 모아 다시 사들이려 했지만 오히려 협박을 받게 된 것이다.

"맥터로드 왕국 구원의 상징인 내가 그딴 것에 의지해서 공포를 얼버무리고 있다는 것을 백성들에게는 말할 수 없어. 너도 이해하겠지?"

"정 무섭다면 은퇴하면 돼."

"그건, 불가능해."

"사정은 알고 있어. 왕국 재건을 위해서는 '미궁'에 도전해서 보물을 손에 넣어야 한다는 거지? 분명히 말하지만 네 주변 녀석들은 다들 얼빠진 겁쟁이들뿐이야. 그딴 것은 음유시인에게 동전 몇 개 쥐어주면 기꺼이 노래해줄 테니까 꼭 실현할 필요 없다고."

살아남은 녀석들이 힘을 모아 도전하는 거라면 모를까 아무리 실력이 있다 해도 여자 한 명한테 나라의 운명을 맡긴다면 쓰레기 외에 아무것도 아니다.

정 나라를 원한다면 남쪽 황야라도 개척하든지 다른 나라를 침략하는 방법도 있다. 어딘가의 나라에서 관직에 오른 후 전복하는 방법도 있다. 꿈 같은 수단에 매달리는 것보다는 현실적이다.

"무섭다면 무섭다고 말하면 돼. 그런 당연한 것조차 입밖에 낼 수 없는 상대에게 뒤를 맡기고 있는 거야?"

"너하고는 관계 없어."

"그래, 관계 없어."

나는 한숨을 쉬고 의자 등받이에 등을 기댔다.

"요전번에 이야기만 조금 했을 뿐 이름조차 안 밝혔지? 인정할게. 그럼에도 묻는 건데 네 고통을 알고 있는 녀석이 몇 명이나 돼? 내기해도 좋지만 제로일걸?"

만약 그녀가 고통과 두려움을 입밖에 낼 수 있었다면 '약' 같은 것에 손을 대지 않았을 것이다.

숭고하고, 청렴하고, 가련한 공주님. 그런 기대라는 이름의 왕관을 그녀의 머리에 씌우고 칭송할 뿐이다. 그게 얼마나 공주님의 부담이 되고 있는지는 생각조차 안 한다. 태평스럽고 무지하며 무능한데다 머리가 꽃밭인 녀석들이다. 그냥 나가 죽어라.

"충고할게. 앞으로 '약'은 끊어. 그런 것에 손을 대는 건 잘못되어 있어. 다른 사람의 사정에 간섭하는 취미는 없고 명령할 입장이 아닌 것도 알고 있지만, 그럼에도 굳이 말하는 건데 끊어. 반드시."

말하면서 불쾌함이 되살아났다.

"'약에 손을 댄 녀석을 수도 없이 봐왔는데 어느 녀석이든 제대로 된 최후를 맞이하지 못했어. 약 살 돈을 벌기 위해 강도짓을 하다 처형당한 녀석, 착란에 빠져 마물을 자신의 엄마로 착각해서 스스로 잡아먹히러 간 녀석, 금단현상을 견디지 못하고 자신의 목을 찌른 녀석도 있었군. 그런 식으로 죽고 싶은 건 아니지?"

부탁한 것도 아닌데 다들 악취미한 곡예를 보여주고 있었다.

"특히 '릴리스'는 효력이 강한 만큼 금단현상도 장난이 아니야. 게다가 '해독'도 안 든다고."

세상에는 마법이라는 편리한 것이 있어서, 상처를 치유하거나 몸에 들어온 독을 중화하기도 한다. 하지만 치료할 수 없는 것도 있다. '미궁병' 같은 마음의 병, 그리고 마약중독도 그것이다. 특히 '릴리스'는 성분에 특별한 마력이 포함된 약초가 쓰이고 있다고 해서 해독제도 만들 수 없다.

"가장 좋은 방법은 '미궁'의 보물과 왕국재건을 포기하고 모험자를 은퇴하는 거야. 그리고 시골에서 바다라도 보면서 요양하도록 해. 사명은 다른 녀석에게 떠넘기고 말이지. 병이든 부상이든 이유 같은 건 얼마든 만들어낼 수 있어. 너는 최선을 다했으니까 뒷일은 아랫것들한테 맡기면 돼."

"충고는 감사해."

괴로운 듯 고개를 젓는다.

"하지만… 지금의 나에겐 꼭 필요한 거야."

"'약'에 의지해서 왕국을 재건한다고? 왕국 역사에 뭐라고 쓸 건데? '미궁병'에 걸린 앨윈 공주 전하는 '릴리스'로 마약 중독자가 되면서도 보물을 손에 넣어 왕국을 부활시켰습니다?"

"여차할 때의 각오는 되어 있어."

"비밀과 공포를 전부 감춘 채 저승으로 떠나겠다는 건가. 그만둬. 도마뱀 꼬리 자르기는 공주님이 할 일이 아냐."

"왜 그렇게까지 참견하는 거지? 너와는 관계없다고 네 입으로 말했잖아."

"너는 배고픈 새끼 고양이를 보고도 먹이를 안 주고 못 본 척할 거야? 꽃이 시들어가는 걸 보고도 물을 안 줄 거냐고. 그거랑 똑같아. 인간이라면 누구나 가지고 있는 동정심 같은 거."

쓸데없는 참견이라는 것은 잘 알고 있다. 본래라면 관계없는 일이라고 못 본 척해도 되고, 이 정보를 누군가에게 팔아도 된다. '진홍의 공주기사' 님의 추문이라면 비싸게 팔 수 있을 것이다. 고귀하고 우아하며 고결한, 자신과는 태생부터 성장배경까지 다른 그런 사람이 땅바닥을 기어다니며 시궁창물을 마시고 있다. 그 모습을 보고 꼴 좋다며 흥분하는 사람은 많을 것이다. 나도 그렇다. 오히려 솔선해서 그래왔다. 지금 그러지 않는 것은 코털만큼 남아 있는 양심때문일 것이다. 혹은 눈앞에서 위축되어 있는 공주기사님에게 정이 들었다든지.

"백성들은 어떻게 되지? 나라로부터 아무런 도움도 받지 못한 채 마물의 대군에 의해 땅과 가족을 빼앗겼어. 아무런 잘못도 없는데."

"딱히 네가 마물을 불러온 것도 아니잖아."

책임감이 강한 것은 좋지만 뭐든 다 떠맡는 것은 좋지 않다.

"그리고 민초라는 것은 의외로 끈질긴 존재야. 어디에나 정착할 수 있고 돈과 먹을 것만 있다면 적당히 살아갈 수 있지. 맥터로드 왕국이 아니면 안 된다는 사람은 아주 일부야."

거기서 앨윈이 의아한 듯 말했다.

"너는 정체가 뭐지?"

"그냥 기둥서방인데?"

"기둥서방?"

순진한 공주님이다.

"여기서 멀리 떨어진 어느 항구마을에는 바닷속에 들어가 생선과 조개를 따오는 것을 생업으로 하는 여자들이 있다고 해."

머리에 의문부호를 떠올린 앨윈을 시선으로 제지하고 이야기를 계속한다.

"얕은 바다는 대부분 채취해버려서 작은 배를 타고 먼 바다까지 나가 깊은 곳까지 잠수해야 돼. 당연히 잘못하면 익사할 수 있으니까 허리에는 목숨줄을 감았어. 숨이 차오를 때까지 생선과 조개를 따면 목숨줄을 잡아당기는데, 그것을 보고 작은 배 위에서 기다리고 있는 남자들이 여자들을 끌어올린다고 해. 거기서 여성을 돕는 남자를 생명줄…, 다시 말해 끈(주2)이라 부르게 되었다는군."

이야기로 들었을 뿐이라 사실인지 어떤지는 알 수 없다.

"왜 남자가 안 들어가는 거지?"

"배를 저어야 해서 그런 건지, 아니면 남자의 체력이 아니면 끌어올리지 못한다든지 한 것이겠지. 그리고 여자 쪽이 추위에 강하니까 오래 잠수할 수 있다고 들은 적도 있어."

나한테 질문해봤자 별수 없다. 결국 주워들은 지식이니 더 이상은 묻지 않길 바란다.

"요컨대 약간의 대가를 받는 대신 여성을 돕고, 치유하고, 위로하는 직업이려나? 뭐랄까 여성의 조언자 같은 거로군."

"네가 그 조언자라는 거야?"

"뭐 그렇지."

지금은 일도 안 하고 창부에 기생하고 있는 한심한 쓰레기지만.

"왕국도 백성도 소중한 것은 알겠지만 이제 그만둬. 너 자신을 희생할 정도의 가치는 없으니까."

"그게 아냐."

거기서 앨윈은 괴로운 듯 고개를 저었다.

"확실히 왕국 재건도 중요하지만 지금은 그것때문이 아니라고."

"뭐가 또 있는데?"

"…메린다의 딸이 사라졌어."

메린다는 앨윈의 친구라고 한다. 자상한 공주기사님은 모험자가 된 후로 신분을 가리지 않고 사람들을 대해왔는데 그중 한 명이었다. 남편은 아이가 태어나자마자 증발했기에 몸을 팔아가며 여자의 손으로 혼자 키워왔지만 그 아이가 어제부터 사라졌다고 한다. 반

주2) 끈: 絏 히모라고 읽음. 일본에서는 여자에게 빌붙어 사는 사람을 히모(끈)라고 부른다. 어원도 본편에서 설명한 것과 같음. 우리나라에서는 안 쓰는 표현이기에 편의상 기둥서방으로 번역.

쯤 정신이 나가서 찾아다니다 어느 범죄조직에 유괴되었다는 것을 알았다.

"메린다의 모습도 보이지 않아. 아마 아이를 찾으러 간 거겠지."

"범죄조직이라면?"

"'트라이 히드라'라더군."

"최악이네."

이 도시를 기반으로 하는 범죄 조직의 하나다. 규모는 작지만 '약' 매매를 맡고 있다. 최근에는 인신매매에도 손을 대고 있다고 한다. 제정신이 아닌 녀석들도 데리고 있기에 적으로 돌리면 성가시다. 물론 위병 같은 건 도움이 안 된다. 뇌물을 받고 있는 녀석들에게 도움을 구해봤자 제발로 처형대에 서는 거나 마찬가지다. 그녀도 그것은 알고 있는 듯 자력으로 구할 생각인 듯했다. 무모하다고 생각하는데 말야. 지금의 나라면 틀림없이 야반도주한다.

"네 가신들은 뭐해? 요전번 나를 때린 도련님이라면 기꺼이 명령에 따를 거라 생각하는데."

앨윈은 슬픈 듯 시선을 떨구었다.

"랄프는 메린다와 엮이는 것을 싫어했어. 유서깊은 공주가 창부 따위와 대화하는 것 자체가 불결하다면서. 다른 사람들도 비슷하니까 메린다의 딸을 구하자고 해도 도와주지 않겠지."

그런 동료들따윈 갖다버려.

"그리고 그들은 가신이 아니야. 루스터 경이 연줄을 써서 모은 자들인데, 경도 수색에는 반대하고 있어."

아, 누군지 알겠다. 그 나이 먹은 기사님 말이지? 아마 동정일 거다.

"다른 모험자는?"

"몇 사람한테 말해보았지만 '트라이 히드라'의 이름을 꺼낸 순간 다들 거절하더군."

"그렇겠지."

나라도 거절한다. 목숨을 걸고 싸우는 것과 자살하러 가는 것은 별개다.

원군은 없다. 반대를 무릅쓰고 구하러 가려 해도 이미 '약' 없이는 싸울 수 없는 몸이 되어 있었다. 그래서 목걸이를 되찾는 김에 약도 구입하려 했는데 오히려 협박당해서 하마터면 몸을 더럽힐 뻔했다. 그런 상황에서 나와 조우한 건가?

"사정은 이해했어."

나는 깊은 한숨을 쉬고나서 말했다.

"역시 네 선택지는 하나뿐이야. 그 메린다라는 창부와 아이를 포기해."

앨윈의 눈이 부릅떠졌다.

"그 뭐시기 경이 옳아. 혼자서 악당의 소굴에 가려는 건 무모한 일이야. 틀림없이 당하고 말겠지. 그리고 설령 네가 구해낸다고 해도 이 도시에서 창부는 오래 살지 못해. 언젠가 머리가 이상한 녀석에게 죽거나 이상한 병으로 죽고 말겠지."

"그런 건."

"정해져 있어."

뇌리에 스친 광경을 떨쳐내듯 머리카락을 쥐어뜯는다.

"이미 몇 번이고 봐왔으니까."

앨윈은 입을 다물었다. 거짓말이 아니라는 걸 깨달은 듯하다.

"네가 아무리 강해도 신이 아닌 이상 구할 수 없는 사람이 있기 마련이야. 그게 당연해. 누군가를 구하고 싶다는 마음은 고귀하다고 생각하지만 일단 네 자신부터 구해야지. 애당초 네가 파티 동료들과 좀더 친밀한 관계를 구축하고 있었다면 나 같은 녀석의 도움을 받지 않아도 되었을 거야. 안 그래?"

나는 일어섰다. 충고는 했다. 성의도 담았다고 생각한다. 남은 건 공주기사님 하기 나름이다. 죽든 살든 약물중독이 되든 맘대로 하면 된다. 방금 내가 말한 대로 구할 수 있는 사람과 그렇지 않은 사람이 있다. 바라건데 눈앞의 여성이 전자이기를 바란다. 용건은 끝났기에 출구로 향한다.

"너는 어때?"

뒤에서 목소리가 들렸다. 아름다운 목소리에는 기대감이 약간 서려 있다.

"관두는 게 좋아."

나를 의지해도 곤란하다. 그 녀석들이 하루종일 햇빛 아래에 있다면 이야기는 다르지만.

"내 보수는 비싸거든. 네 처녀막이야. 아직 남아 있다면 말이지."

"웃기지…"

돌아보니 앨윈의 얼굴이 수치심인지 분노인지로 새빨갛게 일그러져 있는 게 보였다. 얻어맞을 거라 생각했지만 다리를 머뭇머뭇 떨면서 시선을 딴데로 돌린다.

"아 참, 오스카 쪽은 걱정 안 해도 돼. 녀석에겐 받을 게 있어서 말야. 내 쪽에서 어떻게든 할 수 있어. 그 무슨무슨 목걸이도 찾아줄게."

"뭐?"

어안이 벙벙한 듯한 목소리가 흘러나왔다. 어째서 그런 반응을 하는 거지? 오히려 내가 소리를 내고 싶어졌다.

"아, 혹시 이름을 잊은 거야? 아까 그 밀매꾼 말야. 뭐, 기억 안 해도 상관은 없지만."

"…그래, 그랬었지."

거기서 겨우 떠올린 듯하다. 자신이 얇은 얼음 위에 서 있다는 사실을.

"혹시 잊고 있었어?"

"…미안해."

"괜찮아. 고민이 많을 테니 말야. 물론 나도 혀가 뽑히는 일이 있어도 말 안 할 테고."

아마도. …혀를 뽑힌 적은 한 번도 없지만.

나는 바지 주머니에서 작은 봉지를 집어던졌다.

"줄게. 요전번의 사례야."

"이건?"

"사탕이야. 약초가 섞여 있어서 목에 좋아. 입이 심심할 때 딱 좋지. 기분도 진정되고."

창부와 그 딸에 대한 걱정 때문에 자신의 몸에 일어난 위험조차 잊어버리는 공주기사님에게는 딱 좋을 것이다. 마음만 먹으면 내 목을 베서 입막음을 할 수 있다는 것도 생각하지 못했겠지.

그럼 가볍게 라며 손을 들어보이고 이번에야말로 방을 나선다. 밑에 내려가보니 좋은 타이밍에 데즈가 있었다.

"사모님과 아이는 이제 괜찮은 거야?"

"옆집 부인이 봐주고 있어. 깜빡 놓고 온 물건을 가지러 왔을 뿐이니까 바로 돌아갈 거야."

"그전에 부탁이 있는데, 돈 좀 빌려줘."

수염이 덥수룩한 얼굴이 팍 주름지며 구겨졌다.

"어디에 쓸 생각인데?"

"당연하잖아."

나는 말했다.

"예쁜 누님한테 가서 진탕 놀기 위해서야. 미인과 단둘이 있다보니 불끈불끈 기운이 샘솟아서 견딜 수가 없어서 말이지."

밖은 완전히 캄캄해져 있었다. 멀어져가는 마차를 지켜보면서 나는 몸을 웅크리고 서둘러 집으로 돌아갔다. 방금 물로 목욕했으니 냄새로 들킬 걱정은 없다. 최근 그짓을 안 한 탓인지 완전히 무뎌져 버렸다. 예전에는 별것 아니었는데 지금은 몸이 삐걱거린다. 상처 난 뺨이 아프다. 너무하잖아.

"얼른 돌아가야겠어. 폴리가 돌아오면 성가시니까."

"저기, 매쉬!"

갑자기 골목에서 뻗어온 손에 의해 잡아당겨졌다. 균형을 잃으면서도 손의 주인을 보고 나는 안도했다.

"놀래키지 마, 마기. 덩치는 커도 내 심장은 벼룩보다 작다고. 놀라서 멈추기라도 하면…."

내 농담에도 개의치 않고 마기는 울먹거리며 내 가슴에 매달렸다.

"무슨 일 있었어?"

그녀의 두 어깨를 안으면서 얼굴을 들여다본다. 농담을 해도 좋을 얼굴이 아니었다.

"어제부터 세라가 돌아오고 있지 않아. 저기, 세라 못 봤어?"

"아니, 못 봤는데…, 아직 돌아오지 않은 거야?"

"역시, 네가 아니었구나. 아아, 역시."

그 자리에서 무너져내린다. 딱딱하고 차가운 돌바닥에 무릎을 꿇으면서도 일어설 낌새는 없었다.

"왜 그래? 뭐 짚이는 거라도 있는 거야?"

"그 아이를 덩치가 큰 깡패 같은 남자가 데려가는 것을 봤대. 그래도 혹시나 해서…."

안 좋은 예감이 부풀어오른다. 세라는 귀엽다. 그리고 머리가 좋은 아이다. 인신매매를 생업으로 하는 녀석들이라면 눈독을 들여도 이상하지 않다. 하지만 머리가 좋은 아이가 얌전히 유괴당할까? 저항하거나 무언가의 흔적을 남길 것 같은데.

"장소는 어딘지 알고 있어?"

"봤던 사람이 말하기로는 '돌먹는뱀 길' 근처래…. 보통은 그런 곳에 얼씬댈 아이가 아닌데…. 위병과 모험자에게 부탁해도 다들 고개만 저을 뿐이고, 구해준다고 하는 사람이 딱 한 사람 있었지만, 그 사람으로는…."

나는 하늘을 올려다보았다. 그 근처는 '트라이 히드라'의 근거지다. 꼬맹이가 한 명 납치하려고 대담한 짓을 하는군. 아무리 뇌물을 건넸다 해도 위병에게는 한도라는 게 있다. 아마 범인은 메린다 사건과 같은 녀석일 것이다. …아니, 잠깐만.

"마기, 네 예명이 뭐였지?"

"갑자기 그건 왜?"

창부라는 장사를 하고 있으면 머리가 이상한 남자와 엮이는 일이 많다. 그걸 대비해 다른 이름을 쓰는 여자는 많다.

"혹시 메린다라는 이름이야?"

"맞아."

"혹시 공주기사님과 친하지 않아?"

"알고 있었어? 그래, 맞아."

열에 들뜬 것처럼 고개를 끄덕였다.

질 나쁜 손님에게 공격받을 뻔했을 때 도움을 받은 게 계기였다고 한다. 차별하지 않고 대해주는 앨윈에게 이 변두리 창부도 완전히 팬이 되어버린 모양이다.

"정말 좋은 사람이야. 세라를 구해준다고 한 것도 그 사람. 하지만 다른 동료들은 내 직업을 알자마자 노골적으로 태도를 바꾸더라고…. 원참, 이 녀석이든 저 녀석이든 거시기만 세울 줄 알지 여차할 때는 아무런 도움도 안 된다니까."

"아, 매쉬!"

내 이름을 부르며 에이프릴이 골목으로 들어왔다.

"이런 밤중에 혼자서 돌아다니지 마."

아무리 길드 마스터의 손녀라고 해도 너무 위험하다.

"지금 그럴 상황이 아냐. 저기, 세라 못 봤어? 사라져버렸어."

"너도냐?"

알고 있는 정보를 이야기하자 에이프릴은 새파랗게 질린 얼굴로 벽에 몸을 기댔다.

"할아버님에게 이야기해보는 게 어때?"

길드 마스터의 권한이라면 모험자를 움직일 수 있다. 정확한 인원수는 모르지만 이 도시만으로도 백 명은 넘을 것이다. 뇌세포가 부족한 녀석들뿐이지만 실력만은 괜찮다.

"안 돼."

슬픈 듯 고개를 저었다.

"길드와 아무런 관계도 없는 사람을 위해 모험자는 움직일 수 없대."

만약 의뢰를 길드에서 수주한다고 해도 마기는 가난하다. 푼돈을 위해 목숨을 걸 만큼 모험자는 친절하지 않다. '트라이 히드라'와 정면으로 충돌하고 싶지 않다는 것도 있을 것이다.

"모두에게 부탁해봤지만 앨윈 씨 외엔 아무도 들어주지 않았어."

길드 마스터의 손녀라는 신통력도 할아버님이 적극적이지 않으면 통하지 않았던 것 같다.

"어떡해야 되지? 이러고 있는 사이에도 세라는."

"일단 진정해."

메린다…, 아니 마기의 어깨를 안으면서 타이르듯 말했다.

"아직 확실히 결정된 건 아니야. 그러니까 얌전히 집에서 기다리고 있어. 섣불리 움직이면 이번엔 네 몸이 위험에 빠지니까."

"하지만."

"하지만이고 자시고 없어. 너밖에 할 수 없는 일이야. 길 잃은 딸을 집에서 맞이하는 건 말이지."

마기는 얼마간 망연자실해 있었지만 이윽고 마음을 굳힌 듯 고개를 끄덕였다.

"에이프릴은 마기를 집까지 데려다주도록 해. 그 정도라면 뒤에 있는 녀석들도 불평은 안 하겠지."

내가 시선을 보내자 검은 그림자가 그늘로 숨었다. 천하의 길드 마스터가 소중한 손녀를 호위도 없이 위험한 밤거리를 돌아다니게 할 리 없다. 언제나 저렇게 뒤에서 감시하고 있는 것이다. 하지만 어디까지나 길드 마스터의 부하이기에 에이프릴의 명령에 따르는 건 아니다.

"나도 찾을 거야."

나는 고개를 저었다.

"네 할아버지와 데즈가 말한 대로 나는 형편없는 녀석이지만 이 것만은 알고 있어. 너는 돌아가."

"……."

"부탁할게. 더 이상 나한테 부끄러운 말을 하게 만들지 마."

아이한테 설교라니 어울리지도 않는다.

에이프릴은 마지못한 얼굴로 고개를 끄덕였다.

"나, 다시 한번 할아부…, 할아버님한테 부탁해볼래."

"나는 이 주변을 찾아보고 뭔가 알게 되면 알려줄게."

"부탁해, 매쉬. 의지할 건 너뿐이야. 다른 남자들은 전혀 도움이 안 되어서…."

그후 두세 마디 위로를 하고나서 나는 그 자리를 떠났다. 부탁한 다는 마기의 목소리를 들으면서 나는 견디기 힘든 기분이 들었다. '트라이 히드라'와 문제를 일으키면 지금의 나따윈 백도 세기 전에 저세상행이다.

분명 세라는 돌아오지 않을 것이다. 나이에 걸맞게 귀엽고 되바라졌으며 엄마를 잘 따르던 그 아이는 두 번 다시 돌아오지 않는다.

정신 나간 녀석들의 장난감이 되든지, 아이를 패지 않으면 흥분하지 못하는 변태를 상대하게 되든지, 새파랗게 멍이 든 얼굴로 피투성이가 되어 엄마에게 살려달라 소리치고 울부짖다가 존엄을 빼앗기고 이윽고 누더기처럼 죽어가는 것이다. 마지막으로 보는 광경이 어느 부자의 침대 위일지, 생매장되면서 파묻히는 구멍을 통해 보는 밤하늘일지, 지금부터 자신을 죽이려 하는 남자의 미소일지.

─신물이 난다.

속이 뒤틀리는 것을 참으면서 방으로 돌아왔다. 문이 열려 있다. 이런 싸구려 방에 도둑이라도 든 건가? 그렇게 생각하며 조심조심 방으로 들어갔다.

촛대째 양초를 끌어와서 불을 붙인다. 의자에 검은 그림자가 앉아 있다. 불빛을 갖다대고 확인한 나는 잠시 숨을 멈췄다가 성대하게 내쉬었다.

"놀래키지 마, 폴리."

대답은 없었다. 테이블에 엎드린 채 흐느끼고 있다. 또냐? 내심 진절머리를 내면서 자상하게 몸을 흔든다.

"왜 그래? 또 맞은 거야? 괜찮아, 넌 잘못한 거 없어."

갑자기 손목을 붙잡혔다. 흠칫 놀라고 있을 때 폴리가 고개를 들었다. 싸구려 화장이 눈물과 콧물로 지워져서 무참한 모습이다. 밤을 함께 보내기 위해 돈을 낸 여자 얼굴이 이렇다면 화를 낼 남자도 많을 것이다.

"써버렸어…."

"뭘?"

"이거…."

테이블 위로 내밀어진 것은 작은 천 주머니였다. 안은 비어 있다.

"은화가 들어 있었어. 세어보지는 않았지만 30개라고 했었어."

창부 일로 번 돈이 아닌 것은 명백하다. 그녀의 가격치고는 너무 비싸다. 그녀에게 반해버린 별종이 있을 수도 있겠지만 그렇다면 돈을 주고 첩으로 삼는 게 빠르다. 게다가 혀가 꼬여 있는 걸 보면 상당히 취한 것 같군.

"손님이 말이지, 아이를 찾고 있댔어. 작고 귀여운 아이. 그래서, 가르쳐줬어. 중요한 볼일이 있다고 불러냈어."

심장이 조여왔다.

"네가 세라를 팔아버린 거야?"

"미안하다곤 생각했어. 그래서, 마기한테 최소한 돈이라도 주려고 생각했다고. 하지만 가는 도중에 너무 미안해져서, 아아, 정말로 나쁜 짓을 해버렸구나 하는 생각이 들어서 참지 못하고."

고주망태가 될 때까지 마셨다는 거군. 그래, 엄마랑 같은 직업이니 세라와도 알고 지내는 사이였을 것이다. 그래서 속은 건가?

"저기 매쉬."

폴리가 매달려왔다.

"미안해, 내가 잘못한 거지?"

"그 남자라는 게 어떤 녀석이었어?"

"저기, 화난 거야? 그렇겠지. 나 같은 바보는 죽는 편이 좋을 거야."

"잘 들어, 폴리."

정면에서 어깨를 잡고 마주본다. 이렇게 서로 마주본 것은 오랜만인 것 같다는 생각이 든다. 서로의 상처를 위로하며 매달리는 관계가 편안했던 것도 사실이다. 하지만 이렇게 서로의 눈을 마주보고 있어도 아무런 감흥이 없다. 내 마음에든, 그녀의 마음에든.

"나는 너를 책망하지 않고 화내지도 않아. 나는 그저 세라가 어디로 갔는지 알고 싶을 뿐이야. 일곱 살짜리 작은 아이가 엄마와 떨어져 악당의 손에 넘어갔어. 시간이 없다고. 이러고 있는 사이에도 어딘가 먼곳으로 팔려갈지 몰라. 너도 알잖아."

"그래, 아주 잘 알아."

폴리는 몇 번이고 고개를 끄덕였다.

"역시 내가 잘못한 거지? 저기, 매쉬, 버리지 마. 나, 미안하다고 사과할 테니까."

갑자기 내 손에서 빠져나가더니 무릎을 꿇고 울음을 터뜨렸다.

그후로도 되풀이해서 사과를 입밖에 냈지만 세라와 마기에 대한 사과는 단 한 마디도 없었다.

나는 틈을 봐서 그녀와 떨어진 후 낡은 도구가 든 자루를 벽장에서 꺼내 들고 도망치듯 출구로 향했다. 지금의 나로는 붙잡히면 빠져나오기도 힘들다.

"기다려! 나를 두고 가지 마!"

폴리는 바닥을 기면서 나를 쫓으려 했지만 의자에 다리가 걸려 쓰러졌다. 바닥에 얼굴을 부딪히자 머리카락을 흔들며 손을 뻗는다.

"저기, 가지 마, 매쉬. 부탁이야. 버리면 안 돼."

나는 밖으로 나간 후 돌아보면서 말했다.

"넌 잘못한 거 없어."

계단을 내려와서 밖으로 향한다. 짐작되는 곳은 있다. '트라이 히드라'가 짐을 놓아두는 곳이라면 '돌먹는뱀 길' 변두리에 있는 창고다. 아마 그곳에 아이들을 모아놓고 조금씩 도시 밖으로 데려갈 생각일 것이다. 아무리 이 도시 영주가 멍청해도 대놓고 유괴한 아이를 데리고 다닐 순 없다. 그리고 벽으로 둘러싸인 이 도시는 출입할 때 문을 통과할 필요가 있다. 오늘은 이미 닫혀 있으니 억지로 통과하려고 하면 난리가 난다.

아마 내일 아침, '트라이 히드라'가 뇌물로 구워삶은 썩어빠진 위병이 있을 때 위장한 마차를 이용해서 통과하겠지.

밖은 이미 캄캄하지만 시간은 없다. 내일이 되면 세라는 도시 밖으로 팔려갈 것이다.

내 다리는 자연스럽게 '돌먹는뱀 길'로 향하고 있었다. 폭력을 쓰는 일이라면 데즈에게 부탁하는 게 제일이지만 녀석에게도 입장이라는 게 있다. 이번 일에 모험자 길드는 관여하지 않겠다는 태도를 관철하고 있다. 길드의 뜻을 따르지 않고 섣불리 조직과 충돌한다면 해고되고 만다.

아아, 매쉬, 너는 언제부터 그렇게 바보가 되어버린 거냐. 세라가 어느 변태의 장난감이 되든, 마기가 딸이 돌아오지 않는 것을 탄식하든, 나와는 아무런 관계도 없는데. 전부 못 본 척하고 이불을 뒤집어쓰면 내일 아침 햇살을 볼 수 있을 텐데. 나같이 무력한 놈이 섣불리 달려들면 확실히 죽는다. 다른 사람을 위해 목숨을 거는 건 나랑은 어울리지 않는 일인데.

"기다려."

그때 눈앞에 후드를 쓴 여자가 나타났다. 목소리로 바로 알았다.

앨윈이다. 놀라기는 했지만 목소리는 나오지 않았다.

"데즈인가 하는 드워프에게 들었어. 네가 이 근처에 살고 있다는 걸."

입이 싼 수염쟁이 녀석. 다음에 만나면 수염을 뽑아버릴 테다.

"부탁이야, 나를 좀 도와줘."

"보수는?"

숙이고 있던 고개를 들고 후드를 벗더니 의연한 어조로 말했다.

"너한테 몸을 맡겨도 좋아."

얼굴을 붉히고는 있지만 그 눈에 망설임은 없었다.

"…아직 남아 있으니 말야."

나는 신음하면서 넘쳐나는 감정을 주체하지 못하고 머리를 쥐어 뜯었다.

"어째서 그렇게까지?"

"자넷은 내 눈앞에서 죽었어."

그게 '미궁'에서 죽은 앨윈의 동료라는 걸 곧바로 깨달았다.

"전에 물었었지? 내가 괴로워하고 있는 것을 알고 있는 동료가 얼마나 되냐고. 그녀가 그 한 명이었어. 아니, 유일한 친구였지. 그런 동료를 나는 잃고 말았어."

그때의 광경을 떠올렸는지 얼굴에 핏기가 사라져서 안색이 새하얗다.

"자넷뿐만이 아니야. 아버지는 마물한테 머리부터 집어삼켜졌고, 어머니는 밟혀죽었어. 전부 내 눈앞에서 말야. 소중한 사람들을 눈앞에서 빼앗겼지만 나는 아무것도 할 수 없었어."

마물이 대량발생했을 때인가? 분명 그때부터 앨윈은 마음에 상처를 가지고 있었던 것이다. 그래도 왕국과 백성들을 위해 자신을 죽이고 계속 싸우다 정신이 마모되어 혼의 균형을 잃어버린 것이리라.

"나는 겁쟁이야. 주변 사람들이 말하는 것처럼 훌륭한 것도 아냐. 한심하고 잘못된 길을 선택하는 여자일 뿐이지. 하지만 그런 나라도 아이를 납치하는 악당들을 용서하지 못한다는 마음은 있어."

"……."

"자넷은 내 약함도 알고 있었어. 너와 마찬가지로 왕국의 재건보다 내가 소중하다고 말해주었지. 여기서 메린다 가족을 못 본 척한다면 나는 또 후회할 거야. 나는 후회하고 싶지 않아. 네가 가르쳐줬잖아. 후회는 '먹는' 것이 아니라고. 용기도 정의도 없는 나지만 조금이라도 이 도시의 질서와 정의를 지킬 수 있다면 그것으로 만족이야."

"그렇군."

그녀는 음유시인이 말하는 것처럼 강한 여자는 아니다. 아니, 어디에나 있는 여성이다. 약함을 가지고 있고 주위의 기대에 짓눌리면서 후회하고, 탄식하고, 괴로워한다. 그럼에도 강하게 있으려고 한다. 상처 입고 쓰러져도 일어선다. 일어서려고 한다. 곤란 속에서 더욱 빛을 낸다. 어두운 밤에 빛나는 별. 쓰레기더미 속에서 핀 한 송이 꽃.

자긍심이 높은 것이다. 공주님이어서가 아니라, 앨윈 메이벨 프림로즈 맥터로드이기 때문에.

나와는 하늘과 땅 차이다.

"…각오를 굳혔다면 더 이상 내가 할 말은 없어. 도울게."

앨윈은 안도한 표정으로 한숨을 쉬었다. 가련한 미소다.

지금까지 여러 여자한테 반해왔다. 잠자리를 함께 한 여자는 그 백 배는 될 것이다. 하지만 앨윈에 대한 마음은 지금까지의 그것과는 다른 것 같다는 생각이 들었다. 이게 애정인지 동경인지 충성심인지 혹은 다른 무언가인지는 알 수 없다. 분명한 것은 이 여자를 위해 목숨을 거는 것도 나쁘지 않다는 것이다.

"원래라면 보수를 선불로 받고 싶은 대목이지만 시간이 없으니 후불이라도 상관없어."

"고마워."

"어차피 목적지는 같으니 말야. 길동무가 이런 미인이라면 더할 나위 없지."

앨윈은 씨익 웃었다.

"반드시 구해내자."

'돌먹는뱀 길'에 있는 '트라이 히드라'의 창고는 돌과 회반죽으로 만들어졌다. 습기 대책이고 뭐고 없지만 튼튼한 것 하나는 강점이라 이것을 부수기는 조금 힘들다.

사람의 키보다 높은 쌍바라지 문. 그앞에는 아니나 다를까 험상궂게 생긴 녀석들이 모닥불을 피운 채 보초를 서고 있었다.

그늘에서 모습을 살피고 있자니 창고 앞에 마차가 멈추었다. 나온 것은 초라한 행색의 아이들이다. 양손이 묶여 있고 입에는 재갈이 물려 있다. 일렬로 창고에 수용된다.

역시 저곳이 틀림 없는 것 같다.

이곳에 오는 길에 생각했던 작전을 전달한다.

"일단 내가 녀석들의 주의를 끌 테니까 그틈에 너는 뒷문으로 잠입해서 납치된 애들을 구해내도록 해."

뒷문에는 자물쇠가 채워져 있지만 공주기사님의 검이라면 쉽게 베어버릴 수 있을 것이다.

"세라가 누군지는 알고 있지? 만나면 전해줘. 엄마가 기다리고 있다고."

앨윈은 고개를 끄덕이고 나서 의미심장하게 나를 보았다.

"죽지 마."

"그럴 생각은 요만큼도 없어."

그녀의 뒷모습을 보면서 나는 한숨을 쉬었다. 내 인생도 여기서 끝일지 모르겠군. 공포심은 없었다. 지금까지 마음대로 살아왔으니 막을 내린다면 그뿐이다. 그때까지는 최대한 발버둥쳐 보일 테다.

"여, 제군들, 잘 지내고 있어?"

앨윈의 모습이 뒷문 쪽으로 사라진 것을 확인하고 나는 손을 들어보이며 천천히 다가갔다. 금세 험상궂은 녀석들이 어깨를 들썩거리며 에워쌌다. 나보다 키가 작기에 위압감은 별로 느껴지지 않지만 마음만 먹으면 당장이라도 내 배에 칼을 쑤셔박을 듯한 눈을 하고 있다.

"꺼져."

얼굴에 사자 문신을 새겨넣은 녀석이 다짜고짜 위협하며 말했다.

"그렇게 말하지 마."

나는 어깨를 으쓱했다.

"누님과 놀 수 있는 가게를 찾고 있다가 길을 잃어버려서 말야. 돌아가는 길 몰라?"

대답 대신 배에 충격이 일었다. 눈앞의 남자에게 얻어맞은 듯하다. 배를 억누르며 웅크린다. 너무 심하잖아.

　"꺼져."

　눈빛이 날카로워진다. 더 이상 버티면 다음은 칼을 맞을 것이다.

　"알았어. 알았으니까 그렇게 무서운 얼굴 하지 말라고."

　실실 웃으면서 일어선다.

　"실은 너희들에게 좋은 이야기를 가지고 왔어. 이 창고 말이지, 누군가 노리고 있더라고."

　눈앞에 칼날이 들이대졌다. 문신 남자가 잽싼 손놀림으로 품속에서 뽑아든 것이다.

　"말해."

　"그런 위험한 물건을 들이대지 않아도 이야기한다니까. 원참."

　웃으면서 바지 주머니로 손을 뻗는다.

　"실은 말이지, 누님의 가게를 찾는 도중에 듣고 말았어. 무언가 눈초리가 사나운 녀석들이 이곳을 날려버린다 그러더라고. 아마 '화이트 몽키'가 아닌가 싶은데…."

　주머니에서 손을 빼냄과 동시에 하얀 구슬이 굴러떨어진다. 땅바닥에 떨어지자 찢어진 틈새로 회색 연기가 기세좋게 뿜어져 나왔다. 모험자 시절 질리게 만들었던 '연막 구슬' 제작 솜씨는 아직 녹슬지 않은 것 같다. 눈깜짝할 사이에 내 주위를 연기가 감싼다.

　"콜록, 뭐야 이게!"

　"너, 잘도 이런 건방진 짓을!"

　뒤에 있었던 녀석이 나에게 주먹을 휘둘러왔지만 이미 예측하고 있었다. 몸을 웅크림과 동시에 옆으로 굴러 포위에서 탈출한다.

"그렇게 흥분하지 말라고."

이쪽도 필사적이니까 말야. 잇달아 '연막 구슬'을 집어던진다. 소란을 듣고 달려온 녀석들도 연기에 휩싸였다.

"이건 보너스."

아껴두고 있던 구슬을 자루에서 꺼내 언더 쓰로로 기세좋게 굴렸다. 평범하게 던지면 도달하지 않거나 애먼 방향으로 날아가버리니 말야. 검은 구슬은 돌바닥을 굴러서 노렸던 대로 모닥불 쪽으로 향했다. 이렇게 날이 어두우면 보초가 분명 모닥불을 피워놨을 거라고 예측한 보람이 있었다. 나는 곧바로 눈을 감고 귀를 막은 채 몸을 웅크렸다.

검은 구슬이 모닥불에 들어가자 폭음과 섬광이 동시에 터졌다. 눈꺼풀 너머로 하얀 빛이 폭력적으로 충돌한다.

일어서자 주위는 대혼란에 빠져 있었다. 달빛이 비치는 가운데, 연기에 휩싸여 콜록이는 녀석이 있는가 하면, 눈을 억누른 채 몸부림치는 녀석, 고막이 다쳤는지 큰 소리로 호통치는 녀석도 있었다. 과연 '밀리언즈 블레이드'의 데즈 씨가 만든 '폭광 구슬'이다. 위력이 장난 아니군. 오래전에 만들었던 것을 만약을 대비해 가져온 게 도움이 되었다.

"저 녀석이다! 죽여라."

회복된 녀석이 나를 가리키며 명령했다. 도망치고 싶은 마음은 굴뚝같지만 아직 앨윈이 어떻게 되었는지 알 수 없다. 창고에서 나온 녀석도 포함하면 열 명 이상이 내 쪽으로 향해 왔다.

"내가 한 게 아니야!"

나는 그렇게 소리치면서 '연막 구슬'을 집어던졌다. 하지만 수법을 읽혀버린 탓에 얼굴을 손으로 가리면서 곧바로 연기 벽을 돌파해온다. 등줄기에 서늘한 것이 흘렀다. 위험하군. '연막 구슬'은 다 써버리고 말았다. '폭광 구슬'도 아까 쓴 게 마지막 한 개다.

어떻게든 탈출하려고 우회하듯 도망쳤지만 느림보인 매쉬 군은 눈깜짝할 사이에 따라잡히고 말았다.

"제기랄."

텅 빈 자루를 집어던진다. 바람을 타고 땅을 미끄러지듯 날아갔지만 그 대신 '트라이 히드라'의 부하들에게 다시 에워싸이고 말았다. '연막 구슬'을 경계해서인지 조금 거리를 벌리고 있지만 이런 인원수라면 열을 셀 틈도 없이 나를 죽일 수 있다.

"'연막 구슬'이라니, 낡아빠진 수법을 쓰는군."

아까의 문신 남자가 내뱉듯 말했다.

"너, 모험자 출신이냐?"

"글쎄?"

여기서 내 정체를 밝혀봤자 아무런 이득도 없다. 얼굴과 그쪽 방면 외엔 허접한 매쉬 씨라는 걸 안다면 거기서 내 수명은 끝난다.

"어떻게 할까요? 레지 씨. 정보를 캐냅니까?"

엷게 수염이 난 멀대가 레지라 불린 문신 남자에게 물었다. 녀석이 리더인가?

"죽여."

딱 잘라 말했다.

"어디 사는 누구인지는 상관없어. 우리를 거역한 녀석은 모두 죽인다."

"하지만 이 녀석이 모험자라면 길드를 적으로 돌리게 되는…."

선혈이 터졌다. 레지의 단검이 옆에 있던 멀대의 목을 베어버린 것이다. 목을 억누르며 믿기지 않는다는 얼굴을 하며 쓰러진다. 땅바닥에 피웅덩이가 퍼졌다. 이래선 금방 출혈사할 것이다.

"소심한 녀석따윈 필요 없어. 어디 사는 누구든 우리한테 싸움을 건 녀석은 모두 적이다."

꿀꺽. 누군가가 침을 삼키는 소리가 났다. 레지 이외의 부하들이 내심의 두려움을 봉인하려는 듯 나에게 살의를 보내왔다.

자, 어떻게 이 상황을 벗어날까? 최악의 상황을 각오한 그때였다.

창고 문이 소리를 내며 열리더니 피보라를 내뿜으며 남자가 똑바로 쓰러졌다. 그 녀석을 뛰어넘고 나타난 것은 후드를 쓴 우리들의 공주기사님.

아무래도 그쪽은 성공한 모양이다.

"어서 타!"

소리치자 아이들이 잇달아 마차 수레로 달려갔다. 세라의 모습도 있다. 무사했군. 그동안 앨윈은 마차 주위에 있는 녀석들을 일격에 베어버렸다. 과연 대단한 실력이다. 근처에 적이 없어진 것을 확인하자 마부석에 올라타고 말에게 채찍질을 했다. 드높은 울음소리에 이어 마차가 서서히 가속해간다.

"막아라!"

레지가 화난 목소리로 명령했지만 말 두 마리가 끄는 말에게 정면으로 돌격할 생각은 아무도 하지 못했다.

"어서 타!"

앨윈이 마차의 진로를 약간 바꾸어 내 쪽으로 왔다. 고맙군. 어떻게든 올라타기 위해 열심히 발을 움직인다.

"내놔!"

시야 한켠에 레지가 부하한테서 무언가를 빼앗는 것이 보였다. 폴라라는 투척 무기다. 밧줄 끝에 추가 달려 있어서 그걸 던져 사냥감을 휘감을 수 있다. 레지가 빙빙 돌리면서 말을 향해 집어던지려고 한다. 이런.

나는 마차에 올라타려던 발로 마차의 수레를 걷어찼다. 반동을 이용해서 방향을 바꾼 후 던져진 폴라를 공중에서 몸으로 받아냈다. 내 몸은 땅바닥에 뒹굴었고 마차는 도시 중심부로 빠져나갔다. 어둠 속으로 사라지기 직전 앨원이 내 이름을 부른 것 같다는 생각이 들었다.

"아무래도 성공한 것 같군."

안도의 한숨을 내쉰 순간 걷어차였다. 통증을 참으면서 돌아보니 레지가 얼굴을 고릴라처럼 일그러뜨리고 있었다.

"잘도 방해했겠다."

단검을 들고 다가온다. 도망치고 싶지만 폴라가 몸에 감겨 있어서 일어서기 힘들다. 게다가 '폭광 구슬'에서 회복한 녀석들도 쇠막대기니 도끼니 창이니를 손에 들고 다가오고 있다.

"뭐 해? '연막 구슬'은 이제 안 쓰는 거야?"

"아쉽게도 다 떨어져서 말야. 다음 입하 때까지 7일 정도 기다려주지 않을래?"

"나는 지금 당장 필요한데?"

다시 걷어차였다. 이번엔 턱이다. 똑바로 쓰러진다. 그후로는 즐거운 린치의 시간이었다. 맞고 차이고 밟히고 내동댕이쳐진다. 완전 하고 싶은 대로 다 하고 있다. 그나마 나니까 버티고 있지 보통 사람이라면 이미 죽었을 것이다. 죽일 생각이라서 용서가 없다. 몸을 웅크린 채 견디고 있지만 폭행은 멈추지 않았다. 대체 얼마나 두들겨 팰 생각일까. 아픈 것이 계속되는 것도 곤란하다. 눈물이 날 것 같다.

흐려져가는 의식 속에서 나를 내려다보는 것은 레지와 그 부하들. 다들 살기등등한 얼굴로 무기를 치켜들었다. 여기까지인가. 목덜미라도 물어뜯으면 한 명 정도는 같이 갈 수 있으려나? 마지막 저항이라는 듯 어떻게든 몸을 일으키려 했다.

"잠깐!"

일진의 바람과 함께 날카로운 칼날이 번뜩였다. 비명을 지르며 쓰러지는 부하들 사이에서 나타난 것은 '진홍의 공주기사' 님이었다.

양아치들과는 실력이 달라서 눈 깜짝할 사이에 3명을 베어버렸다. 레지 역시 형세가 불리하다 보고 뒷걸음질 쳤다.

그러자 앨윈은 작은 호각을 꺼내 힘껏 불었다. 들은 적 있는 음색에 안색이 변한다. 위병들의 호각이다.

"빌어먹을!"

저주의 말을 내뱉으며 레지 일당은 뿔뿔이 흩어졌다.

"괜찮아?"

그 틈에 그녀는 폴라의 밧줄을 베고 나에게 손을 뻗었다. 한순간 멍해졌지만 그 손을 잡고 일어선다.

"심하게 다쳤군. 괜찮아? 일어설 수 있겠어?"

쌩쌩해. 그렇게 말할 생각이었지만 나온 것은 다른 말이었다.

"…어째서 돌아온 거지?"

"당연하잖아. 너를 구하러 왔어."

아주 당연한 듯 말했다.

"나는 동료를 버리거나 하지 않아."

나는 웃음이 치밀어 올랐다. 어울리지 않게 기뻐지고 말았다. 이런 썩어가는 퇴물을 위해서 왔다고? 나도 참 나이를 먹었군.

"그 애들은 무사해."

"그거 다행이군."

린치를 당한 보람이 있었다. 가능하면 당하고 싶지 않았지만 말야.

"녀석들은 이제 끝장이야. 이번 소동으로 위병대가 움직였거든. 본격적으로 '트라이 히드라' 박멸을 위해 움직인다고 해. 이것으로 이 도시도 조금은 좋아지겠지."

아무리 뇌물을 받았다고 해도 한도가 있다. 위병 중에는 '얼룩 늑대'나 '마협동맹' 같은 대립 조직에서 뇌물을 받는 녀석도 있다. 평소엔 서로 견제하고 있지만 그 녀석들 입장에서는 '트라이 히드라'의 인신매매 증거는 점수를 딸 수 있는 좋은 기회일 것이다. 앨윈을 앞세우면 명분도 생기고 말이지. 결국은 정치와 권력 투쟁이지 정의는 아니다. 하지만 그런 것치고는 움직임이 너무 빠른데, 누군가 녀석들의 엉덩이를 걷어찬 녀석이 있군. 가령 뒷세계 녀석들에게 인정받고 있고, 손녀의 눈물에 약한 할아버님이라든지.

창부와 그 딸은 어떻게 되어도 상관 없지만 손녀의 미움은 받고 싶지 않은 건가? 정말 인간이 되신 분이다.

"…아까 그 호각은?"

"위병한테서 빌렸어."

"간접 키스?"

"바보 같은 소리 마. 깨끗이 닦았다고."

삐친 듯 고개를 휙 돌리며 말한다. 어머, 귀엽잖아.

"…왜 그래? 뭘 웃고 있어?"

"아니, 네 덕분에 떠올랐거든."

"뭘?"

"내가, 내가 생각했던 것보다 조금은 괜찮은 녀석이었다는 걸 말야."

뒷일은 앨윈에게 맡기고 나는 집으로 돌아갔다. 아직 온몸이 아프지만 튼튼하게 태어나서 그런지 조금 쉬면 어떻게 움직일 수는 있을 것 같았다.

지금쯤 폴리는 울다가 지쳐 자고 있을 것이다. 그리고 내 얼굴을 보면 또 매달리면서 응석부리고 울부짖겠지. 그렇게 생각하니 가슴속에서 오랜만에 불타올랐던 것이 다시 식어가는 것을 느낀다. 소리를 내지 않고 몰래 돌아와보니 문은 열려 있었다. 가까이 있는 양초에 불을 붙인다.

방 안은 참담한 상태였다. 의자는 뒤집어져 있고, 옷장에서는 옷과 속옷이 꺼내져 있으며, 바닥에는 깨진 꽃병 파편과 함께 은화와 동화가 흩뿌려져 있었다. 또 발작을 일으킨 것 같다. 피곤한 몸을 채찍질하며 그것들을 주우려다가 벽 상태가 어떤지 깨달았다.

찌부러진 과실이 달라붙어 있었다. 붉은 과즙이 온통 흩뿌려져 있을 줄 알았지만 그렇지 않았다. 무서울 만큼 갈겨쓴 거지만 이건 글자다.

'버리지 마, 매쉬.'

불현듯 한기를 느꼈다. 달라붙어 있던 과실이 무게를 견디지 못하고 미끄러져 떨어진다. 무심코 뒷걸음질치다가 침대 가장자리에 부딪혔다. 돌아보니 이불 안이 부풀어올라 있는 게 보였다. 조심조심 이불을 들쳐본다. 폴리의 시체는 없었다. 대신 내 옷이 전부 꺼내져서 칼인지 뭔지로 난도질당해 있었다. 도중에 자신의 손도 상처입은 듯 붉은 얼룩이 화상 자국처럼 번져 있다.

"위험하군."

지금까지의 발작이나 푸념과는 차원이 다르다. 폴리는 제정신이 아니었다. 혼의 균형이 무너진 것이다. 찾아내지 않으면 무슨 짓을 저지를지 알 수 없다. 나는 밖으로 나가 그녀를 찾았다.

"폴리, 어디 있어? 얼른 나와. 미안했어. 대화로 풀자고."

밤거리를 걸으면서 계속 불렀지만 발견되지 않았다. 아침이 되어 위병과 바네사에게도 연락해서 발견하면 가르쳐달라고 부탁했다.

피로와 수면부족이 겹쳐져서 비틀거리는 몸을 이끌고 방으로 돌아온다. 치워야 한다고 생각하면서도 내 몸은 저절로 침대로 향하고 있었다. 누더기로 변한 옷을 침대 밖으로 집어던지고 쓰러진다. 할 일은 산적해 있지만 일단은 폴리를 찾아야 한다. 그렇다. 이제 폴리는 이 방에 없는 것이다. 외로움도 있다. 슬픔도 있다. 물론 그녀의 몸을 걱정하고도 있다. 하지만 그것과 비슷할 만큼⋯, 혹은 그 이상으로 안도하고 있었다. 그렇게 생각한 순간 나는 깊은 잠에 빠졌다.

며칠 후 바네사에게 가보니 그녀는 유감스럽다는 듯 고개를 저었다.

"틀렸어. 내 쪽에서도 알아봤지만 도저히 발견되지가 않아."

"나도 그래. 동료 창부들한테 물어봤는데 아무도 못 봤대."

게다가 세라에게 했던 일이 소문으로 쫙 퍼져 있었다. 창부들의 정보망은 의외로 넓고 빠르다. 그녀들의 세계에도 규칙이 있기에, 그 규칙을 어긴 폴리는 앞으로 이 도시에서 창부 일은 할 수 없을 것이다. 억지로 하려고 하면 린치를 당한다.

이건 불확실한 이야기인데, 라고 운을 떼고나서 바네사가 말을 이었다.

"사라진 밤에 비슷해 보이는 여자가 마차를 타는 것을 봤대…"

"도시를 떠났다는 거야? 아니면 납치되었다는 것? 누구한테?"

"몰라."

멀리서 본데다 해도 다 떠오르지 않았을 때였기에 마차의 형태도 분명치 않았다고 한다. 확실한 것은 도시 밖으로 향했다는 것뿐이다.

납치범의 표적은 아이뿐만이 아니다. 오히려 성인 여자가 수요는 더 많을 것이다. 유괴되었다고 해도 누구 짓인지 알 수 없는데다 이미 시간이 너무 많이 지나버렸다. 폴리는 이미 이 도시에 없을 것이다. 어쩌면 죽었을 가능성도 있다. 불쌍한 폴리. 좋은 아이였다. 머리가 나쁘고, 처세가 안 좋고, 게을렀지만 자상한 아이였다.

"어디로 가버린 거야…"

바네사가 얼굴을 손으로 덮었다. 흐느껴 우는 그녀의 어깨를 살며시 껴안는다. 그 순수함이 부러웠다. 나는 아무리 애를 써도 폴리를 떠올리며 눈물 흘리는 건 가능할 것 같지 않았다.

"그래, 맞아. 불쌍한 아이였어, 폴리는."

위로의 말조차 표정관리를 하지 않으면 할 수 없을 정도였으니까.

바네사의 기분이 진정된 걸 확인하고 나는 떠나기로 했다.

"그럼 가볼게. 희망은 버리지 않기로 해. 나든 너든."

감정실을 나오자 재채기가 나왔다. 몸이 떨린다. 오늘은 쌀쌀하군. 최근 여러가지 일들이 너무 많이 일어나서 지쳤다. 오늘은 하루 종일 침대에서 쉬고 싶지만 그럴 수도 없다. 마지막으로 할 일이 남아 있다. 일단 밖으로 나가 늦은 아침을 대충 챙겨먹고 모험자 길드 2층에서 기다린다. 졸면서 기다리고 있자니 문을 노크하는 소리가 났다. 어딘지 조심스러운 노크다. 들어온 앨윈은 허리에 검을 차고 있긴 했지만 여느 때의 갑옷은 벗은 상태였다.

"갑자기 불러내서 미안해. 일단 너한테 확인할 게 있어서 말야."

그러자 앨윈은 얼굴을 붉혔다.

"약속한 거 말이지? 물론 잊지는 않았어…. 저기."

"아, 그게 아니고 말야."

시선을 떨구고 머뭇거리기 시작했기에 손으로 제지한다.

"할 생각이 있는 건 고맙지만 그쪽이 아니야. 굳이 말하자면 그 전단계라고 할까, 확인할 게 있어서 말이지."

길드를 나와 앨윈과 함께 걷는다. 물론 공주기사님은 눈에 띄는 분이시기에 후드가 달린 망토를 착용하고 있다.

"아, 오스카에 대해선 해결됐어. 녀석은 두 번 다시 돌아오지 않을 거야. 비취 목걸이는 아직 발견되지 않아서 지금 찾고 있는 중이니까 조금만 더 기다려줘."

"그렇군."

기뻐해야 할 보고에도 어딘지 마음이 딴 데로 가 있다.

큰길에서 벗어나 좁은 길을 돌 때마다 분위기가 안 좋아진다. 찾아온 곳은 '코카트리스 동네'였다. '돌먹는뱀 길' 옆에 있는 곳으로, '마협동맹'의 세력권이기도 하다. 목적지에 도착했다. 모서리를 돌자 키가 큰 벽이 싫어도 눈에 들어왔다. '마협동맹'의 아지트다. 저택 앞에는 당연히 무장한 부하들이 몇 명씩 대기하고 있다.

"저걸 봐."

시키는 대로 그쪽을 본 앨윈의 눈이 부릅떠졌다.

작은 아이들이 쇠창살 달린 마차에 실리고 있는 참이었다. 양손이 묶여 있고 똑같은 관두의를 입은 채 이 세상 모든 것에 절망한 얼굴로 한 사람, 또 한 사람, 무뢰한들에 의해 마차에 실리고 있다. 앨윈이 허리춤의 검에 손을 가져갔다. 나는 그 위로 자신의 손을 겹쳤다.

"저건 범죄가 아니라 합법이야. 저 애들은 자기 부모들한테 팔린 거니까."

노예 매매는 돈이 되고, 아이를 파는 부모는 얼마든지 있다. 이 도시에도 있고 어느 나라에도 있다.

충격을 받은 듯한 앨윈에게 나는 말을 이었다.

"'트라이 히드라'는 돈이 없어서 무리한 수단을 쓰려고 했어. 그래서 망한 거지. 한 조직이 망하면 다른 조직이 그 녀석들의 세력권을 접수할 뿐이야. 그 정도로 이 도시의 정의와 질서는 꿈쩍도 안해."

몹시 지친 기색으로 앨윈은 고개를 들었다.

"이것을 보여주기 위해 일부러 나를 이곳까지 데려온 거야?"

나는 고개를 저었다.

"이것은 예고편의 예고편에 불과해. 굳이 말하자면 네가 또 위험한 다리를 건너지 않도록 못을 박아두기 위해서야."

요전번 같은 우연은 계속되지 않는다. 자칫 잘못하면 두 사람 모두 죽었다.

"다음은 이쪽이야. 그럼, 가볼까?"

그녀의 손을 잡고 이끈다. '코카트리스 동네'를 빠져나올 때까지 미련이 남는 듯 앨윈은 몇 번이고 돌아보고 있었다.

'그레이 네이버' 동쪽에 있는 도시 문에 도착하자 에이프릴이 손을 흔들며 달려왔다.

"너무 늦었잖아."

"그런 소리하지 마. 이렇게 제때 왔잖아."

뺨을 부풀리는 에이프릴의 머리를 쓰다듬어 준다.

"하지 마. 머리가 헝클어지잖아."

내 손을 떨쳐내고 손으로 머리를 가다듬는다.

"정말 믿기지 않는다니깐."

"잘못했어. 미안해."

거기서 에이프릴이 갑자기 진지한 얼굴을 했다.

"세라와 마기 씨한테 들었어. 목숨을 걸고 구해줬다면서?"

"구해준 것은 여기 공주기사님이야."

"아니, 미끼를 자청했다가 나쁜 녀석들한테 흠씬 두들겨 맞았다고 들었어."

"신경 쓰지 마. 싸움은 못 하지만 맷집 하나는 좋으니까."

"에잇."

갑자기 에이프릴에게 떠밀렸다. 균형을 잃고 엉덩방아를 찧는다.

"너무 하잖아. 무슨 짓이야."

"아까의 답례야."

그러면서 다시 머리카락을 손으로 다듬는다.

"정말, 약한 게 맞네."

에이프릴은 간지러운 듯 미소지었다.

"고마워, 매쉬 씨."

나는 쓰게 웃으면서 엉덩이에 묻은 먼지를 털었다.

"아, 언니."

돌아보니 마기와 세라 모녀가 기다리고 있었다. 두 사람 모두 여행 채비를 갖추고 있다. 바로 옆에는 옆마을로 가는 승합마차가 있다.

"이번에는 정말 고마웠어. 언니는 이렇게 예쁜데도 정말 강하네. 깜짝 놀랐어."

아무래도 모녀 모두 완전히 공주기사님의 팬이 되어버린 듯하다.

"야, 세라."

딸의 무례함을 나무랐지만 앨윈은 개의치 않는다며 고개를 저었다.

"메린다, 아니 마기라고 했던가. 이곳을 떠나는 거야?"

"그런 일도 있었고, 그리고 이 아이의 아버지가 우리들을 찾고 있다고 해서요⋯. 빠른 편이 좋다면서 매쉬가 마차비까지 내준 터라

…"

폭력을 휘두르는 남편으로부터 도망치기 위해서이기도 했다. 만난 적은 없지만 오른쪽 눈 위에 화상 같은 자국이 있는 남자라고 한다. 남편 문제가 아니어도 이 도시에 있으면 오래 살지 못한다. 딸을 위해서라도 다른 마을로 가는 게 그나마 희망이 있을 터였다.

옆마을까지 가서 조금만 더 걸으면 국경이다. 모험자라고 해도 쉽게 쫓아올 수 없을 것이다.

"뭐, 열심히 살도록 해. 이건 전별금."

천 주머니를 건네자 마기가 숨을 삼켰다. 동전뿐이지만 집 안에서 긁어모았다. 금화로 치면 한두 개 정도는 되지 않으려나?

"이, 이렇게나 많이?"

"폴리가 너한테 폐를 끼쳤으니 말야. 위자료 대신이라고 생각해줘. 녀석은 올 수 없지만 몇 번이나 너희들한테 사과하더라고."

"응, 용서할게!"

세라의 선언에 나는 웃었다.

"그렇다면 이건 내가 주는 것."

대금화 한 개. 이거 한 개는 금화 열 개 몫이다. …부자는 역시 다르네.

에이프릴은 세라에게 책을 건넸다. 어린 아이용으로, 글자를 배우기 위한 책이었다. 나도 신세를 지고 있다.

"이걸 읽고 공부해. 자리를 잡게 되면 편지 보내고. 글씨를 쓸 수 있게 된 후에라도 좋으니까."

"에, 공부?"

싫은 듯한 얼굴을 한다.

"기다릴게."

에이프릴이 타이르듯 말하자 작은 목소리로 알았다고 중얼거린다.

승합마차가 떠날 시간이다.

세라는 마차 창밖으로 몸을 내밀고 모습이 보이지 않게 될 때까지 몇 번이고 손을 흔들었다.

에이프릴은 문 옆까지 달려가더니 손을 흔들면서 다시 "편지 꼭 보내"라고 소리치고 있었다.

그 뒷모습을 바라보면서 앨윈이 입을 열었다.

"이게 네가 말했던 예고편이야?"

"그래."

나는 말했다.

"네가 박살낸 것은, 돌아올 리 없는 딸을 계속 기다리던 엄마가 바람이 창문을 흔드는 소리에도 민감하게 반응하는 서글픈 인생이었어. 그리고 지켜낸 것은, 밤중에 무서운 꿈을 꾼 여자 아이가 좋아하는 인형과 함께 엄마 침대로 들어가서 자장가를 들을 권리. 정의나 질서보다 나는 이쪽이 훨씬 끝내준다고 생각해."

"…그렇군." 앨윈은 고개를 끄덕였다.

"분명 그쪽이 더 좋을 거야. 끝내… 준다 였나? 응, 끝내주는 것 같아."

"그래서, 말이지."

겨우 본제로 들어갈 수 있게 되었다.

"내가 확인하고 싶었던 것은 말야, 결과가 네 이상과 조금 다른 것 같은데 그럼에도 약속이 아직 유효한 건지, 그걸 알고 싶어서."

어때? 라며 들여다보듯 묻는다. 앨윈은 눈을 부릅뜨고 손을 꽉 움켜쥐었지만 불현듯 몸에 힘을 빼고 고개를 저었다.

"아니, 아무것도 아냐. 이것으로 된 거야. …이것으로 되었어."

"그래? 안심했어."

나는 안도하며 가슴을 쓸어내렸다.

"이로써 나도 마음 놓고 그걸 할 수 있겠군. 이런 미인의 처녀를 따먹는 일은 지금까지 없었으니 말야. 계속 몸이 근질거렸어."

노골적인 말에 앨윈이 얼굴을 붉혔다.

"아, 알고 있어. 이제 와서 싫다고는 안 해. 그러니까…."

그녀가 무언가 말하기 전에 나는 말했다.

"하지만 나한테도 사정이라는 게 있어서 말야. 조금만 기다려주면 기쁘겠어. 뭐, 겨우 100년 정도야. 어쩌면 200년 정도가 될지도 모르지만, 뭐, 그때까지는 맘대로 살아도 좋아."

"뭐?"

"일단 몸부터 잘 치료하라고. 너라면 분명 멋진 여왕이 될 수 있을 테니까."

사태를 파악하지 못한 건지 망연자실해 있는 그녀에게 등을 돌리고 나는 그 자리를 떠났다.

제4장 기둥서방은 처세의 달인

소설 같은 것에선 얻어맞고 기절해서 정신을 차려보니 낯선 곳에 갇혀 있더라 하는 전개가 흔히 나온다. 하지만 나의 경우 쓸데없이 튼튼한 탓에 기절도 못 하고 재갈이 물려진 채 묶이는 걸 다 체험해야 했다. 그리고 폴리와 그 동료들로 보이는 남자들의 손에 의해 마차에 실렸다. 마차로 덜컹덜컹 이동해서 내려진 곳은 도시 북쪽 고급 주택가 일각에 있는 저택이었다.

그곳 지하실로 운반된 후 의자에 묶였다. 돌벽과 바닥에는 핏자국. 어떤 부자인지는 모르겠지만 이런 취미를 위한 방을 만들다니 좋은 성격을 가지고 있다. 들어온 철문도 열쇠가 채워져 있다. 머리도 아프기에 눈을 감고 기다리고 있자니 물이 끼얹어졌다. 그곳에 있었던 것은 낯선 귀족과 그 사병으로 보이는 몇 명. 그리고 폴리.

"깨어났어? 1년 만이네. 만나고 싶었어."

자신만만하고 여유 있는 미소였다. 게다가 허울없는 말투. 짧은 금발에 주근깨가 있는 애교스런 얼굴. 내가 아는 폴리와는 완전히 다르다. 머리카락은 염색하거나 자를 수 있지만 성격은 쉽게 변하지 않을 텐데.

"오랜만이네. 분위기가 바뀌어서 깜짝 놀랐어."

"그렇지?"

폴리는 의기양양하게 발을 굴렀다.

"이게 나. 진정한 나야. 보라고, 멋지지 않아?"

연기 섞인 말투로 노래를 시작하나 싶더니 손을 뻗으며 춤추기 시작했다.

"실망했어."

나는 보란 듯이 한숨을 쉬었다. 그녀의 목 뒤에는 검은 반점이 떠올라 있었다.

"너까지 '약'에 손을 대다니."

1년 전의 폴리는 음울한 여자였다. 술을 마시면 발작을 일으키고 날뛰었다. 하지만 '약'에는 결코 손을 대지 않았다.

"하지만 기분이 좋은걸. 정말로 굉장해. 지금까지 쪼잔하게 고민하고 있던 자신이 바보같이 느껴졌어. 머리만 해도 그래. 지금까지 안개가 끼어 있었던 것 같았는데 이것을 핥기만 해도 개운해지더라고."

내 눈앞에서 얼굴 정도 크기의 봉지를 흔들었다.

"맛쉬도 어때?"

"사양할게."

딱 잘라 말했다. 저런 '약'에 손을 댔던 것은 공주기사님뿐만이 아니다. '밀리언즈 블레이드'…, 아니, 용병시절부터 손을 댔다가 자멸한 바보들을 몇 명이나 봐왔다. 그래서 나는 '약'을 정말 싫어한다.

"어머, 아쉽네."

폴리는 장난스럽게 웃더니 봉지에 손가락을 쑤셔넣고 흰 가루를 핥았다. 표정이 황홀하게 변한다. 모습을 보아하니 손을 댄 '약'은 '릴리스'뿐만이 아니로군.

"지금까지 어디서 누구와 있었던 거야?"

폴리 같은 여자는 혼자서 살 수 없다. 반드시 누군가가 옆에 있었을 것이다.

"왕자님이야."

'약' 기운이 머리에 돈 건가 싶었지만 그 눈에는 확실한 동경과 숭배가 서려 있었다.

"너한테 버려지자마자 내 눈앞에 나타났어. 그리고 나를 이 오염된 도시에서 구해줬지. 내 왕자님이야."

"아아, 저 녀석 말이지?"

거기서 나는 폴리 뒤에 있는 남자를 보았다. 30을 갓 넘었을 것이다. 가지런히 모은 붉은 머리카락에 바위같지만 기품있는 얼굴, 단련된 체력에 몸에 걸치고 있는 것은 고급스러운 옷.

"네 취향도 바뀐 모양이네. 저런 쪼잔한 겁쟁이가 취향이었어?"

"흠, 듣던 대로 '와이즈크랙'이로군."

남자가 거만한 걸음걸이로 내 앞에 섰다.

"게다가 기품은 요만큼도 없으니 그냥 무능한 쓰레기일 뿐이야."

"너보다는 나아. 맥터로드 왕국에서 귀족이셨던 나리."

남자의 안색이 변했다.

"용케 알았군."

"농담이라면 웃기지도 않아. 문장은 가리고 있는 것 같지만, 그 옷은 우리 공주기사님의 그것과 아주 비슷해. 이 부근에선 잘 볼 수 없는 차림이지. 게다가 질도 좋고 말야."

그렇다면 이 녀석의 정체따윈 짐작이 된다. 맥터로드 왕국의 귀족 출신. 왕족까지는 아니어도 백작 이상일 것이다. 그렇다면 나를 유괴한 이유도 알 것 같다.

"앨윈을 유인하기 위한 미끼로 쓸 생각인가?"

왕위계승권 싸움이니 뭐니로 방해가 되는 것이리라. 하지만 정면으로 싸우면 승산이 없다. 쪼잔한 겁쟁이도 그럭저럭 싸움은 할 수 있는 것 같지만 앨윈 쪽이 몇 수는 더 위다.

"감이 좋군. 네 말이 맞다."

무슨 까닭인지 으스대는 남자를 폴리가 공손하게 소개했다.

"이분은 롤랜드 윌리엄 맥터로드 님이셔. 네 예상대로 맥터로드 왕국의 후작가분이지. 게다가 이번에 당주가 되셨대."

"그럴 줄 알았어. 기품 없는 얼굴을 하고 있었거든. 고블린 엉덩이처럼 말야."

엉덩이한테…, 아니, 쪼잔한 겁쟁이한테 얻어맞았다.

"무례를 저지르면 안 돼. 이분은 공주기사님의 사촌으로, 맥터로드 왕국 왕위계승자의 한 명이니까. 죄송합니다. 롤랜드 님."

왕자님의 심기를 상하게 하면 안 된다고 생각했는지 폴리가 진지한 얼굴로 고개를 숙였다. 후작가의 3남으로, 마물이 대량으로 발생했을 때 형제가 모두 죽은 탓에 가문을 물려받았다고 한다.

"지금은 아니잖아?" 나는 코웃음쳤다.

"이미 망해버린 나라니까."

이번엔 배를 걷어차였다. 의자째 뒤집어지자 폴리가 일으켜 세워주었다. 고마워. 또 맞을 수 있게 일으켜 세워 줘서.

"왕자님한테 질문인데, 폴리를 왜 도와준 거지?"

나한테 버려진 것으로 착각하고 착란에 빠진 상태로 거리를 배회하던 여자다. 외견도 엉망이었을 것이다.

"우연이었다. 운명이라 해도 좋겠지."

밤거리에서 마차를 달리고 있자니 기성을 내지르는 여자가 부딪혀왔다고 했다.

"살펴보니 심한 상태여서 말야. 재난을 당한 것으로 생각하고 보호했지. 이 도시에 대해 잘 아는 것 같으니 안내역으로 딱 좋을 것 같기도 했고. 그리고 잘 보니 가련한 얼굴을 하고 있더군."

어머, 라며 폴리가 얼굴을 붉혔다. 그렇군, 몽상가인 폴리에게는 외견이 좋은 쪼잔한 겁쟁이가 왕자님으로 보였던 모양이다.

"그리고 종국에는 '약'에 중독시킨 건가."

나에게는 왕자님의 속셈이 뻔히 보였다. '약'의 효용을 확인하기 위한 실험대다. 무지하고 신분이 낮은 창부는 이용하기에 딱 좋았을 것이다. 그랬는데 의외로 좋은 활약도 보여주기 시작했기에 어르고 달래서 부하로 쓰고 있는 건가? 이용가치가 없어지면 당장이라도 제거할 수 있는 편리한 도구다.

"너한테 버려진 걸로 자신감을 잃고 있는 듯해서 말이지. 기운을 불어넣기 위해서였다. 소량이라면 문제 없거든."

"바닥 없는 늪에 빠뜨리는 녀석이 주로 쓰는 상투구로군."

조금만. 아주 조금만. 딱 한 번만. 자신은 괜찮다. 문제 없다. 나 말고도 쓰고 있는 사람은 많다. 절벽에서 조금만 발을 헛딛으면 거꾸로 떨어질 수밖에 없는데 말이지. 어딘가의 공주기사님도 그랬다고 한다. 바보 같은 녀석.

"나라도 망한 판에 지나치는 여자한테 자비를 베풀다니 자상하기도 하군."

"망하지 않았어. 맥터로드는 부활한다. 반드시! 위대한 신의 가호 아래 새로운 국가로 다시 태어나게 될 거다."

"그러지 않으면 댁은 곤란하니 말야."

일부러 다른 나라에까지 와서 시덥잖은 술책을 쓰고 있는 걸 보면, 어차피 무능한 밥버러지일 것이다.

"하지만 나 같은 걸 인질로 쓰지 않아도 암살자 정도는 얼마든지 있지 않아?"

"그저 죽이기만 하면 되는 것은 아니다."

당연히 앨윈의 죽음으로 이득을 보는 사람이 의심을 받는다. 잘못하면 롤랜드 자신의 왕위계승권도 위태로워진다. 본래라면 '미궁'에서 잡아먹히는 게 제일이겠지만 롤랜드의 예상과 달리 공략은 계속되고 있다.

"본래라면 1년 전 그 여자를 '약'에 중독시킬 예정이었다. '약' 없이는 아무것도 할 수 없는 노예로 말이지. 그래서 '약'과 비보를 맞바꿀 예정이었는데."

"……."

고귀하신 분이 이런 도시에 온 것은 그걸 위해서인가. 훌륭도 하시지. 방귀나 뀌고 뒈져라.

"허나 그럴 필요가 없어졌다. 너같은 들개를 덥석 물었으니 말야."

그것으로 살아남은 귀족들 사이에서 '진홍의 공주기사'의 명예는 실추되었고, 계승권을 박탈하자는 이야기도 나왔다고 한다. 그런 권한도 없는 주제에 참으로 잘난 쓰레기들이다. 얼른 태워버리는 게 좋지 않나?

"그래서 지금까지 방치하고 있었는데, 사정이 달라졌다."

다른 왕위계승자가 몇 명이나 급사해서 다시 왕국의 잔당들 중에서 앨윈을 옹립하자는 움직임이 생겼다고 한다.

"믿기지 않는 일이지! 왜 그런 '음란한 여자'가 차기 여왕인 거냐!"

"무능하고 쪼잔한 겁쟁이보다는 낫다는 거겠지."

또 얻어맞았다. 뭐 맨손이라 별다른 대미지는 없고 아프지도 않지만 기분은 썩 좋지 않다.

"애당초 왕위계승권이니 차기 여왕이니, 너무 낙천적이지 않아? 아직 댁들의 국토는 마물과 그 똥오줌으로 넘치고 있는데 말야. '알이 부화하기 전에 병아리부터 센다' 라는 속담도 모르는 건가?"

"닥쳐!"

"애당초 왕국을 재건하려면 '천년백야'를 답파해서 비보를 입수하지 않으면 안 되잖아. 그전에 공주기사님을 추방해버리면 어떻게 되찾을 건데? 혹시 댁이 들어가려고?"

"딱히 그곳만 땅인 건 아냐. 왕국 재건따윈 얼마든 방법이 있다. 오히려 마물들의 대군을 물리치는 것보다 그게 훨씬 현실적이겠지."

동감이야. 나도 몇 번이고 그렇게 말했는데 말야.

"그녀를 불러내서 어떻게 할 생각이지? 죽일 거야?"

"특별한 일은 안 해." 롤랜드는 실실 웃었다.

"더러운 소문이 진짜인지 확인하고 싶을 뿐이지."

"그럴싸하게 포장하고 있는 것 같지만 하반신때문에 다 들통났어. 아드님은 솔직하네."

주먹이 날아왔다. 이것으로 네 대째다.

"폴리, 이 녀석의 그것을 잘라버려!"

"잘도 그런 생각을 하네. 쪼그라들고 말잖아."

폴리가 그리운 듯 내 사타구니를 바라보았다.

"그런 것치고는 상당히 팔팔해 보이는데?"

"반항적이라서 말야. 부모 말을 전혀 안 들어."

"뭐하다면 독립시켜 줄 수도 있는데."

"부모의 말을 거스르기만 하는 망나니지만, 이래봬도 피가 통한 내 자식이라서 말야. 부모한테 얹혀살고 있어도 귀여운 법이지. 너도 귀여워해줬잖아."

"그럼 대답해."

거기서 폴리가 눈을 송곳처럼 날카롭게 떴다.

"'트라이 히드라'의 '릴리스'는 지금 어딨어?"

"무슨 소리야?" 나는 고개를 갸웃했다.

"오스카라고 기억해? 있었잖아, 바네사의 연인이었던 사람."

"그런 녀석도 있긴 했지."

이제 얼굴도 기억나지 않는다.

"그가 '트라이 히드라'가 입수한 '릴리스'의 일부를 몰래 착복하고 있었어. 롤랜드 님에게 넘기기 위해서 말야. 그런데 그 직전에 오스카는 어딘가로 사라져버렸고, 그러는 사이에 '트라이 히드라'까지 와해되어 버려서 '릴리스'를 입수할 수 없게 되었어."

"지금쯤 어딘가에서 신나게 놀고 있지 않으려나?"

"그렇게 생각해서 지난 1년간 이곳저곳을 찾아봤는데 없더라고."

"못 찾은 건가?"

실망하지 말라고 말하려 했지만 굉음이 차단했다.

폴리가 말 없이 메이스로 벽을 두들긴 것이다. 끝부분이 벽에 박혀 돌 파편이 흘러내린다. 아까 얻어맞았을 때도 그랬지만 아무리

쇳덩어리라고 해도 여자 힘으로 이만한 위력을 낼 수 있을 리 없다. 아마 '약'의 영향일 것이다. 한계 이상의 힘을 이끌어내고 있다. 쪼잔한 겁쟁이가 실험한 성과인가.

"그래, 실패해버렸어."

폴리는 싱긋 웃었다.

"남은 건 이 도시뿐이야. 아마 오스카는 이미 누군가에게 살해당했겠지. 이것저것 나쁜 짓을 하면서 원한을 샀으니 말야."

"그럴지도."

"하지만 대량의 '릴리스'가 나돌고 있는 낌새도 없어. 다시 말해 이 도시 어딘가에 숨겨져 있는 걸로 롤랜드 님은 예측하셨지."

"그거 유감이로군."

다시 말해 이 도시에는 무사한 '약'이 숨겨져 있다는 말인가?

"좀 봐줘. 나는 오스카와 친하지도 않았고 '릴리스'가 있는 곳도 몰라. 정말이야. 신에 맹세할 수 있어."

"어머, 어느 틈에 신앙심이 생긴 거야? 예전의 너는 신을 정말 싫어해서 교회를 보기만 해도 걷어차든지, 침을 뱉든지, 오줌을 눴잖아."

젊은 시절의 과오를 알고 있으니 상대하기 껄끄럽군.

"모른다는 건 진짜인 것 같네. 그쪽은 뭐 좋아. 하지만 네가 훔친 분량이라면 어떨까?"

나는 한순간 어찌할 바 모르는 표정을 지었다.

"너밖에 없어. 1년 전 '트라이 히드'라는 창고에 '릴리스'를 잔뜩 쌓아놨었다고 해. 그런데 위병이 달려왔을 때는 창고에 큰 화재가 일어나 안에 있는 물건들은 모두 잿더미가 되어버렸대. 하지만 짐의 일부가 통째로 사라져 있었어. 생존자들은 대부분 붙잡혀 버렸고, 그곳에서 반출할 수 있었던 것은 공주기사님이나 너 정도뿐이야."

"아, 그것 말이지?"

나는 알겠다는 듯 고개를 끄덕였다.

"그건 어린애들이 수용되어 있었던 공간이야. 너도 알고 있지? 녀석들은 유괴도 하고 있었잖아. 그것을 구해낸 것이 우리들의 앨원이고."

"거짓말."

폴리는 딱 잘라 부정했다.

"증거가 있어. 조금이지만 최근 다시 '릴리스'가 나돌고 있다고. 그것도 '트라이 히드라'에서 만들었던 것과 똑같은 것이 말야."

나는 눈을 부릅떴다.

"네가 빼돌린 거지?"

"아냐. 내가 아니야. 난 정말 아무것도 몰라."

'릴리스'가 다시 나돌고 있다고? '타이거 핸드' 테리는 방금 때려 죽인 참이다. 녀석이 남긴 '약'인가? 아니면 다른 녀석?

"시치미를 뗄 거라면 역시 뜨거운 맛을 좀 봐야 할 것 같네. 나쁘지 않을 거야. 제법 오싹오싹하니까."

"혹시 취향이 좀 바뀐 거야?"

나는 한숨을 쉬었다.

"예전엔 말타기 놀이를 좋아했었는데."

"지금도 좋아해. 하지만 움직이는 것보다 채찍질하는 것을 더 좋아하게 됐어."

나쁜 놀이를 배워버렸군.

"나는 여자한테 괴롭힘을 당하는 취미는 없어. 괴롭히는 취미도 없지만."

"하지만 너를 괴롭히고 싶어서 근질근질한 사람은 있는 것 같아."

폴리가 손뼉을 쳤다. 앞으로 나온 것은 20세 남짓의 남자였다. 지저분한 가죽 갑옷에 헤진 부츠와 가죽 장갑. 모험자풍의 차림이지만 손에 들고 있는 것은 가시 돋힌 쇠방망이와 요상한 형태의 칼 같은 무서운 도구뿐이다. 모험자에서 고문 기술자로 전직한 건가? 뭐, 요즘은 불경기니까 말야.

"네가 매쉬냐?"

번들번들한 살의가 뿜어져 나온다.

"네놈을 때려죽일 날이 겨우 왔구나. 오래 기다렸어."

"나와 어딘가에서 만난 적 있었나? 아, 혹시 4년 전에 먹이를 뺏아먹은 원숭이? 미안해, 그때 내가 배가 좀 고파서 말이지."

손등으로 얻어맞았다.

"내 이름은 노만! 네가 죽인 네이선과 닐의 동생이다! 내쉬가 모습을 감추기 전에 가르쳐줬어! 내쉬도 네가 죽였지?"

납득하면서도 진절머리가 났다. 다음에는 반드시 얻어먹고 말테다, 그 수염쟁이 녀석.

"우리 4형제도 이제 나밖에 남지 않았어…. 하지만 신은 보고 계셨던 거야. 이렇게 형님들의 복수를 할 수 있게 되었으니."

"일단 나로선 네가 마지막이라는 걸 듣고 안심하고 있는 참이야. 아빠랑 엄마한테 전해줄래? 조금은 자제하…."

눈에서 불똥이 튀었다. 아까 손등도 그렇고 제법 좋은 펀치를 가지고 있네.

"말하지 않으면 네 이빨을 뽑고 얼굴 가죽을 벗긴다고 그래. 무섭지? 어떡할래?"

"어떡하고 자시고 모르는 건 어쩔 수 없어."

폴리의 협박도 대충 흘려듣는다.

"충고할게, 폴리. 얼른 이 녀석들과 관계를 끊어. 돌이킬 수 없는 실패를 한 후에는 늦으니까. 1년 전의 일을 잊은 거야?"

그러자 폴리의 얼굴에서 웃음기가 사라졌다.

"그거 혹시 마기 말하는 거야?"

"그래. 푼돈을 위해 딸 세라를 네가 악당에게 팔아넘겼어. 그것 때문에 그녀는 아주 괴로운 경험을 했다고. 후회하지 않았어? 게다가 받은 돈을 전부 술 마시는데 써버리는 바람에 너는 나한테 매달리며 울고 있었잖아."

"그래, 그랬었지."

폴리는 고개를 숙이면서 어두운 얼굴로 중얼거렸다.

"내가 바보였어. 아무것도 생각하지 않고 세라를 팔아버렸으니까."

"현명해졌다고 네 입으로 말했잖아. 실패하지 않는 사람은 없어. 중요한 것은 거기서 무엇을 배우느냐야. 그렇다면 뭐가 옳은지도 알 것 아냐."

"그래, 매쉬. 네 말대로야."

폴리는 몇 번이고 고개를 끄덕였다.

"그래서 말이지."

고개를 들었다. 나는 오싹해졌다. 이곳에 어울리지 않을 만큼 후련한 얼굴을 하고 있었다. 자신의 정의를 털끝만큼도 의심하지 않는 순수한 얼굴이었다.

"이번에야말로 누구에게도 팔리지 않도록 해줬어."

내 머리는 공백이 되었다. 폴리가 한 말의 의미를 정확히 이해하고 말았다. 그래서 그 대답을 받아들이는 것을 거절하고 싶었던 것이다.

"자, 보라고."

폴리는 봉지에 손을 넣더니 내 발밑에 그것을 집어던졌다. 숨이 턱 막혔다. 자신의 직감을 원망스럽게 생각한 것은 오랜만이었다.

아이의 손목이다.

"한달쯤 전이었으려나? 오스카를 찾고 있는 도중에 우연히 발견했어. 마기와 둘이서 아주 즐거워 보이더라고. 하지만 또 나 같은 게 두 사람을 갈라놓으면 슬프잖아? 그래서 다시는 떨어질 수 없게 해줬어."

희희낙락한 표정으로 이야기한다. 한 번은 반한 여자에게 이렇게까지 구역질이 날 정도의 혐오감을 느낀 것은 처음이었다.

"두 사람의 손목을 자른 후에 서로의 손을 연결해줬어. 멋지지? 이것으로 다시는 아무도 떼어놓을 수 없다고."

몸을 떨면서 자신의 말에 취해 있다. 옆에 있는 노만뿐 아니라 자신이 좋아하는 왕자님까지 눈살을 찌푸리고 있는 것을 깨닫고 있지 못한 듯하다.

"하지만 지혈을 잘못해서 두 사람 모두 죽고 말았어. 아아, 걱정하지 마. 묘까지 잘 만들어줬으니까. 물론 두 사람이 함께 있도록 말야. 이로써 모녀는 영원히 떼어놓을 수 없게 됐어. 이건 정말 굉장하다고 생각 안 해?"

폴리의 웃음소리가 들렸다. 1년 전에도 들었다. 음울하고 소심해서 사과만 했었지만 가끔 작게 웃는 얼굴이 맘에 들었다. 분명한 것은 이제 내가 아는 폴리는 어디에도 없다는 것이다.

손목은 소금에 절여둔 것인지 아직 형태를 유지하고 있다. 피부는 변색되어 있지만 손가락에 묻은 잉크 얼룩과 펜 자국이 분명하게 보였다. 문득 편지를 기다리던 꼬맹이의 모습이 머리를 스쳤다.

"유감이야, 폴리."

나는 한숨을 쉬었다.

"나쁜 놀이를 배워버렸구나."

내 중얼거림도 들리지 않는지 폴리는 가극의 주인공처럼 계속 춤을 췄다. 그렇다. 불쌍한 모녀를 잡아먹은 악마가 나오는 이야기의 주인공처럼.

"옛날 이야기는 그쯤 해둬."

롤랜드가 손뼉을 쳤다.

"들은 것처럼 정직하게 이야기하지 않으면 너도 그 불쌍한 소녀와 똑같은 꼴을 당할 거다."

노만도 대화에 끼어들었다.

"쉽게 죽을 수 있을 거라고는 생각 마. 괴롭히고 또 괴롭혀서 네 입에서 죽여달라고 나한테 애원하게 만들 테니 말야."

바보같군.

"내가 애원한다고 하면 공주기사님한테 뿐이야. '좀더 용돈을 올려주세요'라고 말이지."

"─그것에 관해서는 이미 거절하지 않았나?"

우리들은 동시에 돌아보았다. 그것은 이곳에 있을 리 없는 그녀의 목소리였다.

철문이 열렸다. 양아치풍 남자가 지하실로 내려오는 계단을 머리부터 미끄러져 내려왔다. 흰자위를 드러내고 기절해 있는 양아치를 타넘고 나타난 것은 아름다운 우리의 공주기사님. 앨윈 메이벨 프림로즈 맥터로드였다.

"떼쓰지 마, 매쉬."

앨윈은 지하실을 빙 둘러보더니 작은 손목을 보고 안쓰럽다는 듯 눈살을 찌푸렸다. 짧게 기도를 드린 후 자신의 망토를 그 위에 덮어준다.

그리고 롤랜드를 보고 시시한 듯 말했다.

"오랜만이구나, 롤랜드. 설마 이런 곳에서 만날 줄은 몰랐군."

"말도 안 돼. 어떻게 이곳을⋯."

롤랜드는 대답 대신 멍하니 중얼거렸다.

"저 남자는 눈에 잘 띄니 말야."

형태 좋은 턱으로 나를 가리킨다.

"이른 아침이라고 해도 사람의 눈은 있는 법이야. 마차에 실리는 것을 한 거지가 보고 있었지. 얼굴은 잘 보이지 않았다고 하지만 '덩치는 큰 주제에 가냘픈 여자 하나 못 이기는 잔챙이는 이 도시에서 한 사람뿐'이라고 하더군."

"실례잖아."

나는 뺨을 부풀렸다. 앨윈은 나를 시선으로 닥치게 한 후 롤랜드에게 몸을 돌렸다.

"1년쯤 전부터 행방불명 되었다고 하길래 어딘가의 교회에서 수행이라도 하고 있는 줄 알았는데…, 태양신으로 개종한 결과가 이건가? 한심하군."

뭐라고?

"닥쳐!"

롤랜드가 격앙했다.

"그 재난 후에도 그래. 선조대대로 내려온 신앙을 버리는 거냐고 비난하는 사람도 있었지만, 가족을 잃은 괴로움은 나도 잘 알고 있기에 혼의 안식을 찾을 수 있을까 해서 굳이 반대는 안 했어. 하지만 너는 책무를 내팽개치고 신앙에 정신이 팔려 있기만 했지. 그래서 아버님한테 버려진 거야."

"버려지다니…, 이 녀석이 후작가를 물려받은 것 아니었어?"

내가 의문을 표하자 앨윈은 고개를 저었다.

"그런 이야기가 나오기도 했지만, 태양신의 교회에 멋대로 가보로 내려오는 보석을 기증했다가 집에서 쫓겨났어. 지금의 그는 그냥 롤랜드야."

흠, 문자 그대로 귀족이셨던 나리였네. 종교에 탐닉하다 인생을 망친 셈이군. 동정은 안 하지만.

"가보 같은 건 가지고 있는 것만으로는 의미가 없어. 나는 태양신의 목소리를 들을 거다!"

태양신을 숭배하는 종교가 중에는 '계시'를 받는다는 명목으로 과도한 수행을 강요해서 신자를 죽게 하거나 큰 돈을 가로채는 쓰레기가 많다. 아무리 생각해도 정신 나간 잠꼬대에 불과하지만 그것에 속는 바보는 어디에나 있다.

"들어봤자 기분 좋은 게 아닐 거라 생각하는데 말야."

잊으려고 해도 잊을 수 없다. 게다가 기분이 가라앉는다.

"네가 앨윈이구나."

옆에서 폴리가 태평스런 어조로 끼어들었다. 방금 이야기따윈 전혀 듣고 있지 않았다는 듯. 실제로 전혀 귀에 들어오지 않았을 것이다. 나와 있었을 때부터 자신에게 불리한 것은 전혀 듣지 않는 아이였다. 눈을 빛내며 흥미로운 듯 앨윈의 주위를 천천히 돌기 시작한다.

"아름다운 사람이네. 역시 공주기사님은 뭐가 달라도 달라. 하지만 미안해. 네 초대장은 아직이니까 무도회는 다음 기회를 노려보라고."

"아아, 그러고보니 그런 풍습도 있었군."

방금 깨달았다는 듯 앨윈은 말했다.

"왕족에 대한 초대를 편지 한 장으로 끝내는 건 있을 수 없는 일이야. 반드시 주최자 본인이나 신뢰가 있고 어느 정도 신분이 되는 사자가 직접 오게 되어 있지. 이건 충고인데 어디서 주워들은 지식을 피로하는 건 관두는 게 좋아. 창피를 당할 뿐이니까."

"헤에, 역시 공주님은 아랫것들과는 다르시네요. 공부가 되셨어요."

폴리는 감탄했다는 듯 엉망진창인 경어를 늘어놓더니 내 등 뒤로 돌아가서 단검을 내 목에 갖다댔다.

"그럼 직접 부탁드리실게요. 무기를 버려. 아니면 네 연인을 다시는 껴안지 못하게 될 테니까."

앨윈은 입을 꽉 다문 채 눈살을 찌푸렸다. 언뜻 보면 난처해하는 것처럼 보이지만 나는 알고 있다. 저건 화가 나 있는 표정이다.

"그러고보니 자기소개가 아직이었네. 나는 폴리. 매쉬의 예전 연인이었어."

그것을 깨달은 낌새도 없이 폴리가 내 머리를 안고 몸을 기댔다.

"저기, 그보다 힘들지 않았어? 매쉬가 그쪽 방면으로는 굉장하잖아. 다음날도 일을 해야 하는데 도통 재워주질 않아서."

"……."

아아, 앨윈의 분노가 부풀어오르고 있다.

"이게 그냥 협박일 거라 생각해? 옛날 연인을 상처 입힐 리 없다고. 안됐지만."

찰싹찰싹, 단검의 평평한 면으로 내 목을 쳤다. 마음만 먹으면 내 목을 그어버리는 것은 한순간이라는 듯.

"어서 무기를 버려!"

앨윈은 폴리의 명령을 무시하고 불만스럽게 말했다.

"그 남자는 내 연인이 아니야."

폴리는 의미를 모르겠다는 듯 떨떠름한 얼굴을 했다.

"그럼 뭔데?"

"내 기둥서방이지."

지하실에 침묵이 흘렀다. 그 직후 폭소.

"어머, 싫어. 최고야. '진홍의 공주기사' 님도 의외로 밝히는 성격이었네. 용사는 일곱 명의 아내를 맞이한다는 격언이 있는데 이건 그 반대 경우인가?"

폴리는 배를 잡고 웃었다.

"너무 깔보시는군요, 앨윈 공주 전하."

롤랜드가 손에 든 방울을 흔들자 곧바로 무장한 남자들이 지하로 몰려들었다. 다들 건달이나 모험자 출신이라는 느낌이다. 20명 이상은 된다. 위험하군. 일대일이라면 앨윈이 질 리 없지만 이렇게 좁은 방 안에서는 숫자의 힘으로 밀어붙이면 허를 찔릴 수도 있다.

　무엇보다 좁은 방에 후줄근한 남자들이 밀집되어 있는 건 기분이 안 좋다. 토할 것 같다.

　"저속한 놈과 몸을 섞더니 타락하셨어. 역시 '미궁'의 보물을 손에 넣어 왕국을 재건하는 건 꿈에 지나지 않았던 겁니다."

　"그렇군."

　앨윈은 납득했다는 듯 고개를 끄덕였다.

　"그대가 말한 대로야. 타락한 거겠지. 나는 내가 생각하고 있던 것보다 용감하지도 강하지도 않았어. 약하고, 겁이 많고, 비열하고, 게으르고, 무지하고, 불안정했지. 잃어버린 것은 크고 돌이킬 수도 없어. 만약 그곳에 지금 내가 있었다면 힘으로라도 막았을 거야. 현실을 보라고 말이지."

　하지만, 그녀는 거기서 넉살좋게 웃었다. 그렇다, 넉살좋게다.

　"타락했기에, 거친 녀석들의 세계에 뛰어들었기에, 보이는 게 있었어. 과거의 나는 맑고 고결하고 아름다운 공주님이었을지 모르지만 진흙탕 속에서 오염된 지금이기에 습득할 수 있었던 것도 있어."

　"예를 들면?"

　내가 대답을 유도하자 앨윈은 차갑게 웃었다.

　"누가 나 혼자서 왔다고 그랬지?"

　위에서 굉음이 터졌다. 지하실이 흔들리며 모래먼지가 떨어진다.

　"뭐야? 무슨 일이 일어나고 있는 거냐?"

롤랜드가 바닥에 엎드리며 창백한 얼굴로 말했다.

지하로 내려오는 계단에서 건달풍 남자가 굴러떨어졌다. 뒤를 이어 두 명, 세 명 계속 떨어지고 있다. 살펴보니 전원 배를 얻어맞았다. 기사풍 남자에 이르러선 갑옷이 함몰되어 살에 박혀 있다. 말도 안 되는 짓을 하는군. 불규칙한 발소리가 났다.

짧은 다리로 조심조심 계단을 내려온 것은 아니나 다를까 수염쟁이였다. 게다가 뿔달린 투구에 적동색 갑옷, 투박한 구조의 워해머는 '31번'. 녀석이 만든 무기다. 저것으로 얻어맞으면 거대한 드래곤이라도 맞은 부분이 으스러진다. '모바일 포트리스' 데즈가 완전 장비로 찾아온 것이었다.

태양신의 탑 이후로는 무기따윈 더 이상 보고 싶지 않다며 창고 깊은 곳에 넣어두었는데, 그것을 꺼내온 것이다. 웃을 수밖에 없다.

"히죽히죽 웃지 마. 기분 나쁘니까."

"너무 끝내주는 모습이잖아. 혹시 사모님과 데이트라도 하는 거야?"

"잠꼬대는 자면서 해, 밥버러지."

마음에도 없는 욕설을 하고나서 데즈는 공격해온 남자를 두들겨 패고 나를 묶고 있던 밧줄을 끊어버렸다. 돌아보니 앨윈은 악한들과 싸우고 있었다. 역시 숫자에 밀려 고전하고 있는 듯하다.

"얼른 도우러 가."

"괜찮겠어?"

곁을 떠나면 내가 위험해진다는 의미겠지만 문제 없다.

"앨윈에게 상처 하나 내보라고. 그 수염을 몽땅 뽑아버릴 테니까."

"알았어."

내 배에 한 발 먹이고 나서 느릿느릿 도우러 간다. 걸음은 늦지만 확실히 전진하고 있다. 직선상에 있는 녀석들이 잇달아 튕겨 날아갔다. 때려눕힌 녀석을 한손으로 집어들더니 앨윈과 칼을 맞대고 있던 남자에게 돌맹이라도 던지듯 집어던졌다. 몸으로 들이박으려던 녀석은 워해머에 의해 다진고기로 변했다. 천 마리를 넘는 마물도 안색 하나 변하지 않고 때려눕히는 녀석이라 과거의 나라도 녀석과 싸워서 이길 수 있을지 어떨지 알 수 없다. 슬슬 도망치는 녀석도 나오기 시작했다.

"저 녀석이다! 저 녀석을 인질로 잡아라!"

느긋하게 구경하려고 했더니 롤랜드가 쓸데없는 명령을 내렸기에 악한들이 나한테까지 달려왔다. 이런이런 위험하잖아.

도망치긴 했지만 금방 벽에까지 내몰리고 말았다. 눈앞에는 나와 키 차이가 별로 안 나는 거한이 두 명. 그리고 노만.

"각오해라."

거친 숨을 내쉬며 채찍 대신 이가 잔뜩 빠져 있는 검을 내게 겨눈다.

"지시 못 들었어? 인질로 잡으라고 했잖아. 죽이는 게 아니라."

"상관 없어!"

날아온 공격을 주저앉는 것으로 간신히 피한다. 돌벽에 칼날이 부딪혀 다시 이가 빠진 부분이 늘었다. 충격으로 손이 마비된 듯하지만 그래도 노만은 분노를 드러내며 공격해왔다.

"형님의 복수다!"

어떻게 옆으로 몸을 날려 피하긴 했지만 자세가 무너지고 말았다. 비틀거리고 있을 때 거한 두 명에게 제압되어 버렸다.

뿌리치려고 해도 힘이 나오지 않는다. 노만은 잔인한 미소를 떠올리며 검을 치켜들었다.

제기랄. 식은땀이 마구 치솟았다.

필살의 거리에서 내리쳐진 검은 내 옆을 스쳐 돌벽에 박혔다. 노만은 눈을 부릅뜨고 입을 벌린 채 바닥에 쓰러졌다. 등에 비스듬한 상처가 나 있고 피가 뿜어져나오고 있다.

"정말 아까운 짓을 했군."

전사는 짜증 섞인 말투로 말했다.

"공주님의 부탁이 아니었으면 내가 죽였을 텐데 말야."

"여, 도련님도 와준 거야?"

앨윈의 파티 멤버인 랄프다.

"도련님이 아니라 공주님을 모시는 전사야. 그리고 공주님의 부탁이 아니었다면 뭐가 좋아서 너 같은 저질을 구하겠어?"

노만이 쓰러졌기에 거한 두 명은 도망치고 말았다. 힘이 풀려 벽에 주저앉은 나를 랄프 도련님이 차갑게 내려다본다.

"그쪽이 아니라, 네가 앨윈을 위해 와준 걸 말하는 거야."

"당연하잖아."

못마땅하다는 듯 눈살을 찌푸린다.

"나는 공주님을 위해 검을 휘두를 뿐이니까."

"사랑해, 랄프."

"기분 나쁜 소리 하지 마."

"뭐 어때. 말하게 해줘. 딱히 잡아먹는 것도 아닌데."

"웃기지 마."

내 팔을 잡고 일으켜세운다.

"위에는 이제 아무도 없으니까 너는 위에 가 있어. 방해하지 말고."

"그래 그래."

여기서 고집을 피울 만큼 어린애는 아니다. 있어봤자 발목만 잡을 게 뻔했다. 데즈가 있으니 별 문제는 없을 것이다. 틈을 보아가며 계단 쪽으로 향한다. 미리 가서 위에서 느긋하게 있기로 할까? 계단에 거의 도착했을 무렵, 혼란 속에서 망연자실한 표정으로 서 있는 여자를 발견했다. 폴리다. 시선이 향하는 곳에는 앨윈이 있었다. 그 눈에는 살의와 광기, 그리고 희열이 섞여 있었다. 틈을 봐서 찌르려는 속셈인 듯하다. 가능하면 토막내서 죽이고 싶다고 열렬히 주장하고 있다. 고작 8살밖에 안 된 여자아이의 손목을 잘라버린 것처럼.

"여, 폴리. 길이라도 잃은 거야?"

나도 모르게 나는 그녀를 부르고 있었다. 폴리는 흠칫 돌아보았다.

"'릴리스'가 어디 있는지 알고 싶은 거지? 가르쳐 줄 테니까 따라와."

일방적으로 선언하고 나서 계단을 뛰어올라간다. 걸려들 거라는 확신은 있었다. 폴리는 조바심을 내고 있다. '약'을 발견하지 못하면 롤랜드에게 버려질지 모르기에.

"기다려!"

돌아보니 폴리가 단검을 치켜들고 쫓아오고 있었다. 작전 성공이지만 순수하게 기뻐할 순 없었다. 충동적으로 저질러버린 탓에 뒷일은 아무것도 생각하지 않았다. 잘못하면 내 쪽이 능지처참이다. 하지만 할 수밖에 없다. 1년 전에 못한 일을 지금 해야 할 때다.

"놓치지 않겠어!"

단숨에 계단을 뛰어올라 온다. 역시 '약' 때문인지 순발력도 올라가 있다. 이대로 가다간 금방 따라잡히고 말 것이다.

지상으로 나왔다. 저택의 복도다. 바닥에는 붉은 융단까지 깔려 있다. 창문을 통해 바깥이 보였지만 유감스럽게도 흐린 날씨였다. 빌어먹을. 문을 닫고 시간을 벌기 위해 빗장을 채우려다가 손이 멈춘다. 빗장의 봉이 부러져 있었다. 파괴된 모양으로 보건데 범인은 데즈. 문명이라는 것을 모르는 건가? 그 야만적인 수염쟁이.

대신할 막대기도 발견되지 않아서 체념하고 달리기 시작했을 때 뒤에서 기세좋게 문이 열리는 소리가 났다. 밖으로 도망치려 해도 저택의 출구가 어딘지 모른다. 길을 찾기 전에 따라잡힐 것이다. 창문 밖으로 도망치려 해도 쇠창살이 나 있다. 어쩔 수 없이 눈에 들어온 계단을 달려올라간다. 무언가 책략이 있어서가 아니다. 멈춰 있으면 죽임을 당할 거라는 위기감에서 내린 판단이다. 비웃어도 좋다.

"저기, 기다려, 매쉬. 대화로 풀자고, 옛날처럼."

"그럼 그 칼부터 버려."

등 뒤에서 나는 낌새에 얼굴을 실룩거리며 층계참에 장식되어 있는 꽃병을 바닥에 떨어뜨리고, 벽에 있는 태피스트리를 벗겨내서 집어던진다. 장식용 갑주도 뒤집어 엎었다. 헛된 발버둥이라는 것은 잘 알지만 가만히 죽임을 당할 만큼 인간이 되지 못한 매쉬 씨다.

"도망치지 마. 도망치지 말라고⋯."

작게 중얼거리며 쫓아온다. 집어던진 꽃병 같은 것에 맞았는지 이마에서 피가 흐르고 있다. 피를 흘리는 여자가 눈에 핏대를 세우고 칼을 휘두르는 모습을 보니 여러가지 것들이 쪼그라들 것 같다.

나름 열심히 방해하고 있지만 거리는 전혀 벌어지지 않는다. 오히려 조금씩 좁혀지고 있다. 땀투성이가 되면서도 계단을 달려올라가고 있자니 조금 밝아진 느낌이 들었다. 창밖을 보니 진회색 구름이 아까보다 옅어지고 틈새로 햇빛이 하늘의 기둥처럼 쏟아지고 있었다. 좋았어.

조금만 더 버티면 된다고 생각하면서 숨을 헐떡거리며 달려올라간다. 아직이냐? 아직이냐? 자신의 빈약함에 조바심을 내면서 계단을 달려올라간다. 얼른 달려, 바보 녀석. 죽고 싶은 거냐? 열심히 자신을 격려하면서 나아간다. 보인다. 외침소리를 내면서 몸으로 들이박듯 막다른 곳에 있는 문을 열었다. 그곳에는 푸른 하늘이 펼쳐져 있었다. 불어오는 바람이 달아오른 몸에 기분 좋다. 저택 옥상은 발코니로 되어 있었다. 소소한 난간이 설치되어 있고 그 밑은 돌바닥이 깔린 광장이다. 아마 이곳에서 가신들에게 지시를 내렸을 것이다. 나로선 그 가짜 후작님의 처형대라도 놓아두고 싶은 대목이다. 좋은 아이디어라 생각하는데.

그 얼마 후 굴라(주3) 같은 형상으로 폴리가 뛰어들어왔다. 나는 햇빛을 받으면서 몸을 돌림과 동시에 주먹을 똑바로 뻗었다.

주먹에 특별한 감촉은 없었다.

주3) 굴라: 구울의 여성판.

하지만 폴리는 종이조각처럼 튕겨날아가서 문을 넘어 계단 옆에 있는 벽과 충돌했다.

"으, 윽….".

입에서 피를 토하며 무슨 일이 일어났는지 몰라 눈을 희번덕거리고 있다. 그래도 벽에 몸을 기댄 채 일어선다. 다리가 갓 태어난 송아지처럼 후들거리고 있다.

조금 약했나? 한 방에 죽일 생각이었는데 몸을 돌리면서 주먹을 뻗기도 했고, 힘이 막 돌아온 참이기에 힘 계산을 조금 잘못한 것 같다. 추가타를 날리고 싶어도 그늘에 들어가 있다.

"혹시 벌써 가버린 거야? 너는 옛날부터 잘 느꼈으니 말야."

어깨를 으쓱하며 놀리자 폴리는 부러진 이빨을 뱉고 나서 화가 난 듯 말했다.

"여자를 괴롭히는 취미는 없다고 하지 않았어?"

"방금 것은 정상위야."

때린 걸로도 안 들어간다.

"웃기지 마! '약'은 어딨어?"

"그러니까 그걸 지금부터 가르쳐 준다니까. 침대 안에서 말야. 이리 와. 귀여워해줄 테니까."

손짓하자 폴리가 이를 갈았다. 피가 섞인 침을 뱉더니 단검을 겨누고 똑바로 돌진해왔다.

내가 카운터를 날리듯 주먹을 휘두르자 직전에 방향을 바꾸어 선풍 같은 기세로 등 뒤로 돌아갔다. 손에 든 단검의 무딘 광채가 빛의 궤적을 그린다.

씨익. 뒤에서 웃는 소리가 들린 듯한 기분이 들었다.

제법이네? 신체 능력이 올라갔을 뿐 아니라 지난 1년간 수라장을 겪어온 것이리라. 살의가 대각선 뒷쪽에서 쇄도한다.

　내 옆구리를 향해 휘둘러진 칼날은 허공을 갈랐다. 폴리의 몸 역시 내 발밑을 그대로 통과해갔다. 착지하자 뒤를 돌아본 폴리는 분함과 놀람으로 얼굴을 일그러뜨리고 있었다.

　"뭐야? 방금 그건…. 전과는 전혀 달라. 혹시 속이고 있었던 거야? 실제로는 싸울 수 있었는데, 나한테 빌붙어서 몸을 팔게 하다니! 비겁자! 쓰레기!"

　"오해야." 나는 하늘을 올려다보았다.

　"미안하지만 지금 나에게는 너말고 사랑하는 여자가 있어서 말야. 그 녀석을 생각하는 것만으로도 힘이 샘솟거든. 사랑의 힘이라고 할까."

　"이 자식!"

　단검을 투척했다. 그리고 품속에서 꺼낸 다른 한 자루의 단검을 들고 몸을 부딪혀온다.

　나는 날아온 단검을 붙잡아서 악력으로 으스러뜨린 후 손에 남은 쇳조각을 폴리에게 집어던졌다. 얼굴에 맞았다. 움직임이 멈추었을 때 거리를 좁혀서 그녀의 손목을 붙잡았다.

　"아파. 아프다고, 매쉬. 어째서 이런 심한 짓을…."

　"네 취미에 맞춰주기로 했어."

　꽉 강하게 움켜쥔다.

　"괴롭힘을 당하는 것을 좋아하지?"

　아쉽지만 다시 하늘이 흐려지기 시작했다. 타임오버다.

　"작별할 시간이야, 폴리. 너와 만나길 잘했어."

"뭘 할 생각이야? 저기, 그만둬, 매쉬. 무서워. 나, 죽고 싶지 않아. 살려줘."

"분명 마기도 똑같은 생각을 했을 거야."

나는 말했다.

"아마 세라도."

나는 힘껏 손을 휘둘렀다. 잡아당겨진 폴리의 다리가 허공에 뜬다. 어느 정도 기세가 붙었을 때 손을 놓자 폴리는 뒤쪽으로 날아갔다. 절규가 터졌다. 몇 번인가 회전하면서 난간 너머로 모습이 사라졌다. 그대로 지상으로 떨어질 줄 알았지만 발코니 가장자리에 손가락이 약간 보였다.

폴리는 아직 떨어지지 않았었다. 너무 높이 던진 탓에 비거리가 좀 부족했던 것 같다.

나는 말없이 다가가서 그녀를 내려다보았다. 그 얼굴은 공포에 질려 있었다. 뭐, 이 정도 높이에서 떨어지면 운이 좋아도 즉사, 나쁠 경우 온몸의 뼈가 박살난 채 고통에 몸부림치다 죽겠지.

"미안해. 저기, 살려줘, 매쉬. 너를 좋아해. 너를 위해서라면 다시 몸을 팔아도 좋아. 다시 처음부터 시작하자."

"그건 이제 됐어. 끝났다고, 폴리."

연민을 담으면서 나는 다리를 들어올렸다.

"마기와 세라한테도 사과할게. 내가 잘못했어. 미안해. 그러니까."

나는 고개를 저었다.

"너한테 이미 그런 가치는 없어."

폴리의 손가락을 힘껏 걷어찼다. 절망에 가득한 얼굴이 천천히 멀어져간다. 꼬리를 끄는 듯한 비명을 들으면서 등을 돌렸다. 계단에 도착하기 전에 비명은 사라졌다. 옥상을 나와 문을 닫았다.

지상으로 내려와보니 폴리는 돌바닥에 머리부터 충돌해 있었다. 눈을 부릅뜬 채 짓무른 과일처럼 깨진 머리에서 피가 나오고 있고, 목도 이상한 방향으로 꺾여 있다.

"그럼, 이것으로 작별이야. 다시 만나서 기뻤어. 네 행복을 기원할게."

1년 전에는 말하지 못했던 작별 인사를 남기고 그곳을 뒤로한다. 대답은 없었다. 남녀의 이별에 말따윈 필요없다. 그저 서로의 행복과 행운만 빌어주면 된다.

"무사해?"

저택으로 돌아가려고 했을 때 앨윈이 문에서 나오는 참이었다. 역시 그 인원을 상대하는 건 벅찼는지 지친 얼굴을 하고 있다.

"덕분에 말야."

포옹이라도 해줄까 생각했지만 배를 얻어맞고 웅크렸다. 태양은 다시 구름에 가려져 있었다.

"이쪽은 끝났어. 롤랜드도 붙잡았으니 뒷일은 위병들에게 맡기면 되겠지."

'약에 손을 댈 정도의 남자다. 털어보면 먼지는 잔뜩 나올 것이다. 노만처럼 모험자가 본업인 녀석도 있었던 것 같지만 자업자득이다.

"조금 피곤해 보이네."

"아주 약간이야."

창백한 얼굴로 고개를 끄덕인다. 앨윈을 짓누르고 있는 것은 피로뿐만이 아닐 것이다.

"끝났다면 그만 집으로 돌아가자."

지금 가지고 있는 것은 없지만 집에 가면 재료가 있다.

"그래."

안심한 얼굴을 한다. 그것은 이제 앨윈의 생명줄이니 말야.

"매쉬!"

그때 데즈가 달려왔다.

"여, 데즈. 덕분에 살았어. 고마워. 사랑해. 하지만 너한테는 하고 싶은 말이···."

"느긋하게 이야기나 하고 있을 때가 아니야!"

수염 너머로 침을 튀길 기세로 소리쳤다.

"그 얼간이 귀족 녀석, 터무니 없는 걸 기르고 있었어. 잘못하면 이 근처 녀석들이 모두 당하고 말 거야."

"뭘 기르고 있었는데? 새끼 고양이? 아니면 새끼 고양이?"

"네 농담은 정말 때와 장소를 안 가리는구나! 또 맞고 싶어?"

여기서 정말로 때리는 게 데즈다. 여전히 묵직한 주먹을 가지고 있다. 정말 아프다.

"마물이야. 그 얼간이가 스크롤에 봉인되어 있던 마물을 풀어놨어."

그런 성가신 것을. 세상에는 진귀한 마물을 모아 애완동물로 삼으려는 바보들이 있다. 살아 있는 마물의 매매는 어느 나라에서도 금지되어 있다. 당연히 이 도시에서도. 하지만 금지되면 가지고 싶어지는 게 사람 마음이라, 안 보이는 곳에서는 고액으로 거래되고 있다. 스크롤에 가두어두면 거대한 놈이라도 운반은 간단하다.

"대체 어떤…."

질문할 필요는 없었다.

땅울림 소리가 났다. 저택 벽에 잇달아 금이 간다. 창문을 보니 안에서 거대한 것이 기어다니고 있었다. 무슨 일인가 싶어 경계하고 있자니 문이 열리고 랄프 도련님이 뛰쳐나왔다.

"도망치십시오, 공주님!"

폭음과 동시에 저택이 터졌다. 잔해가 탁류가 되어 우리들에게 쏟아진다. 곧바로 앨윈을 보호하려 했지만 그럴 필요는 없었다. 데즈가 떨어지는 기왓장, 기둥, 돌 조각 등을 전부 튕겨내 주었다. 랄프 도련님도 무사하다.

"저 녀석은…."

잔해더미를 가르고 나타난 것은 박쥐 날개가 달린 진녹색의 큰뱀이었다. 꼬리는 창처럼 뾰족하다. 녀석은 둘로 갈라진 붉은 혀를 날름거리며 잔해 위에서 또아리를 틀고 있었다. 나는 딱 한 번 본 적이 있다.

"린트부름…."

앨윈이 멍하니 중얼거렸다.

앨윈의 동료를 잡아먹은 마물이다. 그것과 같은 개체인지 어떤지는 알 수 없지만 그녀의 안색은 창백했다. 동료의 죽음은 마음의 상처로 남아 있다.

"이건 좀 위험하군."

아직 갓 부활한 참이라 날뛸 낌새는 없지만 배가 고파지면 주변에 있는 인간들을 덮치기 시작할 것이다. 시내에서 싸워도 좋은 마물이 아니다. 피해가 너무 커진다.

　데즈도 있고 내가 제 힘을 낼 수 있다면 어떻게든 되겠지만 유감스럽게도 흐린 날씨다.

　"일단 생존자들을 도망치게 유도하고 길드에 지원을 요청해야겠군. 위병들로는 버거운 상대야."

　"그래야겠지. 내가 녀석의 다리를 묶어놓을 테니까 너는 공주님을 데리고 도망쳐."

　앨윈의 낌새가 심상치 않다는 것은 데즈도 눈치챈 듯하다.

　"묶어놓을 다리는 없지 않아?"

　데즈의 반박은 없었다. 비상시라 눈치 못 챈 듯하다. 좀 아쉽네.

　"잠깐만."

　앨윈이 불러세웠다.

　"저 녀석 상대는 내가 하겠어. 데즈는 뒤에서 지원을 부탁해."

　"괜찮은 거야?"

　"그렇게 말하고 있을 때가 아니잖아. 저게 날뛰면 피해가 커져. 나라면 괜찮아."

　"창백한 얼굴로 손을 떨면서 할 말은 아닌 것 같은데."

　"…그렇군."

　고분고분 인정했다.

　"하지만 여기서 멈춰선다면 자넷은 무얼 위해 죽은 거지? 나는 지금 누구보다 앞에 서서 싸워야 돼. 하지만 나는, 지금의 나는, 녀석을 눈앞에 두고도 다리에 힘이 풀리고 말았어. 가르쳐 줘, 매쉬. 이럴 때는 어떻게 해야 되지?"

　앨윈의 절실한 물음에 대답하려고 한 순간, 린트부름이 거대한 몸을 구불거리며 잔해 위를 미끄러져 내려왔다. 비릿한 악취를 흩뿌리며 돌풍 같은 위압감을 두른 채 돌진해온다.

도망칠 틈은 없다. 나 역시 각오를 했지만 우연이라는 것은 무서운 것인지, 흐린 하늘 틈새로 햇살이 새어나왔다.

호통과 비명, 그리고 잔해가 날아가는 소리를 들으면서 나는 손을 뻗었다.

충격이 온몸을 꿰뚫었다. 역시 무겁다. 내 양다리가 땅바닥에 파고들었다.

양팔로 린트부름의 머리를 안은 채 버티는 것은 나라도 버거운 일이다. 사이클롭스를 들어올렸을 때보다 힘들지 모른다. 그래도 안 하면 모두의 목숨은 없는 거니까 괴로운 대목이다.

"너…."

랄프 도련님이 눈을 휘둥글게 떴지만 개의치 않기를 바란다. 흔히 있는 이야기다. 위기상황에서는 초인적인 힘이 발휘된다고들 하니까.

"하나 둘."

온몸의 혈관이 튀어오르는 것을 느끼면서 린트부름을 들어올려 뒤집는다. 땅울림과 함께 흙먼지가 피어올랐다.

"줘봐!"

이 한 마디로 데즈는 의미를 이해해주었다. 애용하는 워해머 '31번'을 나에게 집어던진다. 그걸 한손으로 받아든 후 흰 턱밑이 보였을 때 힘껏 내리쳤다. 비늘이 깨지고 살점이 터지고 이빨이 부러지고 피가 흩날렸다. 그곳이 린트부름의 급소다. 강하게 때리면 제대로 움직일 수 없게 된다.

피를 토하면서 괴로워하는 린트부름에게 다시 일격을 날리려 했을 때 갑자기 몸이 무거워졌다. 들고 있지 못하고 '31번'을 땅바닥에 떨어뜨린다. 올려다보니 태양은 다시 구름 위였다. 어린애 변덕처럼 툭하면 바뀌고 지랄이다.

그동안 린트부름은 거리를 벌리고 잔해 안으로 도망치려 했다. 쓸데없는 발악을.

"아 참, 아까 그 이야기말인데."

다시 앨윈에게 몸을 돌렸다.

공포를 극복하는 건 쉬운 일이 아니다. 평생을 들여도 가능할까 말까다. 하지만 쉽게 용기를 내는 방법이라면 알고 있다.

"그럴 때는 이렇게 말하면 돼. 'Kiss my ass(엿이나 먹어)!'라고 말야."

세상은 부조리한 것들뿐이다. 승산 없는 싸움에 도전해봤자 압도적인 폭력에 당할 뿐이다. 하지만 아무리 대승한 녀석도 마지막에 죽음이라는 카드를 뽑으면 전부 잃어버린다. 이 세계에서는 모두가 패배자다. 그렇다고 지고 있을 수만은 없다. 무섭고 당해낼 수 없어도 발버둥칠 수밖에 없는 것이다. 이 빌어먹을 세계에서는 예의범절 같은 걸 신경쓰고 있을 때가 아니다.

"너 이 자식, 공주님께 뭘 가르쳐주고 있는 거야!"

"이거면 돼."

지금 필요한 것은 집념을 불태울 수 있는 계기다. 욕설이든 뭐든 일어설 수 있는 힘만 얻으면 된다. 그러니까 랄프 주제에 트집 잡지 말라고.

"그렇군."

앨윈은 일어서서 검을 뽑았다. 거울 같은 광채가 흐린 하늘과 그녀의 옆얼굴을 반사하고 있었다.

그에 호응하듯 린트부름이 움직이기 시작했다. 거대한 몸을 고통으로 비틀면서 조심조심 잔해 위를 다시 기어내려 온다. 무디고 불길하게 빛나는 금색 눈동자를 응시하면서 앨윈은 결연하게 말했다.

"'Kiss my ass!'"

제5장 생명줄을 잡고 있는 쪽에서는

'그레이 네이버'를 혼란에 빠뜨린 린트부름 소동은 무사히 종결되었다. '진홍의 공주기사' 앨윈 메이벨 프림로즈 맥터로드와 그 동료들이 협력해서 쓰러뜨린 것이다. 나도 조금 활약하긴 했지만 이런 것은 공주기사님의 공적으로 해두는 편이 여러모로 좋다. 나에게 있어서든, 누군가에게 있어서든. 저택 하나를 폐허로 만든 것 외에 피해는 적었다.

사망자 대부분은 '미궁'에 버려질 것이다. 폴리 또한 신원불명의 시체로 처리된다. 바네사에게는 그녀와의 재회와 죽음을 아직 전하지 않았다.

린트부름을 이 도시에 가져온 롤랜드는 행방불명 상태이다. 한번 붙잡힌 후 난리통에 도망치다가 잔해에 깔렸다는 이야기도 있지만 아직 시체는 발견되지 않았다.

위병들의 조사에 따르면 스크롤은 이 도시 뒷세계에서 입수한 것이라고 한다. 모험자 길드에서 도난당한 물건이 뒷세계를 경유해서 롤랜드에게 간 것이리라. 그 여파로 몇 개의 거래현장이 단속되었지만 그런 걸로 악당들의 뼈대는 꿈쩍도 안 한다. 모험자 길드의 길드 마스터도 피해가 적었던 탓에 영주에게서 형식적인 질책을 받은 것으로 끝났다. 나쁜 녀석들만 신나는 세상이다.

"그럼 갔다 올게."

"그래, 조심하라고."

오늘은 다시 '미궁'으로 들어가는 날이다. 린트부름 사건도 있어서 얼마간 삼가고 있었지만 동정 성기사 라토비치의 대체요원도 발견되었기에 앞으로 다시 본격적으로 '미궁' 공략을 시작한다고 한다. 보물을 손에 넣어 맥터로드 왕국을 재건할 때까지 앨윈의 모험은 끝나지 않는다.

"아 참, 깜빡했네."

이거 받아 라며 건넨 것은 작은 봉지였다.

"음."

자연스런 동작으로 서둘러 봉지를 열고 내용물을 꺼낸다. 녹색 사탕이다.

"네가 좋아하는 거 맞지?"

"그래."

최대한 진지한 얼굴을 연기하고 있다는 것을 알 수 있었다. 뒤에는 랄프 일행도 대기하고 있다.

나는 봉지에서 한 개를 꺼냈다.

"자, 앙~."

"필요 없어!"

앨윈은 얼굴을 붉히며 소리쳤다.

"혼자서 먹을 수 있어."

"뭐, 됐으니까."

앨윈은 힐끔 뒤를 보았다. 그리고 사탕을 응시한다. 순간적으로 먹고 싶다는 표정을 지었다가 헛기침을 한 후 조심스럽게 입을 벌렸다.

"자, 앙~."

이빨에 닿지 않도록 조심하며 천천히 입술까지 가져간다. 녹색 사탕이 붉은 입술에 닿자 젖어 있는 혀가 눈 깜짝할 사이에 사탕을 휘감아서 입속으로 가져갔다.

"음….."

입에 머금고 혀끝으로 굴린다. 왼쪽 오른쪽 분주하게 움직이면서 타액과 체온으로 녹여간다. 단정한 얼굴이 사탕으로 인해 볼록하게 부풀어오른다. 목에서 소리가 났다. 순간적으로 황홀한 표정을 떠올렸다가 금방 원래대로 돌아온다.

"전부터 궁금했던 건데."

뒤에서 보고 있던 랄프가 의심스러운 듯 눈을 가늘게 떴다.

"그 사탕, 어디서 산 거지? 다른 데서는 볼 수 없는 형태인데."

"그야 그렇겠지. 내가 만든 거니까."

"이상한 것을 넣지는 않았겠지?"

"그럴 리가. 평범한 약초야. 몸에 좋다고 해서 앨윈도 맘에 들어 하고 있다고."

"맛을 좀 봐도 되겠습니까?"

앨윈에게 물었다. 의심 많은 녀석이다. 주인님 물건에 손을 대다니 못써.

"먹고 싶으면 줄게. 자."

주머니에서 종이로 싼 사탕을 집어던진다. 랄프는 그것을 받아들더니 잠시 망설이다가 입에 넣었다.

"…조금 쓰네."

"설탕은 별로 안 넣었으니 말야."

"뭐, 이상한 것은 들어 있지 않은 것 같군."

"당연하잖아."

나는 웃었다.

"앨윈을 잘 지켜주라고."

"말하지 않아도 알아."

랄프는 못마땅한 듯한 표정을 지었다.

"그럼 갔다 올게."

그러면서 부재중에 쓸 용돈을 준다. 금화 한 개.

"무운을 빌어."

나는 웃는 얼굴로 손을 흔들었다. 결코 용돈이 올라서가 아니다. 헤어질 때는 웃는 얼굴로 보내주는 게 도리다. 그리고 나도 그렇게 자주 창관에 가는 것은 아니다. 돈은 좀더 의미 있는 곳에 써야 한다.

"여, 꼬맹이."

찾아간 곳은 에이프릴이 출입하는 양호시설이었다.

높은 벽에 둘러싸인 부지에서 아이들이 뛰어다니고 있다. 그런 가운데 혼자 벽에 기대어 앉아 있었다. 무릎을 안고 그늘에 녹아들 것처럼 움직이지 않는다.

에이프릴은 일순간 나무라는 듯한 시선을 보내왔지만 곧 고개를 숙이고 시선을 외면했다.

"놀아주지 않아도 괜찮은 거야?"

아이들이 멀리서 우리들을 힐끔힐끔 보고 있다.

"그럴 기분이 아니야."

"그래?"

나는 옆에 앉았다. 에이프릴은 곧바로 거리를 벌렸다.

"…여덟 살이야."

"그래."

"어째서 나쁜 짓도 안 했는데. 이제 엄마랑 계속 행복하게 살려고 했는데. 너무해."

세라와 마기의 죽음은 에이프릴에게도 전해졌다. 폴리에 대한 것은 숨기고 머리가 이상한 강도에게 살해당한 것으로 했다. 아니, 그렇게 전한 건 나였다. 그 빌어먹을 할아범, 싫은 역할을 나한테 떠넘기다니.

"불쌍해…."

"그래."

"아팠겠지? 괴로웠겠지?"

"그렇겠지."

"아까부터 뭐야!"

겨우 내 쪽을 보았다.

"똑같은 말만 하고! 위로 같은 건 필요없다고!"

"그럴 생각은 없어. 그냥 너한테 부탁이 있어서 말야."

자, 하고 내민 책을 보고 에이프릴이 작게 소리를 냈다. 글자를 배우기 위한 어린이용 책이다.

"또 글자를 가르쳐 줘. 다른 녀석한테도 배워봤는데 네가 제일 알기 쉬웠어."

에이프릴은 자신의 손을 꽉 쥐었다.

"그럴 기분이…."

"그럼 저기 있는 꼬맹이들에게라도 좋아. 나처럼 나이 먹고 글자를 쓰는 것에도 애를 먹는 사람은 적은 편이 좋으니 말야."

나는 일어나서 아이들에게 손짓했다.

"야, 꼬맹이들아. 이리 와바. 지금부터 언니가 책을 읽어준대."

내 목소리에 아이들이 한 사람, 또 한 사람 모여들었다.

"저기, 매쉬 씨. 나, 한다고는 한 마디도…."

"그럼 뒷일은 잘 부탁해."

항의의 말을 끊고 나는 양호시설을 뒤로했다. 부지를 나서는 순간 힐끔 돌아본다. 에이프릴은 난처한 얼굴을 하면서도 모여든 아이들을 위해 책을 펼쳤다.

슬플 때는 차라리 바쁜 게 좋다. 쓸데없는 생각을 하지 않아도 되니 말야. 경험자가 하는 말이니 틀림 없다. 덕분에 아침에 받은 용돈을 벌써 다 써버렸다. 책은 현자님이 읽는 거라 그런지 더럽게 비싸더라고.

고로 술값을 절약하기 위해 수염쟁이 선생에게 얻어먹으러 가는 것은 자연스러운 흐름일 것이다. 오늘이 비번이라는 것도 나는 잘 알고 있었다.

"그런데 말야."

저녁에 길드 근처 술집에서 마시고 있자니 드물게도 데즈 쪽에서 이야기를 꺼냈다.

"넌 어째서 유괴 같은 걸 당한 거지? 또 무슨 사고를 쳤길래?"

그러고보니 그날 이후 데즈와 만난 것은 이게 처음이었다. 폴리와 있었던 일을 처음부터 끝까지 이야기하자 데즈는 자신의 자랑스런 수염을 쓰다듬었다.

"'릴리스'라…. 확실히 최근 다시 퍼지고 있다는 건 내 귀에도 들어오고 있지만, 묘한 일이로군."

"뭐가?"

"위병들이 밀매꾼들을 단속하고 있지만 아무것도 안 나오거나 다른 '약'이었거든. 다른 마을에서 흘러들어온 녀석이 용돈 벌이를 위해 팔아치우고 있다고 녀석들은 생각하고 있는 듯하지만."

"그렇다면 눈에 띄었겠지."

외지인이 멋대로 장사를 하게 놔둘 만큼 이곳 암흑가는 겁쟁이도 느림보도 아니다.

"동감이야. 나는 오히려 이 도시를 잘 아는 녀석의 소행이 아닐까 생각해. 뒷세계 녀석들을 따돌리기 위해서는 이곳 지리를 잘 알지 않으면 무리니까."

"구입한 녀석들한테 물어보면 되지 않아?"

"위병들이 몇 명 붙잡았다고 하는데 밀매꾼과 직접 만난 녀석은 없다더군."

데즈의 이야기에 따르면 이렇다. 사고 싶은 녀석은 도시 이곳저곳에 있는 벽에다 암호를 적는다. 가령 '새끼 백은어 한 마리 3개', '가시 없는 흑장미 3송이'라는 식이다. 그것을 본 밀매꾼이 벽에 시간과 장소를 지정한다. 대개는 '독늪 골목' 다리 위라고 하는데, 시간이 되어서 다리 위에서 돈을 떨어뜨리고 얼마 후 다리 밑으로 가면 돈은 사라져 있고 대신 '약'이 놓여 있다고 한다.

"복잡하군."

역시 밀매꾼은 이 도시 사람이 맞을 것이다.

"그 나돌고 있는 '릴리스'라는 건 역시…."

"'트라이 히드라'가 만든 거라는군. 녀석들이 만들었던 것은 창고

째 전부 불타버렸다고 하니 네 예전 여자가 말했던 그거겠지."

나는 구별할 수 없지만 같은 '릴리스'라도 재료가 미묘하게 다르다고 한다.

"오스카 본인이 돌아왔거나 오스카에게서 '약'을 빼앗은 녀석이 관심이 식을 때까지 기다렸다가 팔기 시작한 거겠지. 아니면 어딘가에 숨겨져 있던 것을 우연히 누군가가 발견했거나. 대충 그렇게 된 것 아니겠어?"

"그럴지도 모르겠군."

그렇다고 해도 어디 사는 누군지도 모르는 이상 조사해볼 방법이 없다.

"이봐, 또 무슨 생각을 하고 있는 거야?"

데즈가 덥수룩한 눈썹 밑에서 나를 미심쩍게 노려보았다.

"그런 일을 겪은 지 얼마 되지도 않았는데 쓸데없는 짓은 하지 마."

"또 성가신 일이 생긴다는 거지?"

나는 일어섰다. 술기운이 완전히 돌기 전에 확인해두고 싶다.

"그때는 잘 부탁해."

"웃기지 마!"

데즈가 뒤에서 소리쳤다.

"멋대로 비명횡사 하든 말든 너따윈 두 번 다시 안 구해줄 거야!"

"나는 몇 번이고 너를 구해줄 거야, 친구."

더 이상 동료는 잃고 싶지 않으니 말야.

"그럼 가볼게. 여기 계산은 잘 부탁해."

술집을 나선 순간 귀를 찌를 듯한 욕설이 날아와서 몇 발짝 비틀거렸다.

찾아온 곳은 '독늪 골목'으로, '돌먹는뱀 길' 동쪽에 있는 작은 일
각이었다. 이 일각만 분지처럼 되어 있기에 자연스럽게 건물에 고
저차가 생긴다. 그래서 이곳저곳에 다리와 벽이 생기는데, 아까 데
즈에게 들었다시피 거래에 쓰이는 벽 하나가 이 근처에 있다고 한
다.

"이곳인가?"

손에 든 랜턴으로 비춰보자 내 키 정도의 돌벽에 나 같은 바보라
도 읽을 수 있는 글자로 외설적인 낙서가 빼곡하게 쓰여 있었다. 게
시판 대신으로도 쓰이고 있어서 '약' 같은 위험한 거래에 이용되고
있다고 한다. 욕망을 노골적으로 드러낸 글과 마누라에 대한 푸념,
그리고 여자의 저주 속에서 거래용으로 보이는 암호를 발견했다.

"'달콤한 뱀술'이 한 번에 두 병인가. 바가지로군."

'달콤한 뱀술'도 '어린 백은어'나 '가시 없는 흑장미'처럼 '릴리스'
의 은어로 쓰인다. 한 번은 한 봉지. 한 병은 금화 10개니까 한 봉지
에 금화 20개인 셈이 된다. 대략 시세의 두 배다. '달콤한 뱀술' 옆
에는 금액과 함께 장소와 시간도 적혀 있었다. 누군가 지우려 한
흔적이 있는데, 아마 위병들일 것이다. 하지만 물로 닦는 정도로는
지워질 것 같지 않다. 갈겨 쓴 글자는 필적으로 들키지 않기 위해서
일 것이다. 그래도 무언가 없을까 해서 나는 검붉은 글자에 얼굴을
붙이고 천천히 손끝으로 더듬었다. 그때 내 머릿속에 전류가 흘렀
다.

"…이런 젠장."

나는 얼굴을 손으로 덮었다.

알아챈 이상 망설이고 있을 시간은 없었다. 다른 녀석들이 이 사실을 깨닫는 것은 시간 문제다. 그 걸음으로 나는 '유화 길'에 있는 '살쾡이의 황혼정'으로 향했다. 주정뱅이들이 내는 소음을 들으면서 2층으로 올라가 방을 노크한다. 최악의 경우 박살낼 생각으로 두드리고 있자니 안에서 낯익은 남자가 나왔다.

"무슨 일이야, 매쉬? 이런 밤중에."

대답을 하기 전에 나는 스타링의 방으로 들어가서 문을 닫았다.

"저기, 왜 그래? 성미가 너무 급하지 않아? 아직 날짜도 바뀌지 않았다고."

스타링은 곤혹스러워하면서도 비위를 맞추는 미소를 떠올렸다. 나는 무시하고 흰 천을 벗긴 후 둥근 돌멩이를 하나 둘 제거해 갔다. 상자 밑에서 나온 것은 대량의 작은 봉지들이었다. 그중 하나를 열어보니 하얀 가루가 흘러내렸다. 나는 스타링에게 몸을 돌리고 차갑게 말했다.

"너, 언제부터 '약' 밀매꾼이 된 거야?"

목이 막힌 듯한 목소리가 흘러나왔다. 눈동자가 흔들리며 땀이 흐른다. 정말 알기 쉬운 녀석이다.

"어, 어째서?"

"'독늪 골목'의 벽 말인데, 거기 있는 '약' 거래 메시지, 그걸 쓴 것은 너지?"

"아, 아냐. 무얼 근거로."

"이거야."

내가 랜턴으로 비춘 것은 바닥의 붉은 얼룩이었다.

"그 벽에 쓰인 잉크가 이거랑 똑같았어. 네가 쥽스의 피로 만들었다는 이 색깔과 냄새가 말이지."

필적은 속이려고 했지만 마무리가 허술했다. 비에 씻겨나가지 않도록 한 것이겠지만 역효과다.

나는 망연자실한 스타링의 어깨를 두드려 주었다.

"걱정하지 마. 너를 위병에게 고발할 생각은 없으니까. 하지만 '약'의 출처를 뒷세계 녀석들이 찾고 있어서 이대로 가면 '가짜 돈' 때와 똑같이 돼."

조금 으름장을 놓자 그것만으로 창백해져서 몸을 떨기 시작했다. 소심자 주제에 눈앞의 돈벌이에 눈이 멀어 항상 위험한 다리를 건넌다. 실패에서 좀 배워라.

"말해. 어디서 입수했어? 아니면 누군가에게 부탁받은 거야?"

"내, 내가 아니라 바네사야."

나는 어이가 없었다.

"말도 안 되는 소리 하지 마. 그녀가 이런 짓을 할 리가…"

"진짜야. '약'을 가지고 있는 건 바네사였다고. 바네사네 집 바닥 밑에서 발견했어."

거기서 나는 감이 왔다. 숨긴 것은 오스카다. '트라이 히드라'에게서 가로챈 '약'을 연인의 집에 숨겨놨던 것이다. 감정에는 뛰어난 식견을 가졌지만 연애에는 눈뜬 장님이니, 적당한 이유를 대고 집을 비우게 하는 정도는 식은죽 먹기였을 것이다.

바네사는 길드에서도 우수한 인재로 신뢰받고 있다. 모험자들 사이에서도 인기가 높다. 섣불리 캐려 했다간 모험자 길드를 적으로 돌릴 수 있으니 숨길 장소로는 더할나위 없이 좋은 것이다. 어쩌면 처음부터 그걸 위해 바네사에게 접근한 것인지도 모른다. 소유자가 사라져서 방치되어 있었던 '약'을 지금의 연인인 스타링이 우연히 발견해서 팔아치운 셈이다.

"저기, 그렇게 딱딱한 소리 할 것 없잖아. 다들 하고 있는 일인데. 너한테도 번 돈을 좀 나눠줄 테니까."

기분 나쁠 만큼 간사한 목소리로 말했다. 이러니저러니 해도 또 도와주겠지. 그런 기대를 담아 비위를 맞추고 있다. 결코 악인은 아니다. 다만 의지가 약하고 분위기에 휩쓸리기 쉬울 뿐이다.

"'릴리스'는 다른 '약'과는 다르니까 괜찮아. 이건 신의 계시거든."

"무슨 소리야?"

"어, 몰랐었어?"

스타링이 뜻밖이라는 듯 말했다.

"애초에 '릴리스'를 만든 것은 신부님이었대."

고뇌하는 신도에게 배포한 게 확산된 계기였다고 한다. 그후 어떻게 되었는지는 듣지 않아도 알았다. 뒷세계 녀석들의 손에 들어가 대륙 전체로 퍼진 것이다.

"말세로군."

"그리고 그 신부님이 만들게 된 계기라는 게 놀랍게도 신의 '계시'였대. 【너는 이제부터 내 의사에 따라 그 자비를 베풀도록 하라】라는 말과 함께 머릿속에 제작법이 흘러들어왔다고 해."

나는 스타링의 어깨를 붙잡고 흔들었다.

"그 신부라는 게 누구지? 말해."

방금 그 말은 잊고 싶어도 잊을 수 없다. 문장은 다르지만 말투는 완전히 술고래 태양신이다. 일언일구, 목소리까지 떠올릴 수 있다.

"몰라. 서니헤이즈의 신부라는 것만 알지 이름따윈 모른다고. 진짜야."

반쯤 우는 목소리로 항의하는 스타링에게서 손을 뗀다. 서니헤이즈라고 하면 '태양신의 탑' 근처에 있는 도시로, 태양신 신앙의 성지다.

어떻게 된 거지? 자신의 신자에게 '약' 제작을 명령했다고? 신이 중독자를 늘려서 대체 무슨 이득이 있는 건데?

"애당초 진작에 죽었고 말이지. 스스로 목을 매달았대."

"그렇군."

그 신부는 선의로 한 일이었을 것이다. 고뇌하는 신도를 구하기 위해 신의 '계시'에 따랐다. 하지만 뒷세계 녀석들의 손에 넘어가 많은 사람들을 괴롭히게 되자 죄의식을 견딜 수 없게 되었다.

'신의 인도로 만들어진 고마운 '약'이니 말야. 응? 괜찮지?'

아직 미련이 있는 듯하다. 한 번 맛을 본 이상, 또 할 것이다. 스타링은 그런 녀석이다.

"안 돼."

나는 랜턴을 바닥에 내려놓았다.

"아직 바네사 집에 숨겨져 있는 거지?"

"빼곡히 쌓여 있어. 내가 판 건 아주 조금이라고. 진짜야."

이 녀석의 변명에 귀를 기울이고 있을 틈은 없다.

"일단 안내해. 처분 방법은 그후에 결정할 테니까."

"에~, 지금부터?"

"내일 아침 뒷골목에서 시궁창 쥐처럼 나뒹굴고 싶다면 말리지는 않을게."

"잠깐만 기다려. 옷 좀 갈아입을 테니까."

등을 돌리고 옷을 벗기 시작했다. 나는 그 틈에 발소리를 죽이면서 제작 중인 조각 근처에 놓여 있는 끌을 집어들었다. 손끝으로 가볍게 칼날을 만져보고 예리함을 확인한다. 그것을 손 안에 감추고 등 뒤에서 스타링에게 다가간다.

"그래서, '릴리스' 말인데, 역시⋯."

끌을 위로 찔러 돌아본 스타링의 목에 쑤셨다. 체중을 실어 찌른 끌이 깊숙하게 원래 소유자의 목에 박혔다. 비명을 지르지도 못하고 어두운 방 안에서 스타링은 눈을 부릅뜬 채 창백한 얼굴로 쓰러졌다. 박혀 있는 끌에 손을 가져가면서 고통의 표정을 떠올리고 몸부림친다. 이젤에 있는 그리다 만 그림들이 잇달아 쓰러지며 바닥으로 떨어졌다. 처음엔 불이 붙은 것처럼 날뛰었지만 점점 기세가 약해지며 목숨의 불꽃이 꺼져가는 것을 나는 잠자코 지켜보고 있었다.

"시끄럿! 돈도 없으면서 밤마다 여자랑 뒹굴지 마!"

아래 술집에서 욕설이 날아왔다. 시끄럽게 하는 것은 매번 있는 일인 듯하다.

스타링이 마지막 힘을 쥐어짜내듯 내 쪽으로 기어왔다. 새빨개진 손으로 바닥을 긁으면서 호흡 곤란의 고통과 죽음의 공포로 눈물 짓고 있다.

"⋯⋯!"

무슨 말인가 하려고 한 듯하지만 목소리가 나오지 않아서 뭍에 건져올린 물고기처럼 입만 뻐끔거리며 나에게 손을 뻗었다. 도움을 구하기 위해.

내 발밑까지 왔을 때 스타링은 힘이 다했는지 엎드린 채 움직이지 않게 되었다. 100을 세고나서 동공이 열려 있는 것을 확인한다.

날뛰어준 덕분에 강도의 소행으로 따로 위장할 필요는 없었다. '그레이브 디거'에게 의뢰할 것까지도 없을 것이다.

나에게도 약간 튄 피를 닦아낸 후 몇몇 증거를 은폐한다. 후드를 쓰고 몸을 웅크린 채 밖으로 나갔다.

딱히 스타링이 싫은 건 아니었다. 몇 번인가 거추장스럽다고는 생각했고, 매번 성가신 일을 일으키는 것도 귀찮다고는 생각했지만 그건 그것대로 즐거웠던 게 사실이다. 하지만 넘어선 안 될 선을 넘어버렸다. 스타링에게 있어서는 여느 때의 불장난이었겠지만 나에게 있어서는 그렇지 않았다. 이런 일을 못 본 체 한다면 언젠가는 돌이킬 수 없는 사태가 벌어진다.

―이 도시에 '릴리스'를 퍼뜨리는 녀석은 살려둘 수 없다. 단지 그것뿐이다.

사람의 눈이 없는 것을 확인하고 랜턴의 셔터를 내린 후 계단을 내려간다. 내일쯤엔 시체가 발견될 것이다. 꾸물대고 있을 틈은 없다.

다음은 바네사의 집이다. 그녀의 근무일정은 파악하고 있다. 오늘은 길드에서 숙직이다. 대부분은 고용된 할머니도 함께 자고 있지만 오늘은 손자 집에 묵으러 가 있다. 오늘밤 내에 처리할 필요가 있다. 집을 비운 낮에 할까도 생각했지만 내가 어슬렁대고 있는 것을 누군가에게 들키고 싶지 않았다.

다행히 그녀의 집은 연인이 사는 '유화 길'과 가까운 곳에 있다. 2층짜리 석조 건물이다. 사람의 통행도 적다.

철사로 자물쇠를 따고 안으로 들어간다. 잘 아는 친구의 집이기에 가구 배치는 파악하고 있다. 1층이 부엌과 할머니의 방. 2층이 바네사의 거실과 침실로 되어 있다. 집 안은 고요했다. 바깥 소음을 들으면서 눈을 가늘게 뜨고 조용히 계단을 오른다. 스타링은 바닥 밑에서 발견했다고 했다.

1층은 할머니의 눈이 있고 이 집에 지하실은 없다. 오스카도 자신이 꺼내기 쉬운 장소에 감췄을 것이다.

2층으로 올라가자 달콤한 냄새가 코를 자극했다. 앨윈과는 다른 향기다. 느긋하게 맡고 있고 싶지만 지금은 참아야 한다. 몸을 수구리며 좁은 침실로 들어간다. 불도 켤 수 없기에 엎드린 채 침대 밑을 뒤진다. 스타링만 깨닫고 바네사는 깨닫지 못하는 장소는 한정되어 있다. 손끝으로 바닥판이 떠 있는 장소를 발견했다. 침대 밑에 머리를 쑤셔넣고 바닥판을 손가락으로 잡는다. 스타링도 떼어낼 수 있었으니 별 것 아닐 거라 생각했지만 지금의 나로서는 애를 먹었다. 겨우 떼어낸 후 그 밑에 있는 것을 꺼낸다. 작은 봉지였다.

침대에서 기어나와 봉지를 열어 내용물을 손바닥 위에 올린다. 부슬부슬 흰 가루가 흘러떨어졌다. 눈에 힘을 주고 냄새도 맡아 보니 '릴리스'가 틀림 없는 것 같다. 이제 이것을 어떻게든 전부 처분해야 하는데 어떻게 해야 할까?

갑자기 눈앞이 밝아졌다.

"뭘 하고 있는 거야?"

돌아보니 겁먹은 표정의 바네사가 촛불을 내게 들이대고 있었다.

말도 안 돼. 너무 일찍 돌아왔다. 동요하는 내 눈에 비친 것은 바네사가 반대편 손에 들고 있는 봉지였다. 고기와 야채, 와인까지 들어있다. 나는 자신의 경솔함을 저주했다. 그렇군, 내일은 스타링의 생일이었다. 그것을 요리로 축하하기 위해 바네사는 다른 사람과 근무일정을 바꾼 것이다.

"매쉬, 너…."

"기다려 줘, 그게 아냐."

소리치기 전에 양손을 들어 적의가 없는 것을 보인다.

"멋대로 들어온 것은 사과할게. 하지만 이것에는 이유가 있어."

호흡을 가다듬으면서 최대한 천천히 이야기한다. 주절주절 빠르게 말하면 변명을 하는 것 같아 의심스러워진다.

"스타링이 이번엔 '약'에 손을 댔어. 뒷세계 녀석들에게 들통나면 목숨이 위험하니까 나는 그것을 막기 위해 온 거야."

"스타링이?"

미심쩍은 얼굴을 하면서도 목소리에서는 경계심이 옅어졌다.

"원인은 오스카야. 네 예전 남친 말야. 녀석이 네 집에 '약'을 숨겨놨어. 짚이는 게 있지 않아?"

실제로 있을 것이다. 바네사가 시선을 위로 향하면서 코에 주름을 새겼다.

"그걸 그 바보가 우연히 발견했어. 게다가 그것을 착복해서 팔아 치우기까지 했지. 뒷세계 녀석들이 냄새를 맡기 전에 전부 회수해서 처분하지 않으면 목숨이 없어. 녀석도 그렇고 너도 그래."

거짓말은 하지 않았다. 만약 뒷세계 녀석들에게 발각된다면 '약'을 빼앗은 범인을 스타링이라 생각할 것이다. 그렇게 되면 연인인 바네사도 말려들게 된다.

"그래서 나는 그 바보 대신 '약'을 가지러 온 거라고."

"…그런 거야?"

"거짓말이라고 생각하면 침대 밑을 들여다 봐. 행복해질 수 있는 가루가 잔뜩 들어있으니까."

손에 든 '릴리스' 봉지를 내밀자 바네사는 머뭇머뭇 받아들고 가루를 손으로 만져보았다.

"…틀림 없는 것 같네."

"그렇지?"

"원참! 어째서 생일날에까지 문제를 일으키는 거야. 최악이네."

벅벅 머리를 긁는다.

"어찌됐건 끄집어낼 테니까 도와줘."

"알았어."

바네사는 고개를 끄덕이고 식료품이 든 봉투와 촛대를 바닥에 내려놓고 침대 밑을 들여다보았다. 그 뒷모습을 내려다보면서 나는 죄책감을 느꼈다.

방금 나는 그녀의 연인을 죽이고 온 참이다. 시체는 아틀리에에서 피웅덩이에 잠겨 있다. 그런 것도 모르고 바네사는 연인을 돕고 싶은 마음으로 협력해주고 있다.

게다가 '릴리스'를 처분한 후에는 그녀와 함께 스타링의 시체를 발견해야 한다. 분명 크게 울 것이다. 형편없는 남자들한테만 걸려드는 것도 지탱해주고 싶다는 자상함과 포용력때문이다. 정이 많은 여자인 것이다.

죄책감은 있다. 하지만 뒤로 물러설 순 없다. '릴리스'는 처분했지만 대처가 조금 늦은 탓에 뒷세계 녀석들에게 스타링이 살해당한 것으로 시나리오를 조금 바꿀 뿐이다. 문제 없다.

바네사와 마주친 것은 예상외였지만 아직 수정은 가능하다.

"얼레?"

침대 밑에서 의아한 듯한 목소리가 들렸다.

"이게 뭐지?"

기어나온 바네사가 움켜쥐고 있었던 것은 작은 봉지 다수와 작은 꾸러미였다.

"봉지와 함께 바닥 밑에 들어 있었어."

바네사가 꾸러미를 열었다. 편지와 그것보다 작은 봉지가 들어있었다.

"봉해져 있는 걸 보면 누군가에게 보낼 생각이었던 것 같네."

대체 누가? 중얼거리면서 바네사가 편지를 뒤집었다. 읽고 쓰는 것은 서툴지만 짐작은 되었다. 여기에 물건을 감춰둘 수 있는 인물은 스타링을 제외하면 오스카뿐이다.

바네사가 봉투를 뜯고 편지를 꺼냈다.

"받는 사람은… 롤랜드 윌리엄 맥터로드."

그 이름을 들은 순간 머릿속에서 한 장의 그림이 완성되었다. 그래, 쪼잔한 겁쟁이와 오스카는 아는 사이였다. 오스카는 녀석을 위해 '트라이 히드라'를 배신하고 '릴리스'를 착복했다. 그만큼 중요한 손님이다. 그런 녀석이 편지를 보낸다고 하면? 쪼잔한 겁쟁이에게 있어서 방해가 되는 사람은? 오스카가 쥐고 있던 비밀은?

"시간이 없어. 그건 내가 맡고 있을게."

곧바로 손을 뻗는다. 읽게 놔둘 순 없었다. 내 직감이 맞다면 편지에는 보여선 안 될 이름이 적혀 있다. 다소 강인하더라도 물불 가리고 있을 때가 아니었다. 편지를 낚아채려고 한 순간 바네사의 손에서 작은 봉지가 흘러떨어져 내용물이 밖으로 나왔다.

앨원이 가지고 있었던 비취 목걸이다.

그 녀석, 이런 곳에 숨겨뒀었던 건가. 어쩐지 집을 아무리 뒤져도 없더라니.

"저기, 매쉬."

돌아보자 바네사는 편지를 안은 채 뒷걸음질 치고 있었다. 촛불 불빛으로도 알 수 있을 만큼 창백해져 있다.

"너 알고 있었어? 앨원이 '릴리스' 중독이라는 걸….”

최악의 사태다.

"대체 무슨 소리야?"

"시치미 떼지 마. 여기 적혀 있잖아. 봐, 앨원의 이름이."

겨우 쥐어짜낸 말로도 시간을 벌지 못했다. 머리 좋은 녀석은 글자를 읽는 것도 빠르군. 다들 좀더 바보가 되면 좋을 텐데.

"오스카가 날조한 거야. 롤랜드라는 녀석은 왕위계승권을 위해 린트부름까지 이용해서 날뛴 귀족이라고. 앨원을 깎아내리기 위해서라면 얼마든지 돈을 쓰겠지."

바네사는 나를 시선으로 경계하면서 비취 목걸이를 집어들었다.

"하지만, 이거, 앨원 것 맞지?"

"싸구려야. 축젯날 노점상에 가면 동전 몇 개로 살 수 있어."

"나한테 그런 변명이 통할 거라 생각해?"

모험자 길드에서도 손꼽히는 감정사님의 눈은 속일 수 없었다.

"그렇게 된 거였구나, 매쉬. 너도 알고 있었어. 오스카한테 받은 것 없냐고 계속 물어봤던 건 이것때문이었던 거야."

비취 목걸이를 가리킨다. 나는 대답할 수 없었다. 바네사는 침묵을 긍정으로 받아들인 듯했다. 일순간 나무라는 듯한, 동정하는 듯한 눈길을 나에게 보내더니 고개를 저었다.

"그녀는 '미궁병'인 거지?"

모험자가 '릴리스'에 손을 대는 이유의 대부분이 그것이다. 모험자 길드의 감정사인 만큼 그런 녀석들을 수도 없이 봐왔을 것이다.

"책망하고 있는 것은 아니야. 흔한 이야기니까. '미궁'따윈 누구나 무서운 걸. '진홍의 공주기사' 님도 예외가 아니었을 뿐이겠지."

나는 침묵을 계속했다.

"맥터로드 왕국을 구하기 위해 무리를 하고 있었던 거야. 바보, 이런 것에까지 의존하다니."

바네사가 손안의 편지를 꽉 움켜쥐었다. 총명한 여성이다. 그래서 앨윈의 현재 상황을 정확히 파악할 수 있었던 것이리라. 그게 짜증이 났다.

"좋은 말 할 때 당장이라도 은퇴해야 돼. 이런 일을 계속하다간 왕국을 재건하기도 전에 그녀의 몸이 망가지고 말아."

"……."

"'미궁'의 보물에 의존하지 않아도 왕국을 재건할 방법은 얼마든지 있어. 새로 땅을 개척해도 되고, 어딘가에 임관해서 영지를 얻는다든지, 그리고… 왕족이나 대귀족과의 결혼이라는 방법도 있어."

거기서 나한테 미안한 듯한 얼굴을 하면서도 말을 이었다.

"너말고 앨윈이 중독자라는 걸 알고 있는 건 누구야? '이지스' 사람들은 알고 있어?"

내가 대답하지 않으니 조바심이 났는지 약간 언성을 높였다.

"대답하고 싶지 않다면 그래도 좋아. 하지만 충고할게. 다시는 '릴리스'에 손을 대게 하지 마. 보물과 조국도 다른 사람에게 맡기고 은퇴해야 돼. 그리고 잘 치료하는 거야. 시간은 걸리겠지만 이대로 가면 앨윈의 목숨이 위험해."

"……."

"너라면 적당한 이유를 만들어 낼 수 있잖아. 이번 기회에 임신시 켜도 좋아. 아무리 왕족이라 해도 그녀만 희생할 건 없다고."

"그래."

바네사의 말은 모두 옳다. 1년 전부터 지금까지 나 자신이 계속 생각해온 것과 똑같다. 진지하게 앨윈을 걱정하고 있다.

무엇보다 바네사 또한 '약'의 희생자다. '약' 때문에 아버지는 파 멸했고, 가족은 뿔뿔이 흩어졌다. 나만큼이나 '약'을 증오하고 있다. 중독으로 괴로워하는 사람을 구하고 싶다고 생각하고 있다. 그렇기 에 앨윈을 구하기 위해서라면 비밀을 폭로하는 것도 거리낌 없이 할 것이다. 자신의 동료를 사람들 앞에서 포박한 것처럼.

그런 사람이다.

"네 말대로야."

하지만 나는 알고 있다. 앨윈의 강한 결의를. 몸과 마음이 너덜 너덜해지면서도 앞으로 나아가려 하는 그 어리석고 여린 숭고함을. 그래서 이젠 물러날 수 없다.

나는 일어섰다. 그 뒷모습을 내려다보면서 주머니 안에서 '템포 러리 선'을 꺼낸다. 지난번 소동이 있은 후 교회에서 회수해두었다. 그때는 설마 이런 식으로 쓰게 될 줄은 생각지도 못했다.

"'이레이디에이션'."

그 순간 햇빛을 흡수한 공이 떠오르며 눈부신 빛을 내뿜었다. 곧바로 내 몸에 힘이 샘솟는다. '저주' 때문에 햇빛이 없으면 제대로 싸울 수 없는 나라도 밤중에 본래의 힘을 낼 수 있다. 시간은 짧지만 문제는 없다.

"뭐야?"

갑자기 강한 빛을 받고 바네사가 고개를 돌렸다. 그틈에 단숨에 거리를 좁혀 들이박듯 그녀를 쓰러뜨렸다. 똑바로 쓰러진 그녀의 양손을 붙잡고 무릎 밑에 고정한 후 올라탄다. 단정한 얼굴이 공포로 일그러졌다. 심하게 몸부림치지만 내 체중, 무엇보다 근력 앞에서는 무기력하다.

"그만둬!"

애원을 무시하고 양손을 뻗어 그 목을 졸랐다. 할 거면 단숨에. 고통 없이 한순간에 끝내야 한다. 내 손가락이 그녀의 목을 으스러뜨리며 목 혈관을 압박했다.

"아, 으…."

바네사의 눈이 충혈되었다. 곤혹, 고통, 공포. 새빨개진 눈에 감정이 격렬하게 소용돌이 친다. 자신의 목이 왜 졸리고 있는지. 왜 내가 죽이려고 하는지. 입막음을 위해선가? 제발 살려줘. 죽고 싶지 않아.

바네사의 몸에서 힘이 빠졌다. 호흡도 멎어 있다. 나는 손을 뗐다.

비취 목걸이를 품속에 넣고 머리 위에 떠오른 구슬을 주머니에 찔러넣었다. 식료품이 든 봉지에서 고기와 야채를 꺼내는 대신 '릴리스'가 든 봉지를 채워넣는다. 전부는 안 들어가지만 사탕의 재료로는 충분하다. 나머지는 이 집과 함께 태워버릴 생각이다.

부엌에서 가져온 기름을 방 전체에 뿌린다. 침대 밑은 더 꼼꼼하게. 타고 남아버리면 본전도 못 찾으니까.

"매, 쉬…."

돌아보니 방바닥 위에서 바네사가 숨을 되찾은 상태였다. 목뼈가 부러져 있음에도 눈에서 눈물을 흘리며 나를 보고 있었다.

"어째, 서…, 매쉬. 나, 는."

나는 고개를 저었다. 그리고 남은 기름을 그녀의 몸에 부은 후 촛불을 바닥에 있는 기름에 갖다댔다.

"너는 잘못한 거 없어."

방 안이 불꽃에 휩싸였다. 나는 불에 휩싸이기 전에 바네사의 집을 나왔다.

몇 번인가 골목을 돌고나서 돌아보니 밤하늘에 검은 연기와 불똥이 바람에 흔들리며 치솟고 있다.

"화재다!"

"불을 꺼! 옆집에 옮겨 붙는다!"

호통소리를 들으면서 나는 후드를 뒤집어쓰고 몸을 웅크린 채 귀갓길을 서둘렀다.

인적이 없어진 곳에서 나는 걸음을 늦추고 자신의 양손을 보았다. 아직도 감촉이 남아 있다. 죄책감은 있지만 후회는 하고 있지 않다.

앨윈의 의존증은 낮지 않았다. '릴리스'가 없으면 아직도 싸울 수 없다. 만약 1년 전 같은 페이스로 계속 먹었다면 금방 저세상으로 갔을 거다. 그렇다고 갑자기 끊으면 금단현상에 괴로워하는 모습을 사람들 눈에 노출시키게 된다. 지금은 '릴리스'를 넣어 만든 사탕으로 조금씩 양을 줄여가면서 적응시키고 있다. 랄프 도련님처럼 의심하는 녀석을 속이기 위해 평범한 사탕도 준비해놓고. 참고로, 입수한 '릴리스'는 집 지하실에 숨겨두었다.

그래서 나에게는 '릴리스'가 필요하고, 이것을 손에 넣은 것을 누군가에게 들킬 수도 없다. 동시에 이 도시에 '릴리스'가 만연하는 것도 막을 필요가 있다. 유혹에 진 공주기사님이 손을 대고 만다면 지금까지의 고생이 물거품이 된다. 그걸 위해 지난 1년간 앨윈의 추문을 듣고 온 녀석들을 해치우고 '약' 밀매꾼을 아무도 모르게 제거해왔다. 피로 점철된, 하지만 나 자신이 선택한 길이다.

언제였는지 앨윈에게 말한 기둥서방의 어원을 떠올렸다. 바닷속에 잠수하는 여자들의 생명줄을 붙잡고 있는 남자들. 그동안 남자가 무엇을 하고 있는지 여자는 아무것도 모르고 알 필요도 없다. 그저 그 손을 남자가 절대 놓지 않는다는 것만을 믿어주면 된다. 그뿐이면 된다.

"자, 그만 돌아가볼까."

양손을 주머니에 쑤셔넣고 몸을 웅크린 채 아무도 없는 골목길을 걷는다. 거기서 주머니에 넣어둔 '템포러리 선'의 빛이 꺼진 것을 깨달았다.

"시간이 다 됐나."

주머니에서 꺼내보니 원래의 반투명한 구슬이 되어 있다.

"음?"

문득 보니 구슬 안에 있는 문양이 전보다 뚜렷하게 떠올라 있다.

"뭐야? 이게."

달빛에 비춰본다. 나는 눈을 부릅떴다. 떠올라 있던 것은 그 거지발싸개 태양신의 문장이었다.

제6장 공주기사님의 기둥서방

교회의 종이 서글프게 울려퍼진다. 바네사의 장례식에는 많은 사람이 출석했다. 교회에서는 명복을 비는 말에 흐느끼는 목소리가 겹쳐졌다.

바네사의 집은 간신히 전소를 면했지만 본인은 검게 탄 시체로 발견되었다. 목에는 졸린 흔적이 남아 있었다. 범인은 아직 붙잡히지 않았다. 연인인 스타링도 시체로 발견된 상태다. 아마 스타링은 무언가 큰일을 저지른 탓에 본보기를 보여주기 위해 살해되었고, 바네사는 그에 말려든 것 아닐까 하는 것이 세간의 소문이었다. 다들 알고 있었던 것이다. 스타링은 언젠가 이렇게 되리라는 걸. 마음속 어딘가에서 예상하고 있었던 것이다.

스타링의 장례식도 함께 거행되었지만 다들 바네사의 죽음만을 애도하고 슬퍼하고 있다.

그녀의 시체는 모험자 길드가 관리하고 있는 묘지에 매장되기로 했지만 스타링은 이 도시의 빈민들이 그렇듯이 '미궁'에 버려지게 됐다. 불태워서 뼈까지 부수기로 좀비로 되살아날 일은 없을 것이다. 취급의 차이는 그대로 생전의 선행과 인망의 차이를 나타내고 있었다.

장례식에는 나뿐만 아니라 앨윈과 데즈, 에이프릴도 출석했다. 내 옆에서 승려의 기도를 들으면서 눈을 감고 있다. 세 사람은 아무것도 모른다. 알 필요가 없는 일이다. 알려지는 순간 나는 우정도

친애도 잃는다.

평소엔 천박한 소리를 내뱉는 녀석들도 지금만은 진지했고, 에이
프릴은 울부짖으며 조부에게 매달렸다.

매장이 끝나자 데즈는 볼일이 있다면서 길드로 돌아갔다.

나는 고개를 약간 숙이고 있는 앨윈과 함께 집으로 돌아갔다.

마을 변두리에 있는 묘지에서 집까지 큰길을 걷는다.

웃음소리와 발소리, 술을 따르고 건배하는 소리, 얻어맞은 어린
애의 울음소리. 이 도시의 소리는 떠들썩하지만 언제나 음울하다.

"그녀와는."

그때까지 아무말 없었던 앨윈이 입을 열었다.

"별로 이야기한 적은 없었지만 내가 보기에도 가련한 여성이었다
고 생각해."

"그래."

"나는 이 거리에 온 이래, 많은 사람들과 죽음으로 이별했어. …
익숙해져야 한다고 생각하지만 좀처럼 안 되는군."

혼잣말처럼 중얼거리면서 가슴에 있는 비취를 만지작거린다. 그
목걸이다. 앨윈에게는 장물상에 있던 것을 발견한 거라고 말해두었
다.

"다들 똑같아. 그리고 익숙해지는 게 아니지. 친한 사람이 죽는
것은 언제나 괴롭고 슬퍼야 돼."

그렇지 않으면 친해진 보람이 없는 거다. 잃고 나서 괴로움을 느
끼기에 사랑하고 있었다는 것을 깨닫는 법이다.

"울 필요는 없어. 하지만 견딜 필요도 없어. 상처투성이라도, 오
물투성이라도 인간은 살아갈 수 있으니까. 발버둥칠 수 있는 만큼

발버둥칠 뿐이야. 죽는 것은 언제나 가능하거든."

"그래."

표정은 보이지 않았지만 굳어져 있던 그녀의 얼굴이 풀리는 낌새가 느껴졌다. 분명 웃은 것이리라.

"자, 그만 돌아가자. 한바탕 비가 쏟아질 것 같네."

아까까지 쾌청했는데 어느샌가 진회색 구름이 떠있다.

"음?"

거리에서 창백한 얼굴의 남자가 지나쳤다. 하품을 하면서 목 뒤를 긁고 있다.

나는 머리를 들었다.

"왜 그래? 매쉬."

"미안. 조금 볼일이 생겼으니까 먼저 돌아가 있어."

앨윈이 노골적으로 입을 삐죽거렸다.

"또 술이야? 아니면 여자?"

터무니 없다며 나는 고개를 저었다.

"오늘 도박장이 열린다는 것을 떠올렸거든. 걱정 마. 다 털리고 나면 돌아갈 테니까."

"엉덩이 털까지 다 뜯기고 와!"

"어머, 천박하시긴."

"네 놈 탓이잖아."

그 말대로였기에 나는 반론하지 않았다.

"그래서 말인데, 미안하지만 조금만 더 융통해주실 수 있을까 해서."

만면의 미소를 보였다고 생각했는데 앨윈의 시선은 더욱 차가워졌다.

"너란 녀석은….."

"응? 부탁할게."

그녀의 손바닥에 사탕을 올려놓는다.

"그거 먹고 기다리고 있도록 해."

"…알았어."

마지못한 듯한 표정으로 앨윈은 사탕을 입에 넣었다. 참고로 평범한 사탕이다.

"밤까지는 돌아와야 돼."

"알았어."

손을 들어보이고 천천히 방향을 바꾸어 앨윈과 헤어진다.

몸을 웅크린 채 일정한 거리를 두고 남자 뒤를 밟는다. 뒷골목으로 들어갔다. 향하고 있는 곳은 어느 술집 뒷편인 듯하다. '약' 거래로 유명한 곳이다. 이곳에는 밀매꾼도 있을 터이다.

남자가 모서리를 돌았다. 다 온 건가? 발소리를 죽이면서 다가가려고 했을 때 불현듯 모서리 너머에서 허둥대는 낌새가 났다.

"뭐야, 너는?"

"이봐, 그만둬!"

비명과 함께 누군가 쓰러지는 소리가 났다. 내분인가? 아니면 먼저 온 손님? 벽에 달라붙어 몰래 엿본다. 나는 숨을 삼켰다.

건물 사이로 난 어두운 골목에 한 남자가 서 있었다. 손에는 피투성이의 검을 들고 있다. 쓰러져 있는 것은 두 명. 아까의 창백한 얼굴을 한 남자와 밀매꾼으로 보이는 중년 남자다. 두 사람 모두 정면에서 베였기에 죽은 것은 분명했다. 벤 것은 내가 아는 사람이었다.

"나와라, 매쉬. 네가 그곳에 있는 것은 알고 있다."

롤랜드는 돌아보지도 않고 말했다. 잔해에 깔렸다고 들었는데 무사했던 건가? 옷은 너덜너덜하지만 다친 듯한 낌새는 없다.

이마에 비지땀이 흘렀다. 살아 있었던 것에도 놀랐지만 요전번과는 분위기가 너무 다르다. 며칠전까지만 해도 그냥 무언가에 들떠있는 응석받이였다. 그런데 지금은 방금 사람을 죽였음에도 묘하게 침착하다. 기분 나쁘군.

"여, 쪼잔한 겁쟁이. 이런 곳에서 만날 줄은 몰랐네. 혹시 노상강도로 전직한 거야? 후작가 도련님도 많이 타락했구만."

롤랜드는 내 도발에도 걸려들지 않았다. 피가 묻은 검을 칼집에 넣고 내 눈앞까지 걸어오더니 양손을 하늘을 향해 뻗었다.

"지금부터 네놈에게 우리 신의 계시를 전하겠다."

"뭐?"

내가 말하기도 전에 롤랜드는 전혀 감정이 보이지 않는 얼굴로 말했다.

『시련을 잘 극복했다, 인간이여.』

심장이 조여졌다. 목소리는 롤랜드지만 이 말투는 잊고 싶어도 잊을 수 없다. 태양신. 태양신 아리오스톨이다. 그 거지발싸개 때문에 내가 얼마나 고생했던가. 분노, 살의, 의문, 공포, 머릿속에서 뜨거운 점액 같은 사고가 마구잡이로 소용돌이친다. 하지만 할 일은 정해져 있다. 두들겨팰 뿐이다. 다행히도 구름 틈새로 햇살이 비치고 있다. 한순간이지만 충분하다. 스스로 양지로 나온 어리석음을 원망해라.

햇빛을 받고 몸 전체에 힘이 샘솟는 것을 느끼면서 주먹을 치켜올린다. 설령 롤랜드가 태양신과 무관한 녀석이라고 해도 상관할 것 같으냐. 내 눈앞에서 시답지 않은 흉내를 낸 게 잘못이다. 일격으로 안면을 납작하게 만들어줄 생각이었지만 그렇게 되지는 않았다. 전력으로 휘두른 주먹은 롤랜드의 손바닥에 의해 가볍게 막혀버렸다.

"아닛?"

롤랜드는 그대로 내 주먹을 움켜쥐었다. 바위를 부수고 쇠 갑옷에 구멍을 뚫어온 주먹이 삐걱댔다. 반대편 손으로 휘두른 주먹도 손쉽게 가로막혔다. 그대로 힘겨루기 같은 형태가 되었다. 밀쳐내려고 했지만 꿈쩍도 안 했다. 말도 안 돼. 지금의 나라면 롤랜드따윈 코딱지나 다름없는데. 롤랜드는 불쾌한 듯 눈을 가늘게 뜨더니 내 몸을 가볍게 집어던졌다. 등부터 벽에 충돌한다.

"조용히 있어. 말씀을 전하는 도중이다."

나는 움직일 수 없었다. 내던져진 것은 별로 아프지도 않지만 섣불리 움직이는 것은 위험하다고 내 감이 말하고 있었다. 롤랜드가 다시 하늘을 향해 손을 뻗었다.

【그대는 나의 신기를 손에 넣고 그것을 써서 혈육을 바쳤다. 제2의 시련은 합격이다.】

현기증이 났다. 토하고 싶은 기분이었다. 제2라고 했으니 제1이 있었다는 말이다. 제1의 시련은 태양신의 탑을 답파한 그것이려나?

신기라는 것은 '템포러리 선'을 말하는 거겠지. 딱히 마물을 해치웠다든지 지혜 대결에서 이긴 것은 아니지만 입수한 과정은 아무래도 좋은 듯하다. 문제는 혈육을 바쳤다는 부분이다. 다시 말해….

"웃기지 마!"

너 따위를 위해서 나는 그녀를 죽인 게 아니다. 목을 조른 감촉도, 앙금 같은 죄책감도, 죽음의 늪에서 내 이름을 부른 목소리와 눈물도, 전부 내 탓이야. 너를 기쁘게 하기 위해서가 아니라고!

애당초 아무런 설명도 없이 멋대로 '합격했습니다. 축하해요'라고? 잠꼬대는 자고 나서 해.

"우리들은 네 신자도 노예도 아냐! 얼른 원래대로 되돌려 놔!"

"【다음은 제3의 시련이다. 차분히 기다리도록 해라.】……이상이다."

내 말에 개의치 않고 롤랜드는 손을 내리고 일방적으로 종료를 알렸다.

"설마 네놈이 우리 신의 '수난자'였을 줄이야."

냉소를 떠올린다. 지난번에 질리게 봤던 얼굴이지만 지금은 완전히 인공물을 보는 것 같다.

"뭐야, 그게?"

"태양신 님은 '전쟁의 신'이기도 하시고 '시련의 신'이기도 하시다. 용사와 영웅이 될 소질이 있는 자에게 몇 번씩 시련을 주고 그것을 모두 통과한 자를 '태양신전'에 초대해서 영원한 생명을 주시지. 그 시련을 받고 있는 도중에 있는 자를 '수난자'라 부르고 있다."

"웃기는군."

요컨대 그 파리가 꼬이는 음식 쓰레기 태양신의 영원한 노예란 말이잖아.

"그래서 너는 태양신한테 똥구멍을 바치고 그 힘을 손에 넣은 거야?"

"말 조심해라."

롤랜드가 살기 서린 눈을 빛냈다.

"그 저택에서 잔해 밑에 깔린 순간 신의 계시가 내려왔다. 【너는 여기서 죽어선 안 된다. 해야 할 사명이 있다】라고 말이지. 정신을 차려보니 저택 밖에 서 있더군."

롤랜드는 옷깃을 잡고 밑으로 젖혔다. 드러난 왼쪽 가슴에 새겨져 있었던 것은 태양신의 문장이었다.

"이것이 바로 '전도사'의 증표다. 신자를 늘리고, 신의 기적을 지상에 재현하며, 때로는 대중을 이끄는, 그 대임을 내가 부여받은 것이다."

쓰레기 같은 직함이로군. 기둥서방 쪽이 천 배는 낫다.

"나는 환희했다. 신도가 된 지 3년 만에 내 신앙이 드디어 인정받은 거니까."

아아, 알았어. 태양신의 눈은 동태눈깔 이하라는 걸 말야.

"그래서, 이제부터 어떻게 할 생각이지? 그 힘으로 왕국 재건이라도 할 거야? 아니면 고향에 들끓고 있는 마물들을 해치울 건가?"

"흥미 없어."

아무래도 좋은 듯 고개를 젓는다.

"이제 와서 맥터로드 왕국따윈 어떻게 되든 알 바 아냐. 나는 내 사명을 완수할 뿐이다."

"순례라도 하려고? 아니면 삭발하고 고마운 가르침을 전파할 생각인가?"

"이 도시를 정화할 거다."

머릿속이 일순간 공백이 되었다.

"너도 알고 있겠지. 이 도시가 얼마나 오염되어 있는지. 이곳 인간이 얼마나 타락해 있는지. 이 땅에는 불필요한 것이 너무 많다. 언젠가 태양신 님이 강림하실 그날까지 지상을 깨끗하게 만들어둘 필요가 있는데, 그 시작점이 이 도시다."

"가능할 리 없잖아."

이 도시의 '어둠'은 깊다. 힘이 좀 센 정도로는 어떻게도 안 된다. 어떻게 할 수 있었다면 이곳의 지배자는 이미 데즈였을 거다.

"가능하냐 마냐의 문제가 아냐. 신의 의지를 실행하는 게 나의 사명이다."

품속에서 꺼낸 작은 봉지를 찢더니 손바닥 위에 쏟았다. 흰색 가루다.

"'릴리스'야?"

"내가 왜 이것을 입수하려 한 거라 생각하나?"

조용히 웃더니 입속에 전부 털어넣었다. 그 순간 왼쪽 가슴에 새겨진 문장이 눈부신 광채를 내뿜었다. 롤랜드의 몸이 떨린다.

"이렇게 하기 위해서다."

그 순간 롤랜드의 어깨가 부풀어올랐다. 동시에 옆구리, 허벅지, 허리, 오른쪽 가슴…. 몸 안쪽에서 누군가가 두들기고 있는 것처럼 부풀어오르고 줄어들고 있다. 마치 몸 안에서 작은 악마가 날뛰고 있는 것 같다.

"너희들은 이것을 단순한 마약이라 생각하고 있는 것 같지만 그렇지 않아. 태양신 님 곁으로 다가가기 위한 날개. 오염된 육체를 숭고한 혼에 어울리는 모습으로 바꾸는 열쇠."

변화가 진정되자 그곳에 있었던 것은 나보다 머리 하나는 큰 거한이었다. 그뿐만이 아니다. 옷은 찢어지고 피부는 피처럼 붉게 물들어 있으며 뼈는 부각되어 얼룩 문양처럼 되어있다. 머리에서는 털이 다 빠졌고 귓볼도 사라졌으며 부풀어 오른 머리에는 세 개의 벼슬과 뾰족한 부리가 뻗어 있다. 마치 닭 대가리를 부풀려놓은 것 같다. 양눈에서는 눈동자가 사라지고 그대신 태양신의 문장이 떠올라 있다.

"다시 말해 '릴리스(해방)'다."

괴물로 변한 롤랜드는 엄숙한 어조로 말했다.

그렇군. 밀매꾼들을 죽인 것은 '릴리스'를 빼앗기 위해서였나.

"미리 말해두지만 네놈은 먹어봤자 힘을 얻지 못한다. 신앙을 갖지 못한 자는 신께 다가갈 수 없으니 말야. 이 모습은 신자 중에서도 선택받은 자의 징표다."

"오히려 안심했어."

앨윈이 이런 괴물이 되지 않아서.

"이 도시에도 태양신 님의 신자는 많다. 이 모습을 보면 태양신 님의 위대함을 알고 신앙심이 더 깊어지겠지."

오히려 컬트 종교에서 벗어나고 싶다고 생각할 것 같은데?

"신자가…, '전도사'가 늘어나면, '릴리스'만 있으면, 이 힘이 있으면, 정화는 꿈이 아니다. 방해를 하겠다고 하면 네놈도 죽이겠다.

'수난자'는 네놈뿐만이 아니니까. 여기서 죽을 것 같으면 그 정도 밖에 안 된다는 이야기겠지. 태양신 님도 네놈의 목숨에 대해서는 아무말도 안 하신다."

"그것 역시 마음에 드는군. 꼬끼오~."

나는 주머니에 손을 쑤셔넣었다.

"하지만 나는 사양하겠어."

손에 든 공을 집어던지면서 키워드를 말했다.

"'이레이디에이션'."

떠오른 구슬이 눈부신 빛을 내뿜었다. 롤랜드도 이것에는 견디지 못하고 눈길을 돌렸다. 쓸 수 있는 것은 뭐든 쓰는 게 내 주의다. 보고 있어라, 태양신. 네가 준 '신기'로 네 부하를 갈아버릴 테니까.

"지옥으로 돌아가버려!"

기습으로 지른 주먹이었지만 간단히 막혔다.

"소용없다. 이미 내 힘은…, 엇?"

내 팔을 붙잡고 있는 사이에 나는 롤랜드에게 파고들었다. 명치 언저리에 어깨를 대고 일어서는 기세를 이용해서 단숨에 뒤집는다. 거구라고는 해도 지금의 나라면 간단하다. 롤랜드의 등이 땅바닥에 충돌했다. 폐의 공기를 전부 토해낸 듯한 목소리가 났다. 그틈에 나는 롤랜드의 허리에서 검을 뽑아들고 녀석의 심장에 찔렀다. 피보라가 흩날렸다. 몇 번 비튼 후에 뽑아서 다시 한번 심장을 찔렀다. 롤랜드는 두 번 정도 경련하고 나서 대량으로 피를 토하고 그대로 축 늘어져 움직이지 않게 되었다.

"너무 여유를 부렸어."

아무리 신의 힘을 얻었다고 해도 싸움 경험은 그대로인 것이다.

실전경험이 별로 없는 도련님따윈 얼마든지 이길 수 있다.

"자 그럼, 남은 건 이 시체를…."

다시 '그레이드 디거'에게 처리를 맡길 수밖에 없다. 하지만 이 괴물을 보면 질겁할지도 모르겠군. 일단 방울을 꺼내려고 했을 때 발목을 붙잡혔다. 설마 싶어 내려다보니 입매가 광대처럼 새빨갛게 물든 롤랜드가 웃고 있었다. 발목에 격심한 통증이 인다. 얼굴을 찡그린 순간, 내 몸은 허공을 날고 있었다.

한순간에 2층 지붕 위까지 날았다. 그런가 싶더니 급강하해서 근처에 있는 건물 창에 충돌했다. 유리창과 창틀을 부수면서 돌바닥에 충돌했다. 곧바로 머리만은 보호했지만 온몸을 꿰뚫는 충격에 정신이 아찔해졌다. 방금 공격은 아무리 나라도 타격이 크다.

기억이 맞다면 이곳은 폐가였을 것이다. 소문으로는 어딘가의 부자가 몰락해서 그대로 방치된 저택이라고 한다. 큰 홀인지 뭔지는 몰라도 천장이 높고 그저 넓기만 한 공간이 펼쳐져 있다. 머리 위에는 촛농만 남은 촛대가 매달려 있고 검게 그을린 난로에는 장작 하나 없기에 춥게 느껴진다. 어느 것이든 먼지를 뒤집어 쓰고 있지만, 채광창이 몇 개 있기에 시야를 확보하는 데는 문제가 없을 것 같다.

롤랜드는 어딨지? 흔들리는 시야 속에서 모습을 찾으려 했을 때 머릿속에서 경종이 울렸다.

불현듯 머리 위에 그림자가 드리워졌다. 곧바로 몸을 날리자 엇갈리는 형태로 검이 깊숙히 땅바닥에 박히는 게 보였다.

아무래도 지상에서 여기까지 날아온 듯하다. 몸집이 큰 것 치고는 잽싸기 짝이 없네.

"끈질기군."

롤랜드는 감탄 절반 짜증 절반으로 말했다. 돌아보니 가슴의 상처가 급격히 아물어 가고 있다.

"설마 정말로 불사신인가?"

"그래, 나도 깜짝 놀랐다. 잔해에 깔렸을 때는 의식이 없었으니 말야. 심장이 으스러지는 게 이렇게나 아플 줄은 생각지도 못했군."

농담조로 말하고 가슴 상처를 쓰다듬는다. 심장을 찔렸음에도 태연한 얼굴을 하고 있다. 그 개쓰레기 무능 거지발싸개 태양신 놈. 쪼잔한 겁쟁이에게 무슨 능력을 준 거냐. 이 녀석을 어떻게 해치우지? 여기까지 '템포러리 선'이 따라와준 것은 고맙지만 사용시간은 계속 줄어들고 있다.

유감스럽게도 다시 흐린 하늘이다. 햇빛은 기대할 수 없다.

롤랜드가 검을 투척해왔다. 섬광 같은 궤적을 겨우 간파해 피하기는 했지만 자세가 무너졌다. 그러자 녀석이 투우 같은 기세로 돌진해 왔다. 곧바로 막아내려 했지만 너무도 쉽게 튕겨날아가서 벽과 충돌했다. 폐에서 공기가 강제적으로 배출되었다. 무릎을 꿇었을 때 롤랜드의 주먹이 날아왔다. 크게 휘두른 주먹에 맞추어 주먹을 휘두른다.

충돌한 순간 뼈가 마비된 듯한 느낌이 들었다. 내 팔은 가볍게 튕겨나갔다. 텅빈 내 얼굴을 향해 롤랜드는 반대쪽 팔을 휘둘렀다. 쓰러지듯 몸을 눕혀 기세를 죽이는 게 고작이었다. 정신을 차려보니 벽에 내동댕이쳐져 있었다. 목이 부러지는 줄 알았다.

의식이 끊길 것 같았지만 혀를 깨물고 버텼다. 어둠에 묻힐 듯한 시야에 은색 궤적이 날아왔다. 몸을 굴려 피하자 한발짝 늦게 롤랜드의 검이 바닥에 꽂혔다.

얼굴을 두 번 쳐서 의식을 각성시킨다. 그러자 시야 가득 들어온 것은 롤랜드의 괴물 같은 얼굴이었다. 눈이 번쩍 뜨인다.

"포기해라, 매쉬. 너한테 승산은 없다."

"싫은데?"

상황은 최악이지만 체념할 수도 없다.

"밤까지는 돌아간다고 약속해버렸으니 말야."

안 돌아가면 캄캄한 방에서 촛불도 켜지 않고 기다릴 것이다. 그 공주기사님은.

"아무리 발버둥쳐도 태양신 님에게선 도망칠 수 없다, 버러지. 아니면 마듀커스라 부르는 편이 좋으려나?"

호오. 내 입에서 감탄의 목소리가 흘러나왔다.

"내 과거를 알고 있었던 거야?"

"'솔 니아 에베크타스(태양신은 모든 것을 보고 있다)'."

"그렇군."

그렇다면 나에게 걸린 '저주'도 이미 알고 있는 건가? 아까부터 '템포러리 선'을 힐끔힐끔 보고 있는 것은 그런 의미였군.

나는 일어섰다.

"그렇다면 내가 '자이언트 이터'라 불렸다는 것도 알고 있겠네. 어째서라고 생각해?"

"거인족이라도 해치운 거냐?"

별 흥미 없다는 듯 말했다. 나는 고개를 저었다.

"그것도 있지만 굳이 말하자면 나중에 붙은 설정이야. 지금부터 보여줄게."

주먹으로 우득우득 소리를 낸 후 손짓한다.

"'자이언트 이터' 매쉬 님의 저력을 말야."

"재밌군."

중얼거린 후 바닥에 박힌 검을 뽑으려 했다.

"어림 없어."

칼자루를 잡은 손을 걷어찼다. 보통이라면 손을 놓았겠지만 완력이 엄청난 탓에 칼이 버티지 못하고 박힌 부분을 중심으로 뚝 부러졌다. 롤랜드가 혀를 차면서 짧아진 검을 휘둘렀다. 흠, 검술은 나쁘지 않은 것 같다. 게다가 속도도 장난 아니군. 내 눈으로도 검의 궤도를 다 포착할 수 없다. 보통 녀석이었다면 이미 여러 토막으로 난도질 당했을 것이다.

"하지만 뭐, 그 정도가 한계야."

치켜올린 손목을 붙잡았다. 아무리 거구라도 팔의 움직임과 시선이 너무 정직하다.

"지난번엔 잘도 나를 때렸겠다. 아직도 기억하고 있어. 네 대…, 아니 아까 것까지 다섯 대야."

빚은 갚아주는 주의다.

"자, 한 대!"

무방비해진 옆구리에 주먹을 박는다. 뼈를 부순 듯한 감촉이 났다. 롤랜드의 몸이 꺾였다.

"다시 한 대!"

이번엔 밑에서 퍼올리듯 롤랜드의 턱을 날려버린다. 피를 토하면서 똑바로 뒤집어졌다.

"아직 안 끝났어!"

붙잡고 있는 손목을 잡아당기자 이번엔 롤랜드 쪽에서 공격해 왔다. 섬광 같은 주먹도 그렇게 크게 휘두르면 초동도 늦고 커진 만큼 궤도도 읽기 쉽다. 카운터로 내지른 주먹에 의해 롤랜드의 얼굴이 터졌다.

"이것으로 네 대째!"

"어림없다!"

롤랜드가 잽싸게 내 손목을 붙잡았다. 서로 한쪽 손목을 붙잡고 있는 듯한 자세가 되었다. 롤랜드의 의기양양한 얼굴이 보였다. 이겼다고 생각하기엔 아직 일러. 나는 팔을 구부려 롤랜드를 잡아당겼다.

"얍!"

텅 비어 있는 안면에 박치기를 날렸다. 이마에 뜨뜻미지근한 것이 끼얹어진다.

"이것으로 끝이야."

무릎으로 녀석의 사타구니를 가격했다.

롤랜드의 얼굴이 창백해졌다. 신음소리를 내며 검을 떨어뜨린다.

"칫!"

내가 줍지 못하게 하고 싶었는지 내가 반응하기도 전에 떨어진 검을 발끝으로 걷어찼다. 기세좋게 날아가서 파괴된 창 밖으로 떨어진다. 메마른 소리가 멀리서 들렸다. 이것으로 서로 맨손이다.

"그렇군, 심리전과 경험으로 차이를 줄일 생각인가?"

롤랜드가 반대쪽 손으로 내 손을 잡았다. 서로의 손을 잡고 힘겨루기를 하는 형태가 되었다.

"하지만 순수한 완력 승부라면 이쪽이 유리해. 아까처럼은 안 될 거다."

죽일 생각으로 때렸음에도 불구하고 롤랜드는 아직 쌩쌩했다. 부숴뜨린 뼈와 고환도 재생되고 있는 듯하다.

"그렇지만도 않아."

파괴된 창문에서 들어오는 바람이 강해지기 시작했다. 힘겨루기는 아직 균형을 이루고 있다. 균형을 무너뜨리기 위해 섣불리 힘을 뺐다간 단숨에 밀리게 된다. 근육이 한계를 호소하며 삐걱이고 있다. 롤랜드의 이마에 땀이 맺혔다.

"왜 그래? 꽤 힘들어 보이는데."

"너야말로 슬슬 한계 아냐? 보라고."

시선만을 움직여보니 '템포러리 선'의 광채가 약해지고 있는 게 보였다. 깜빡거리면서 조금씩 약해지고 있다.

"시간이 지나면 신기의 효력은 사라지겠지. 그렇게 되면 너는 다시 원래의 무능한 놈으로 돌아간다."

"주절주절 말이 많네, 쪼잔한 겁쟁이가."

나는 코웃음쳤다.

"네가 나를 태양신한테 들은 것처럼 나도 너를 앨윈한테서 들었어. 네가 나라에서 어떤 취급을 받았는지 말야."

아주 약간 롤랜드의 입이 일그러졌다.

"첩의 자식이라고 형제들한테 괴롭힘을 당했고, 부모한테는 무시당했으며, 게다가 머리도 안 좋아서 가정교사한테 채찍으로 맞았다며? 그래서 맞는 것에 눈을 떠버린 거야? 변태 자식. 그래서 친구도 없는 쓸쓸한 소년 시절을 보내게 된 거라고."

"…닥쳐."

이마에 핏줄이 떠올랐다.

"그렇게 쑥스러워 할 것 없어. 마물이 습격해왔을 때는 시찰 나가 있어서 집에 없었다고 했지만, 사실 그건 핑계고 그냥 가족을 버리고 도망쳐나온 거지? 그 안에는 아내와 아들도 있었는데 말야. 불쌍하기도 하지."

으드득 이를 가는 소리가 들렸다.

"지금도 비명이 들릴 것 같아. '아버지, 아버지, 살려주세요. 어째서 저를 두고 도망친 건가요? 그렇게 마물이 무서웠던 거예요? 아니면 앨윈의 엉덩이를 뒤쫓는데 있어서 저희들이 방해가 됐나요?' '그래, 아빠는 앨윈의 엉덩이를 정말 좋아한단다. 그래서 너희들따윈 마물의 똥이 되든 말든 아무래도 좋았던 거야, 하하하!'."

"닥치라고 했다!"

롤랜드가 포효했다. 근육이 찢어지고 팔의 혈관이 파열되는 것에도 개의치 않고 힘으로 억누르려 한다. 견디지 못하고 내 몸은 미끄러지듯 후퇴해갔다. 눈 깜짝할 사이에 창문까지 내몰린다. 이대로 떨어뜨릴 생각인가? 지금은 버텨야 할 순간이다. 떨어지면 승산이 없어진다.

"아까까지의 성직자 같은 얼굴과는 큰 차이로군. 이쪽이 더 너다운걸?"

"그 '와이즈크랙'을 지금 당장 막아주마!"

"싫은데?"

나는 씨익 웃었다.

"미인의 키스라면 대환영이지만 말야."

"아무래도 그럴 필요도 없을 것 같군."

내 옆에서 딱딱한 소리가 났다. 발밑에 둥근 공이 뒹굴고 있다.

'템포러리 선'이다.

타임오버다. 다시 쓸 수 있게 하려면 한나절은 햇빛에 노출시켜 둘 필요가 있다. 물론 여분은 없다.

몸이 무거워졌다.

또다. 여느 때처럼 몸 전체가 무거워진다. 깊은 늪속에 빠진 것처럼 아무리 몸부림쳐도 저항할 방도 없이 잠겨가는 감각.

태양신의 '저주'가 다시 나를 얽어맸다.

무게를 견디지 못하고 한쪽 무릎을 꿇는다. 머리 위에서 조소가 들려왔다. 단숨에 깔아뭉개려는 듯 압력이 강해졌다.

"안됐구나, 패배자 녀석!"

잠꼬대 하지 마, 쪼잔한 겁쟁이. 그딴 것은 처음부터 잘 알고 있었어. 그래, 지금까지의 나는 태양신이라는 부조리한 괴물한테 얻어맞고 꼬리를 늘어뜨린 채 비굴하게 울면서 도망쳐다니기만 했던 패배자였어. 그래도 지고 있기만 할 순 없다고. 그러고 싶지도 않아. 아무리 상대가 강해도 얕잡혀 보이기만 한다면 내가 나인 의미가 없어.

뭐가 신이야.

그딴 건 'Kiss my ass(엿이나 먹어라)'!"

"이걸로 끝이다!"

지금이다!

나는 힘껏 숨을 들이마신 후 배 깊은 곳에서 포효를 내질렀다.

나에게서 자유를 빼앗고 몸을 묶고 있는 힘을 단숨에 튕겨낸다.

롤랜드에게 파고든 후 발목과 무릎의 반동을 이용해서 단숨에 들어올린다. 롤랜드의 눈이 부릅떠졌다.

포효를 내지르면서 롤랜드의 몸을 발밑에 내동댕이친다. 돌바닥에 균열이 일었다. 엎드려 쓰러진 롤랜드를 발로 밟은 후 턱을 손가락으로 잡고 힘껏 잡아당긴다. 소리 없는 비명이 진동이 되어 손에 전해졌다.

얼굴이 뜨겁다. 손가락이 떨린다. 땀이 분출된다. 제기랄, 생각보다 단단하군. 괴물이 되어서 보통 사람보다 단단해진 건가? 피부가 찢어지고 피가 분출되고 있는 탓에 잡고 있기 힘들다. 그래도 손을 늦출 순 없다. 이를 악물고 엉덩이에 힘을 주어 뒤로 몸을 젖힌다. 긴장을 늦추면 온몸이 무거워진다. 이게 마지막 기회다.

투두둑 찢어지는 소리가 났다. 뼈가 부러지는 소리가 난 것은 언제였을까? 이제 한계다. 위험하다. 죽는다. 죽는다. 적당히 해라. 얼른 뒈져라!

"하나 둘!"

혼신의 힘을 기울여 뒤로 체중을 싣자 손이 쑥 빠졌다. 기세를 못 이기고 엉덩방아를 찧는다. 헉헉 거친 숨을 내쉰다. 손과 얼굴이 피로 끈적끈적하다. 씻고 싶지만 이제 한계다. 지쳤다. 그대로 똑바로 쓰러진다.

거꾸로 된 시야 저편에서 롤랜드의 목이 구르고 있었다.

내 발밑에는 목 없는 시체가 뒹굴고 있다. 뜯겨진 부분에서는 목뼈가 노출되어 있다. 피가 폭포수처럼 흘러나와 바닥에 기세좋게 쏟아지고 있다. 온몸을 경련시킬 뿐 일어설 낌새는 없다.

"이럴, 수가."

공허한 눈으로 롤랜드의 목이 중얼거렸다.

나는 온몸의 통증을 참으면서 엎드린 상태로 다가가서 목을 이쪽으로 돌렸다.

"기운이 없네? 혹시 엉덩이라도 가려운 거야?"

대답 대신 괴로운 듯한 신음소리가 났다.

목의 절단면이 조금씩 검은 재로 변해간다.

예로부터 불사의 괴물을 해치우는 방법은 목을 베는 것이었다. 이 녀석도 예외는 아니었던 듯하다. 다행이다. 이것으로도 안 됐다면 땅속에 묻거나 바닷속에 가라앉히거나 가루로 만들어 흙벽에 섞는 것 정도밖에 떠올리지 않았다.

"원래는 검이나 도끼로 목을 베고 싶었지만 말야. 주변에 적당한 쇠붙이가 없어서 손으로 뽑을 수밖에 없었어."

"어째, 서냐. 너에게는, 태양신 님의…."

"아, 그거 말이지."

딱히 '저주'가 풀린 것은 아니다. 일시적으로 풀리는 매직 아이템도 가지고 있지 않다.

"내 오기야."

얼빠진 태양신 탓에 나는 생각처럼 힘을 쓸 수 없게 되었다. 100 쓸 수 있었던 힘을 1 밖에 쓰지 못하는 상태다. 뒤집어 말하면 1만의 힘을 내면 일시적으로 100의 힘을 쓸 수 있는 셈이다.

시간으로 하면 아주 잠시고, 내 몸도 너덜너덜해진다. 온몸에 통증이 일어서 일어서는 것도 여의치 않다. 이번 같은 경우가 아니라면 양아치 상대로도 쓸 수 없다. 솔직히 별 도움이 안 되는 힘이다. 그래도 아주 잠시동안이나마 쪼잔한 태양신의 '저주'에 저항할 수 있다. 나라는 남자의 육체와 혼을 쥐어짜내서 성사시킨 얼마 안 되는 오기다. 데즈에게조차 이야기하지 않은, 진짜로 최후의 카드였다.

"아 참, '자이언트 이터'의 유래 말인데, 간단해. 내가 나보다 강한 녀석을 해치워왔기 때문이야."

세상은 넓다. 나보다 완력이 강한 녀석, 싸움에 능한 녀석, 경험이 풍부한 녀석, 나에게는 없는 힘을 가진 녀석, 그런 녀석들은 얼마든지 있었다. 승산이 보이지 않는 싸움도 있었다. 하지만 나는 그 녀석들과 정면으로 부딪혀서 이겨왔다. 이변의 '자이언트 킬링'을 되풀이해서 나는 지금 이곳에 있다.

"너, 그 개똥 같은 태양신의 사자라고 했지? 그럼 내 대답을 전해줘."

나는 엄지를 세우고 자신의 목을 긋는 시늉을 했다.

"언젠가 반드시 네놈의 목을 뽑아버릴 테니까 기다리고 있어, 빌어먹을 놈아."

깨닫게 해주겠다. 싸움에 진 개에게도 이빨과 발톱은 있다. 반드시 땅바닥으로 끌어내려서 이 세계의 온갖 똥들과 키스하게 만들어주마.

"으스대는 것도 지금뿐이다, '와이즈크랙'."

롤랜드가 비꼬듯 웃었다.

"재림의 날은 언젠가 온다. 네놈은 부활의 제물이 되든지 도중에 죽든지 둘 중 하나뿐이야."

"버러지 같은 태양신의 목을 비틀어버린다는 선택지도 있다고."

다른 선택지를 무시하고 강제로 자기에게만 유리한 양자택일을 강요하는 것은 전형적인 사기꾼의 수법이다.

"다른 '전도사'도 이윽고 이 땅을 찾아올 거다. 끝장이야. 너든 이 땅이든."

"어째서 이 도시에 집착하는 거지?"

"…이 땅에 '미궁'이 있으니까."

거기서 나는 깨달았다. '미궁' 최심부에 있는 '성명결정' 때문이군. 세계에서 공략되지 않은 '미궁'은 이곳뿐이다. 태양신의 목적도 그것인가?

"그렇다면 이것도 전해줘. '갖고 싶으면 직접 가지러 와, 얼간아' 라고 말야."

"그럴 필요는 없어."

롤랜드는 뜬소리처럼 말했다. 이미 검은 재는 턱 부근까지 침식해 있다.

"'솔 니아 에베크타스'."

"그거 좋군. 덤으로 내가 똥 싸고 있는 모습도 보여줄게. 특등석으로 안내해줄 테니까 얼른 내려오라고 전해줘."

롤랜드는 아무런 대답도 하지 않았다. 검은 재는 이미 얼굴 아래쪽 절반까지 도달해 있었다. 시선만으로 무언가 나에게 호소하고 있는 듯한 느낌도 들었지만 그 의도를 물어볼 방법은 이제 남아 있지 않았다.

이윽고 검은 재는 롤랜드의 목 전체를 뒤덮었고 차가운 바람에 실려 사라져 갔다. 동체 쪽도 조금 늦게 검은 재가 되어 사라져 갔다. 남은 것은 옷과 신발뿐이다. 내 손과 옷에 묻은 피까지 검은 재로 변해 바람에 녹아들었다.

"잘 가, 쪼잔한 겁쟁이."

불현듯 눈부신 빛이 눈을 태웠다.

창쪽을 보니 구름 틈새로 태양이 얼굴을 내밀고 있었다.

"보고 있지? 화장실 벌레."

태양신의 목적이 뭐가 되었든 이 이상 녀석의 손바닥 위에서 놀아날 생각은 없다. 신이라는 직함과 힘을 빼앗은 '저주'에 나는 쫄아 버렸다. 그래서 도망쳤던 것이다. 태양신으로부터, 자기 자신의 무력감으로부터. 그렇게 대륙 끝까지 도망친 곳에서 뭔지 모를 꿍꿍이와 맞닥뜨렸다. 더 도망칠 수 없다면 각오를 굳히고 맞설 수밖에 없다.

무엇보다 그 빌어먹을 녀석이 더 이상 거만하게 눌러앉아 있는 걸 참을 수 없다. '릴리스'의 제조법을 생각해낸 것이 녀석이라고 한다면 앨윈을 되돌릴 수 있는 방법도 무언가 알 수 있을지 모른다.

네 노예가 되라고? 헛소리 하지 마.

"내 대답은 이거야."

하늘을 향해 드높이 중지를 세웠다. 다시 태양이 구름에 가려져 보이지 않게 된다.

"자, 이제부터 어떻게 할까?"

시체 처리를 안 해도 되는 것은 불행 중 다행이지만 옷도 몸도 너덜너덜하다. 게다가 너무 요란하게 싸웠다. 금방이라도 누군가가 달려올 것이다. 발각되면 성가셔진다. 하지만 달릴 수 있을 정도의 체력은 아직 회복되지 않았다. 그럼에도 누군가가 계단을 뛰어올라오는 낌새가 난다. 벌써 온 건가. 좀 봐줘. 따로 도망칠 수 있는 길은 없다. 나는 기어서 파괴된 창문까지 이동한 후 밑을 내려다보고 얼굴을 찡그렸다.

"어쩔 수 없군."

각오를 굳힌다. 나는 구르듯 뛰어내렸다.

한순간의 부유감 후, 나는 머리부터 쓰레기더미에 파묻혔다. 쓰레기 처리용 구멍이다. 이곳 일대의 음식 쓰레기와, 불타고 남은 재와 같은 찌꺼기, 기타 생활 쓰레기들이 모여있다. 열흘에 한 번, 푼돈으로 고용된 녀석들이 회수해서 분류한 후 소각장에서 처리하거나 도시 밖에 사는 농민들에게 비료로 팔고 있다. 그것이 조금이나마 완충재가 되어주었다. 야채 부스러기와 달걀 껍질을 머리에서 떼어내고 쓰레기더미에서 기어나온다.

"지독한 냄새로군, 제기랄."

이래선 앨윈 앞에 나갈 수 없겠다. 100년의 사랑도 식어버릴 것이다. 반대 입장이라고 하면 허용하겠지만. 아마도.

"우와, 뭐냐, 너?"

돌아보니 눈앞에 위병이 서 있었다. 콧수염이다. 요전번에도 아스톤 형제에게 습격당했을 때 달려와주었던가. 수고가 많으셔.

"또 지저분한 꼬락서니로구나. 다친 것도 같고."

"무서운 형씨한테 시비 털려서 말이지. 호된 꼴을 당했어. 두들겨맞고 걷어차이고 종국에는 이곳에 버려지고 말았네."

콧수염의 물음에 울 것 같은 표정을 짓는다.

"게다가 지갑도 텅 비었어. 모처럼 용돈을 받은 참이었는데 말야."

지갑을 뒤집어서 흔들어보인다. 아무것도 안 나온다. 앨윈한테 받은 용돈은 바지 주머니에 넣어두었다.

"저기, 나리. 내 용돈 좀 되찾아줄래? 응?"

"포기해."

달라붙으려고 하자 콧수염이 매몰차게 말하고 나를 밀쳐냈다. 나는 엉덩방아를 찧었다.

"이곳은 그런 도시니까 싫으면 냉큼 나가."

"너무 하잖아."

나는 어깨를 푹 떨구었다.

"그보다 너, 수상한 녀석 못 봤어?"

"내 돈을 빼앗아간 녀석들 외에?"

"아까 저기서 시체가 두 구 발견되었어. 아마 '약'과 관련된 사건이겠지. 아직 그렇게 멀리 도망치진 않았을 거야."

롤랜드가 만든 시체로군. 성가신 것을 남기고 자빠졌다.

"글쎄?"

나는 고개를 갸웃했다.

"그러고보니 윗쪽에서 무언가 시끄러웠던 같기도 해."

위를 가리키자 창밖으로 얼굴을 내민 것은 거무튀튀한 위병이었다. 녀석도 와 있었나?

"틀렸습니다. 이쪽에는 아무도 없어요. 다만 기묘한 옷과 신발이 남아 있었습니다. 싸운 흔적도 남아있고요. 무언가 관계가 있을 것 같기도 한데."

"알았어. 지금 그쪽으로 갈게."

콧수염이 대답했다. 달려나가려다 문득 나와 눈이 마주치자 코를 잡으며 혐오감을 드러냈다.

"얼른 꺼져. 안 그러면 감방에 넣어버릴 테니까!"

"우웩."

기진맥진한 몸으로 그곳을 뒤로했다. 등 뒤로 모멸과 연민의 시선을 받은 것 같다는 생각이 들었다. 조금 쉬고나니 어떻게 걸을 수 있게 되었기에 거리로 나서자 행인들이 비명을 지르며 거리를 벌렸다. 아무래도 내 꼴이 생각 이상으로 눈에 띄고 있는 듯하다. 머리에 붙은 야채 부스러기를 떨구고 몸을 웅크린 채 통증을 견디면서 걷는다.

"뭐야, 저 녀석. 더럽게시리."

"지독한 냄새야."

스쳐지나가는 녀석들이 제각각 나를 비웃었다.

"저 녀석, 매쉬잖아."

"그 공주기사님의? 어머나."

"지저분해. 얼른 죽어버릴 것이지."

성가신 듯한 눈으로 얼굴을 찡그리며 거리를 벌린다. 뭐 어쩔 수 없으려나?

과거의 나는 '자이언트 이터'라 불리던 모험자였다. 초인적인 완력으로 명성도, 돈도, 여자도 원하는 대로 얻어왔다. 이런저런 일들을 거치며 전부 잃어버렸지만 대신 얻은 것도 있다. 세간의 차가운 시선과 아름다운 공주기사님을 곁에서 모실 수 있는 권리다. 그녀가 깊고 어두운 밑바닥에서 헤매고 있으면 무슨 일이 있어도 끌어올린다.

지금의 나는 공주기사님의 생명줄(기둥서방)이니까.

종장 1년 전 그후

"그래, 폴리는 아직 발견되지 않았구나."

내 대답에 바네사는 안타까운 듯 시선을 떨구었다.

"사라진 후로 소식불명이야. 같은 직장 애들도 못 봤대."

그렇게 말하고 나는 에일을 들이켰다. 말 오줌 같다. 이곳은 모험자 길드 근처의 술집으로, 싼 것만이 장점이다.

"어디로 가버린 거지…?"

"덕분에 나는 빈털털이야. 난처하네. 이대로 가면 술도 못 마시겠어."

주머니 안을 보여주면서 푸념을 늘어놓자 바네사는 가면 같은 미소를 지었다.

"너라면 금방 손님이 붙을 거야. 추천해줄 수도 있는데 어떡할래?"

"그만둘게. 굳이 말하자면 난 만지는 쪽이거든."

얼굴을 실룩거리자 말 조심하라는 듯 바네사가 노려보았다.

"아무튼 돌아오면 알려줘."

"알았어."

아쉬운 듯한 표정을 지으며 손을 흔든다. 폴리는 이제 돌아오지 않을 것이다. 슬픔은 있다. 하지만 안도도 하고 있었다. 그래서 표정을 꾸며야 한다.

"저기, 무슨 이야기를 하고 있어?"

떠나려던 바네사에게 말을 건 것은 허접한 화가인 스타링이었다.

"아, 너, 모험자 길드에서 일하고 있는 아이 맞지? 감정 같은 걸 하는."

뻔뻔하게 그녀의 손을 잡는다.

"그만두는 게 좋아."

나는 친절하게 충고했다.

"그녀에게는 오스카라는 무서운 형씨가 딸려 있거든. 손을 대면 네 팔따윈 금방 부러질 거야."

"이런 미인과 사귈 수 있다면 그 정도는 감수할 수 있어."

실실 웃고 자빠졌다. 이런 녀석일수록 막상 부러질 것으면 울부짖는다.

스타링의 설득은 포기하고 바네사에게 말했다.

"이 녀석은 스타링이라고 하는데, 인기 없는 화가야. 분명히 말해 재능도 없거니와 돈과 패기도 없어. 요전번에 데즈 사모님의 초상화를 그리게 했더니 머리에 지렁이가 달린 까마귀를 들고 온 탓에 나까지 초주검 당할 뻔했다고. 네가 사귈 만한 가치가 있다고는 생각 안 해."

"헤에, 화가구나."

흥미로운 듯 스타링의 얼굴을 바라본다. 안 그래도 풀려 있는 얼굴이 슬라임처럼 더 녹아버렸다.

"어떤 그림을 그려? 추상화려나? 화법은? 물감은 뭘 쓰는데?"

"아니, 저기."

이 녀석이 정식으로 예술을 배웠다는 이야기는 듣지 못했다. 일반인의 취미활동이나 다름없다. 도구도 중고품점에서 적당히 입수했다. 그런 상황에서도 걸작을 그리는 녀석이 있기는 하지만 스타링의 미적 감각은 완전히 미쳐 있다.

"저기, 네 이야기를 좀더 듣고 싶어."

그럼에도 바네사는 예술가 지망생으로 착각한 건지 흥미진진한 눈치였다. 어째서 형편없는 남자와만 사귀고 싶어하는 건지.

"뭐, 좋을 대로 해."

'약' 밀매꾼보다 재능 없는 화가 쪽이 그나마 나을 것이다.

이야기 꽃을 피우는 두 사람을 남기고 나는 술집을 나섰다. 본의 아니게 술값을 떠넘기고 말았지만 중개료 대신이라 생각하고 봐주길 바란다.

밖으로 나가자 밤바람이 몸에 사무쳤다. 지갑사정은 좀더 쌀쌀하다. 집세도 반년은 밀려 있다. 폴리가 있었을 때도 곧잘 체납하곤 했지만 사라진 후로는 집주인이 매일처럼 돈을 받으러 온다. 나 혼자서는 지불할 수 없기에 쫓겨나는 것은 시간 문제일 것이다. 여차하면 데즈 집에 얹혀사는 방법도 있지만, 가족 셋이 단란하게 살고 있는 곳에 굴러들어가면 우정에 금이 갈 것 같다.

"뭐, 어떻게든 되겠지."

'Go for break', 'Que sera sera'가 내 좌우명이다. 구걸을 하든, '쪼아먹기'를 하든 살아갈 수는 있다.

"여기 있었군."

등 뒤에서 다시는 듣지 못할 것 같았던 목소리가 들렸다. 나는 반사적으로 발을 멈추고 돌아보았다.

'미궁'에서 돌아온 참인지 갑옷 차림의 앨윈 메이벨 프림로즈 맥터로드가 그곳에 서 있었다.

맨먼저 떠오른 것은 '왜?'라는 단어였다. 그녀에게 있어서 나따윈 이미 볼일이 없을 터였다. 아니면 후환을 없애기 위해 암살이라도 하러 온 건가?

"여, 너였구나."

내심의 동요를 감추면서 나는 웃는 얼굴을 가장했다.

"아, 비취 목걸이 때문인가? 지금 이곳저곳의 장물상을 찾아보고 있는 참이야. 발견되면 바네사에게 맡겨둘게."

"그렇군. 고마워."

앨윈은 크게 고개를 끄덕였다.

"하지만 오늘 온 것은 그것때문이 아니야."

"그럼 요전번 약속 때문에? 이쪽도 사정이 있어서 말야. 좀더 걸릴 것 같아. 천 년 정도?"

"그때까지 나보고 기다리라고?"

아, 공주기사님은 서민의 농담이 잘 이해가 안 되는 모양이군.

"그건 거짓말이었어. 농담이었다고. 그저 네 각오가 어떤지 시험해보고 싶었을 뿐이야. 자신을 희생하면서까지 창부를 구하실 분인지 아닌지. 축하해. 합격이야. 상품은 줄 수 없지만 두 번 다시 덩치만 크지 무능한 녀석과는 엮일 필요 없을 거야."

"나를 속였다는 건가?"

목소리에 위압감이 늘어났다.

"기분이 상했다면 미안해. 다시는 네 앞에 나타나지 않을게. 그럼 됐지?"

"나를 거짓말쟁이로 만들 생각이야?"

답답함과 짜증으로 나는 머리카락을 쥐어뜯었다.

"제정신이 아니야. 자진해서 이런 기분 나쁜 녀석과 자려고 하다 니."

전혀 말이 안 통한다. 달려들고 싶을 정도의 미인인데 자포자기 에 빠져 있는 건가? 정상이 아니다.

"약속했으니 말야."

아름다운 미소지만 내 이마에서는 식은 땀이 흘렀다.

"자고 싶지 않다면 그래도 좋아. 대신 부탁이 있어."

"뭔데?"

"너를 내 기둥서방으로 삼고 싶어."

나는 자신의 귀를 의심했다.

"너, 의미를 알고 하는 소리야?"

"약간의 대가를 받는 대신 여성을 돕고, 치유하고, 위로하는 여 성의 조언자라고 하지 않았나?"

아주 당연한 듯 말하니 반응하기 곤란했다. 적당히 꾸며댔던 그 말을 아직도 믿고 있을 줄이야.

"그게 '밀리언즈 블레이드'의 '자이언트 이터' 마듀커스라면 아무 런 문제도 없어."

"…알고 있었군."

"명성은 우리 나라에도 전해지고 있었어. 그리고 '모바일 포트레 스' 데즈와 그리도 친하게 이야기를 할 수 있는 사람은 한정되어 있 으니 말야."

데즈 쪽에서 들킨 건가. 이런 것도 얼버무리지 못하는 거냐, 수염 쟁이.

"녀석은 친구가 없으니까 내가 상대해주고 있을 뿐이야."

"인정하는 거지?"

나는 고개를 푹 떨구었다.

"아니면 이미 누군가의 기둥서방이 되어 있는 거야?"

"그런 건 아니지만."

얼마전에 자유계약으로 풀린 참이다.

"그렇다면 문제는 없을 터. 결정됐군."

나는 한숨을 쉬었다. 무슨 까닭인지 앨윈의 마음에 들어버린 듯하다. '진홍의 공주기사' 님에게 나따위가 얼씬거리면 어떻게 될지 뻔하다. 질투와 바보 같은 정의감에 사로잡힌 녀석들의 시비에 휘말려 좋은 꼴은 못 볼 것이다. 게다가 앨윈에게는 커다란 비밀이 있고, 나는 구린 구석투성이다. 아마 또 손을 더럽혀야 할 때가 올 것이다. 그것은 변두리 양아치일지도 모르고, 나와 친한 사람일지도 모른다. 오히려 내가 뒷골목에서 오줌투성이로 죽어 있는 모습 쪽이 더 쉽게 상상된다. 그래도 거절한다는 선택지는 더 이상 떠오르지 않았다.

어차피 별볼일 없는 인생이다. 아무리 피투성이가 되고 오물투성이가 되어도 '미궁' 바닥에 있는 공주기사님에게는 보이지 않으니 말야.

"알았어. 그럼 우선 조건에 대해 이야기해보자고. 일단 살 곳 말인데…."

그후 나는 앨윈의 집에 살게 되었다.

그리고 지금에 이르는 셈이다.

나와 그녀가 그후 어떻게 되었냐고? 했는지 안 했는지 질문을 자주 받는다. 정말로 자주 질문을 받는다. 하지만 그것에 대해 이야기할 생각은 없다.

　더 이상 지출이 커지면 다음엔 내가 '미궁'에 버려질 테니 말야. 그러니까 더 이상은 묻지 말라고.

— 다음 권에 계속 —

작가 후기

이렇게 「공주기사 님의 기둥서방」을 읽어주셔서 감사드립니다. 본 작품은 제28회 전격소설대상 대상 수상작입니다. 소설을 쓰기 시작한 지 꽤 되었고, 몇 번이나 프로가 되는 자신을 상상하기도 했습니다만 이런 상을 정말로 받게 될 줄이야. 행운이라고 할 수밖에 없습니다. 정말 놀랐습니다.

특이한 제목이라 생각하실지도 모르겠군요. 소설의 발상은 작가와 작품에 의해 제각각입니다만 본 작품은 이 제목에서부터 태어났습니다.

몇 년전 모 소설 투고 사이트의 랭킹을 보고 있다가 갑자기 이 제목이 머릿속에 떠올랐습니다.

재밌을 것 같다고 직감적으로 생각했습니다. 만약 이 제목으로 소설을 쓴다고 하면 어떤 이야기가 될까? 거기서부터 설정과 이야기를 짜기 시작했습니다. 도중에 일도 해야 했고 다른 작품의 집필도 있었기에 일시적으로 중단하기도 했습니다만, 미완성인 채로 남겨두면 나 자신이 앞으로 나아갈 수 없을 거라 생각해서 끝까지 완성한 후 응모하기로 했습니다. 수상하리라고는 생각하지 않았고 1차를 통과하면 잘한 것이라고 생각했습니다.

그래서 지금까지 하지 않았던 일도 했습니다. 히어로답지 않은 행동도 매쉬에게 시켰고, 재밌다고 생각한 것, 멋지다고 생각한 것을 마구잡이로 투입했습니다. 제목에 대해서도 고민했습니다만 그대로 채용하기로 했습니다. 작품 자체가 이 제목 아니면 존재할 수 없었기 때문입니다. 급피치로 완성시켜 사이트에 응모한 것이 마감 당일 저녁이었습니다.

결과는 아시는 대로입니다. 많은 우연과 행운에 힘입어 이 작품은 세상에 나오게 되었습니다. 그리고 판촉, 선전에는 많은 선배 작가 여러분의 도움도 받았군요. 고맙습니다.

추천문을 적어주신 미쿠모 가쿠토 선생을 비롯한 선고위원 선배님들, 전격 미디어웍스 편집부 및 선고에 참여한 모든 분들, 담당 편집이신 타바타 님, 멋진 일러스트를 그려주신 마시마사키 님, 그리고 본 작품의 출판에 관여한 모든 분들께 다시 한번 깊은 감사를 드립니다.

본 작품이 여러분의 마음 속에 남기를 기원하며.

시로가네 토오루

공주기사님의 기둥서방 1

2024년 11월 15일 초판 인쇄
2024년 11월 30일 초판 발행

저자 · TORU SHIROGANE
일러스트 · SAKI MASHIMA
역자 · 김영종
발행인 · 황민호
콘텐츠4사업본부장 · 박정훈
편집기획 · 신주식 최경민 이예린
마케팅 · 조안나 이유진
국제업무 · 이주은 김준혜
제작 · 심상운 최택순 성시원
한국판 디자인 · 디자인 우리
발행처 · 대원씨아이(주)

서울 특별시 용산구 한강로3가 40-456
편집부 : 02-2071-2018 FAX : 02-794-2105
영업부 : 02-2071-2082 FAX : 02-794-7771
1992년 5월 11일 등록 3-563호

http://www.dwci.co.kr/

원제 HIMEKISHISAMA NO HIMO Vol.1
©Toru Shirogane 2022
Edited by 전격 문고
First published in Japan in 2022 by KADOKAWA CORPORATION, Tokyo.
Korean translation rights arranged with KADOKAWA CORPORATION, Tokyo.

ISBN 979-11-423-0201-5 04830
ISBN 979-11-423-0200-8 (세트)